來去花蓮港

◉方梓／著

聯合文叢 530

出版緣起

打造台灣出品好小說

國家文化藝術基金會於二〇〇三年創設「長篇小說創作發表專案」，致力挖掘當代文學經典，深耕文學閱讀活動。藉由補助生活費，協助創作者全心投入寫作，也推動後續出版、評論、論壇等各種推廣活動，希望藉此一方面鼓勵創作，另一方面則希望能提升作品之價值。

本專案目前已補助三十三位優秀創作者進行計畫，十八冊作品完成出版，其中不乏囊括國內外各大重要文學獎項。這些作品，深入台灣在地生活的各種面向與多元議題，包括探索原住民文化、小鎮文化、海洋議題、青少年議題、歷史政治議題等等；在語言的使用上，除了以華語為主軸，也兼及原住民語、客語、閩南語等母語的使用，呈現台灣多元的文化視野、豐沛的活力。

而這些能觸動讀者的特質，也正是台灣本土創作者所出版的小說，在出版市場上能優於國外翻譯小說的特色所在。

藉由這一本接一本重量級的長篇小說問世，就像一塊塊厚實的文化礦脈，我相信將能為台灣積累禁得起考驗的文化底蘊，蓄積以文化、生活品味而創造的資產，這也是台灣最值得驕傲的地方。

不過，這些無形的文化價值，往往就像釀酒，需要長時間的沉澱，才能釀出酒的香醇。我也期待藉由本專案的鼓勵，能打造更多台灣出品的好小說，讓台灣之美，透過小說，被世界看見！

國家文化藝術基金會董事長

施振榮

人類的歷史，就是一部人類因飢餓而覓食的紀錄。
哪裡有豐富的食物，人們就去哪裡安家。

——房龍（Hendrik Willem Van Loon）

目錄

推薦序

耐人咀嚼的生活長卷：《來去花蓮港》

郝譽翔

近十年來，新鄉土書寫蔚然成風，於是我們看見了台灣不再只是一座島嶼，而是由許許多不同的地誌風景拼貼而成，其中有施叔青筆下的鹿港，鍾文音的雲林，王聰威的旗津哈瑪星，童偉格的瑞芳東北角，甘耀明的苗栗客家莊，離島則有夏曼·藍波安的蘭嶼，吳鈞堯的金門，陳淑瑤的澎湖，而即使是台北城一地，也不再只是都市典型的資本主義戀物拜物的場域，而是從中剝離出更加多元的層次來，有舞鶴的淡水，吳明益的光華商場，郝譽翔的北投。由此脈絡看來，文學家們書寫所生所長的故土，其實正是台灣近年來在建構主體過程中的一大豐收，它既是在回溯作家個人的生命史，從祖先系譜去追索族群遷徙的軌跡，更是由不同的時空出發，去一點一滴填補起台灣失落的過去。故從失憶到回憶，從單一的地圖分裂，開展而成多元的空間，在「去中心」之後，竟然不是後現代所宣稱的：真相已死，身世成謎，反倒是台灣的歷史與地理版圖，隨著文字的考掘與描摹，日益顯得豐富而且立體起來，眾聲喧譁，難掩活潑潑的生命力。

也因此《來去花蓮港》的出版，格外地具有意義了。因為在這波新鄉土文學的行列之中，《來去花蓮港》可說是少數以後山作為背景的長篇鉅作，也是少數時間幅度最長：從一九一五年至今，囊括族群最廣，融合了台語，客語，國語甚至日語的作品，均可見寫作時恢弘的企圖心。這雖然是方梓的第一本小說，卻不見處女作的生澀，原來她本就是寫作散文的名家，《采采卷耳》一書寫花果菜蔬，在時下盛行的美食散文之外，堪稱是別樹一格，以女性目光道出了泥土與植物之間的幽婉纏綿，讀來令人低迴不已，而如此的細膩文思，更在《來去花蓮港》中獲得了充分的展露。雖然方梓立意要寫的是一部後山移民的史詩，但她卻不做雄壯語，而是出之於女性特有的溫柔和平，將一切首尾從頭細細道來，而在衝突之處，也經常壓抑，改以淡筆帶過，因此整本小說的風格沉穩，語調從容，從不故作張揚渲染，也不刻意驚奇，有如花開花謝，日升月落，人生的悲苦喜樂，便如此在天與地之間靜靜地循環。

而這也彷彿點出了花蓮一地的特色。它位居在島嶼的邊緣，又因中央山脈阻絕，難與外界往來，自古以來便是一塊遺世獨立之地，在楊牧所謂的「山風海雨」中，演化出自個兒的命運和個性，也就造就了王禎和、林宜澐筆下，那座經年被颱風、地震、海嘯陰影籠罩，因此有了特殊黑色荒謬喜感的小城。而《來去花蓮港》可貴之處，還在於這大約是第一本從女性移民角度來書寫花蓮的小說，故雖少了楊牧的深沉機鋒，或是王禎和的荒謬喜感，卻更多了股溫暖與踏實。方梓採取寫實的筆法，娓娓寫出三個女人的故事：一九一五年從桃園到花蓮開墾的阿音，一九二五年為了逃離不祥宿命，決定到花蓮展開新生活的客家人初妹，以及現代都會女子鬫沛盈，為了解脫不倫之戀的糾纏，而去到花蓮尋找自己隱密的身世，以及多年不見的母親。對這三個女人而言，花蓮無疑是一座斬斷過去，尋求新生的烏托邦，而在這塊狹長的縱谷地帶上，困蹇的生命終於獲得了安頓，心靈的創傷也漸漸弭平。

這是山與海的神奇療效。《來去花蓮港》的「來去」二字，下得尤其是好，生命本是來來去去，落到了土裡，便是要竭力生根發芽。不是都說，花蓮的土會「黏人」的嗎？或許，那真是一塊療癒生命的奇蹟之地，而在「來去」之間，希望也就悄悄地萌了芽。故這本小說的怨恨殊少，歡樂亦很節制，沉默、堅忍，反倒煥發出異樣的光彩，如此耐人咀嚼，都要歸功於作者的細眼觀察，耐心之至，所以才能成功地再現了一九一五到一九四五年之間的花蓮時空，從人民如何翻山越嶺，搭船渡海，忍受山路迂迴，以及太平洋風浪的顛簸，來到島嶼邊緣墾荒，又是如何在山與海之間，胼手胝足地開墾，播種，插秧。從農具作物，居住的屋舍，颱風來襲的氣象變化，四時的祭祀儀式，庶民的日常飲食，到養兒育女的點滴，而這些非戲劇性的細節，累積而成的，便是一卷社會生活風俗的長卷。

我們一幕幕看了下來，看阿音與初妹各自成婚，生養兒女，一路上彷彿沒有驚人的波濤，卻也掩不了最凡俗的悲喜，天災的侵害，兄弟妯娌之間的交惡，愛情的背叛，人事無常，但她們畢竟仍然活了下來，並且在此「落地生根囡孫湠」，「開枝散葉」，繁衍下一代，而命運的月亮，也一點一滴地由缺，再度復圓。女主角的姓名「鬫沛盈」的含意，於此呼之欲出。而原來生命的滋味，就藏在這細節之間，不過就是吃飯，穿衣，耕種，而她們偶然也會因為吃醋忌妒，便拿刀朝情人奔了去，但明日，終究又會回到生活的常軌，照舊吃飯穿衣去了。方梓並不刻意放大這些戲劇化的片斷，只是自然而然地寫來，竟讓人看了，也不禁要如《來去花蓮港》中的人物，生出些許堅韌的勇氣，去承擔生命中一切的偶然與必然。

自序

暮春，我蟄伏在遙遠的日治時代，俯瞰近百年的歲月，花蓮港廳。隔年初冬，我醒來，在訇訇響的月台上。

幾乎每個月回花蓮一趟，經常陰雨的八堵火車站，老是濛著一層霧水，灰黑的色調似乎籠罩著淡淡的悲涼。月台候車，總要想起父親，想起三十多年前那條蜿蜒的離別公路。那年八月下旬北上讀書，父親帶著膽怯的我，早上七點半在花蓮舊火車站搭乘金馬號，走蘇花公路前往蘇澳，還記得漂亮的車掌小姐是高中的學姊。這不是我第一次離家，更小的時候，外婆曾帶我搭車走中橫，回苗栗她的娘家；這是我第一次走蘇花公路前往台北。

一路上懸著心，一會兒看右邊陡峭連著太平洋的崖岸，一會兒望著直插天際的山壁，父親斷斷續續地解說沿途的站名，在哪兒會車，他在哪一年走過……。全程是單線通車，不同方向的車在沿途的小站等候交會，走走等等，十二點左右到了蘇澳。父親說，去吃午飯，然後轉搭一點半的火車；一票乘兩種交通工具，那時稱為「聯運」——金馬號和火車聯合運輸。

窄狹的街道交混著濃濃的魚腥味、熟熱食物的氣味、燥熱和汗臭，還有嘈雜的人聲。在油膩的小桌上，我淌著汗水吸食熱湯麵，父親指著對面的小旅館，說以前這些都是販仔間，在日本時代他的母親、我的姨婆（也是外婆）從鶯歌、苗栗到這裡，住一、二晚，然後搭船、乘車到花蓮；這裡百年來是許多人的人生轉運站。

火車是對號快，月台上、車廂內都有小販叫賣。車子開動後，有人叫賣熱茶，父親要了一杯，五元，是我中午吃一碗麵的錢。一只厚厚的大玻璃杯擱入些許茶葉被放置在窗邊的杯架上，沒多久一個提著大水壺的人朝杯子注入滾熱的水，蓋上杯蓋茶葉緩緩地在杯裡舒展。為了不浪費五元，到台北火車站之前，杯子大約添了四、五次熱水，父親和我揮汗喝熱茶，然後不斷地跑廁所。

黃昏抵達台北後驛，圓圓血橙色的夕陽掛在高樓上，我開始想家，這時母親正在炊飯。

爾後，像候鳥般，一年最少兩次往返花蓮台北；寒假返家最折騰人，遇上過年，得前三天徹夜在台北火車站排隊等待一早的預購票，如果買不到票，就轉搭金馬號一路從台北暈到花蓮，時間也要多花一兩個小時。

不管是聯運或直達的金馬號，從台北到花蓮或花蓮到台北，都是中午在蘇澳休息吃午飯，再出發；不管往哪個方向，都是日出到日落。

偶爾也搭花蓮輪，夜裡十點上船，翌日早上五、六點抵達基隆港，再搭客運到台北。容易暈船，也費時費事，除非買不到金馬號，搭船的次數是個位數五以下（花蓮輪在一九八三年因北迴鐵路通車影響而停航）。也搭過飛機，當然是在不得已的狀況下，因為票價是聯運的六倍多。

一直到一九八〇年初北迴鐵路通車，才結束早出晚歸的旅途。

小時候看歌仔戲，無論什麼劇情都會讓主角「翻山過嶺」遠離他鄉，始終不懂哪來那麼多山嶺可翻；每年至少兩趟的蘇花公路之行後，終於了解何止「翻山過嶺」，而是千山萬嶺。

婚後往返台北花蓮大都是搭飛機，速度完全抹去移動的心情，一直到前幾年遷來暖暖才恢復搭火車往返八堵、花蓮。

站在月台上，我的青春已褪去，漫長的歲月已消逝，夢中的事也都已遺忘，不再暫時停歇的蘇澳，卻在心中翻騰，來來去去的人影彷彿不斷重播的畫面，而阿嬤、外婆長途跋涉、遷移的身影在心中愈來愈明顯。

於是，回到八十多年前，隨著阿嬤、跟著外婆來去花蓮港，走一趟移民之路。我寫下黑夜，寫下遷移，記下無以表明的酸楚，同時也虛構幾個女人的生活。

小說的場景都塗上歷史的印記，歷史從漆黑、綿長的隧道走出來，便不停地塑造種種的面貌。我創造世界，隨心所欲。

我緩緩涉水而行，有時是廣袤的海或荒野中的一條河流，有時是樹林；靜默，有時也嘈雜，或許是海面奔騰的浪花、海豚，也可能是密葉林裡的一個奔走者；有時站在炊煙的草屋旁，地上犁過的土塊長著翠綠的新芽，屋簷下小蜘蛛結了網，沾著露珠閃閃發亮。

我在我虛構的場景。

這是一座雕花的櫥櫃，暗色椽木／十分老舊，儼然老人；／櫥櫃打開，流瀉出一片暗黑／彷彿陳年老酒的波濤，香氣四溢。

——韓波

櫥櫃打開，那些陌生的、熟悉的、真實的、虛構的人物，流瀉出來。

從日出到日落，我在遐想中，在孤獨和寂靜之中，在不同人物中流轉。春天喜鵲鳴唱，或無聲地穿屋飛過；夏日松鼠蹦跳在桑椏、鴿子在構樹下啄食；冬日濕冷，帶著水氣的腳步聲走過窗下。一直到暮色掛在窗框，屋外高架橋上傳來轆轆捷運聲，時間俯身向我，闔上電腦，回到現實人生。

日復一日，來去花蓮港終於到了終站，女性移民的故事完成了。

我是十八歲的阿音，我是三十四歲寡婦的初妹，我也是情歸無處四十歲的現代女性，我們遷移，從山前來後山，顛躓於石頭和荊棘間的過程，用手、用子宮、用筆播植人生的新園地。

那麼，我們來去花蓮港！

鯽仔魚欲娶某

西北雨直直落，鯽仔魚欲娶某，
鮕鮐兄拍鑼鼓，媒人婆土虱嫂，日頭暗尋無路，
趕緊來火金姑，做好心來照路，西北雨直直落。

——〈西北雨〉

昭和二年三月初，好日，宜訂親嫁娶入厝。

初春，氣候仍寒，日頭從棉絮的白雲探出頭。剛播下的秧苗一行一行，浸泡在田水中，稍嫌單薄的葉片隨風抖動，精神奕奕似的。還沒長出稗草的秧田，秧行間閃著水光，映著淨藍的天和如雪的雲片，一隻白鷺鷥在水田間低頭認真地啄食。路旁的欒樹剛抽新芽，水綠色的小葉子怯生生地掛在枝椏上。

一行約莫十來人沿著田邊小路走來，前頭是二人扛著大妝奩，再後頭有人提著謝籃，頭插紅花的媒人婆眉開眼笑地押在後頭，行伍熱熱鬧鬧宛若遊街。田裡的人穩住犁頭扯住水牛望著

這群提親的隊伍，黝黑的臉露出潔白的牙齒，笑著和訂婚行伍打招呼。

不遠處，一棟鉛皮屋頂的木造房子，屋頂後探出一叢叢竹梢，還沒開花翠綠的矮仙丹圍籬隔開水田，在屋前圈出一塊曬穀埕。埕前搭著布帆，一群人走動著。有人望向小路的這一頭，指指點點之後喊著：「新郎來囉！」便點燃垂掛在簷前長長的鞭炮，頓時，煙霧炮屑飛舞。這一行人也丟出一串串著了火的爆竹做為呼應。

鞭炮聲由遠漸近，一串串一聲聲愈來愈大愈響亮。透早就起床，梳妝打扮，阿音在房間內，聽到嘈雜話語交疊，心內鹹酸苦甜翻湧著。查某囝伴寶猜和阿盆吱吱喳喳說個沒完，比送訂的她還興奮。小她九歲的妹妹阿葉好奇地盯著變了一個人似的姊姊，粉白的臉、墨黛的眉、嫣紅的唇盤著頭髮，和歌仔戲裡的小旦一樣。隔壁厝的阿枝嫂一面幫阿音抹上特地買的白熊脂面霜，一股粉粉的香味彌散在房間，阿音深深地吸口氣，彷彿吸入幸福的氣味。

阿枝嫂拿起一塊新竹碰粉塗在阿音臉上，用手輕輕地推勻。阿音原本黝黑的臉頰，一下白了起來，像極了日本藝妓。

「阿音啊，有開面有差喔，真好抹粉呢。」阿枝再拿起一管幾天前才去桃園街仔買的眉筆，輕輕描繪著阿音稍嫌稀疏的眉毛。阿音看了鏡中的自己，頰白眉黛，不知是變漂亮，還是變成另一個人，看著看著竟有些陌生，好像和鏡裡的陌生人相對看。

阿音想起昨日阿枝嫂來跟她挽面，說是要開面。也是用碰粉塗在臉上，阿枝嫂嘴咬著針線，兩手絞著線在臉上拉扯，針線絞拉著臉上的汗毛，阿音直喊痛，阿枝嫂邪邪地笑著。

「痛，痛才好，洞房才痛咧。」阿枝嫂咬著線口齒不清地說著，更顯得曖昧。

十八歲了，阿音當然知道阿枝嫂曖昧取笑的意涵，不知是挽面的線絞得太用力還是阿枝嫂的話語讓阿音羞臊，臉上泛著紅暈。

「阿音，汝實在是好命咧，尪婿是自己揀的，不像我憑媒人嘴糊累累喔，嫁來才知艱苦。」絞著線阿枝嫂兩手如剪，剪著阿音臉上的汗毛，嘴巴也沒閒著，咬著線照樣吱吱喳喳地說個沒完。

「阿枝嫂，是我好運啦，同一個所在做事就熟悉，哎唷，這痛！阮兩人的父母嘛嘸反對。」

「汝這叫相看有意愛，像古早陳三五娘同款啦。」

「我看阿旺兄嘛真好啊，骨力做，也未打汝，點燈仔火嘛無地找。」

「嘿是汝在講咧，平時好好無錯，攏未當乎伊飲酒，酒醉一隻那獅咧。」說到不滿處，阿枝嫂力道加大，痛得阿音大聲叫起來。

「歹勢啦，上大力。汝都不知，明明未堪偏偏愛飲，每遍飲都會酒醉，予伊魯死喔。對啦，恁阿那答咁會愛飲酒？」

「不知咧，無關係啦，無錢那有酒通飲？」提到阿南的家境，阿音心情鬱卒起來，雖然家裡的環境也不是很好，但比起阿南的家要好多了，三不五時也有白米飯可吃，阿南家裡幾乎三餐都是番薯簽飯。

「伊厝甘是真散赤？」阿枝嫂換絞線，臉色轉為嚴肅，關心地問阿音。

「是啊，比阮厝還恰差，本來阮阿母無愛這門親晟，我愛到無法度，阮三嬸批詛伊是鯽仔魚欲娶某，辨公伙仔。訂婚了伊要去花蓮港替人開田做工，看會當有自己的田地。」

「花蓮港！這遠咧，汝咁要隨伊去？生番的所在，汝不驚喔，細漢時聽阮阿祖講，阮厝拜拜時嘸拜瓠啊，因為一個唐山來台灣的祖公仔予生番刣頭，瓠仔一粒那人頭，所以嘸拜瓠仔。」阿枝嫂又抹上一層碰粉，再挽一次，說到生番時，齜牙咧嘴。

「訂婚啊當然嘛隨伊去，昨暝阮阿母還在哭咧，講我那真正去花蓮港，三年五冬才通見一次面。講實在，嫁尪佮去花蓮港嘛無啥麼差別，攏是同款去生疏的所在。」原本愉悅的訂婚喜事，終因阿南將到花蓮港這個蠻荒地帶開墾蒙上一層傷感。

阿音的臉色陰鬱下來。

「是啊，查某人喔菜籽命啦，隨風飛，嫁尪就對尪走，有影啦嫁出去佮去花蓮港無啥差別，佮父母割腸割肚，攏是要吃苦啦。」挽好面，阿枝嫂邊擦去白粉邊回應著。阿音的臉頰亮透，從未妝扮過，阿音看著鏡中還殘留著一點白粉的臉，燈下顯得特別漂亮，想到訂婚的日期即將到來，喜悅湧了上來。離家的傷感對十八歲少女，似乎比不上愛情的嚮往。

夜暝，越過樹林，越過廢棄已久、雜草叢生的溪邊小徑，輕柔地來到窗前。阿音坐在床邊，不清楚心中縈繞著什麼，也無法將之表達出來，那是難以名狀的時刻，明天就要訂婚了，女人的婚嫁不也是一種蠻荒的開墾？移植到生疏的村莊、陌生的家族，去開拓自己的未來，用子宮用雙手去繁衍人生的幸福。她想起那日和母親到龜公廟裡求的籤詩：「前生結下好姻緣，今日相逢赤線牽，多福多男共多壽，一門喜慶此為先。」彷彿為阿音量身打造的籤詩，只是母親聽廟公解完籤詩嘟嘟囔囔著：「伊厝內不時米甕弄勞，叨位來多福？」雖然欣喜籤詩的內容，但阿音也很清楚，只有艱苦哪來多福？既然嫁到中庄和去花蓮港都得過著辛苦的生活，那麼就去花蓮港！

阿南大溪中庄的人，二、三年前有人從花蓮港回來，直說那兒還有不少未開墾的田地，而且花蓮港因為築港，日本政府花了很多心血開發，不再是蠻荒和生番盤據的所在，雖然不能坐車去，搭船去也不難。說得阿南的大哥阿火心動不已，彷彿看到一塊塊田地朝他招手。阿火和阿南與妻子商議後，託人寫信給早幾年前已到花蓮港的同宗，得到回應是很希望他們去，暫時居住不成問題。阿火和妻子阿卻借貸些費用，和簡單的行頭，在訂完婚一個月後便準備出發到花蓮港。雖然同庄的人說日本政府設置日人移民村，對花蓮港有先進的建設，對於從未曾去過花蓮港的人，聽聞久了花蓮港種種未開發的傳說，心裡仍是畏懼著，花蓮港對西部人來說不是桃花源，是一個生離死別的地方。

埕前爆裂似的鞭炮聲，阿音知道阿南他們一行人到了，就將要捧茶出廳前。阿枝嫂將胭脂抹點在阿音的唇上，要阿音抿一抿，一下子阿音的雙唇嫣紅如扶桑花，薄而小的嘴唇豐潤閃著亮澤。

「鯉魚嘴、柳葉眉、尪仔面，那藝旦仔咧，真媠喔。一白蔭九媠，三分人七分妝，實在有影。」阿枝嫂看來很滿意自己的化妝術，雖然也是這幾天硬是去隔壁庄學來，現學現賣，有模有樣。

「艱苦人佮好額人未比得，咱按呢都真好看，真有新娘款，聽講好額人的千金小姐，平常時都胭脂水粉妝得媠媠，吃好穿好也免曬日頭，還有人伺候，腳尖幼秀不媠嘛都媠。莫怪古早人講媠人割人的心肝免用刀。」阿枝嫂不知是怨嘆自己還是替阿音可惜，自言自語地唸著。

寶猜和阿盆幫阿音再攏一攏盤好的髮髻，幾根不夠長、盤不起的頭髮，阿盆用小髮夾夾住。阿枝嫂拍一拍阿音臉上多餘的碰粉，讓粉顯得得更勻更自然。

「是準備好否？新郎彼邊的人攏來啊，要準備捧茶。」阿音的大嫂阿綢進房間來探問，旁邊是阿音的大妗，要陪阿音捧茶。媒人婆一再交代陪新娘捧茶必須是好命的長輩，這樣新娘才會跟著好命；大妗生有六子二女，也做阿嬤了，在親族中算得是福壽雙全了。阿母做了這樣的安排也是希望阿音將來和大妗一樣好命。

「已經弄好啊，可以出房啊。」阿盆不放心，拉一拉阿音身上的大紅裙，抹平臀部坐縐了的裙裾。確定都妥當，阿音由大妗牽扶著出房門，大嫂隨即遞上茶盤，上頭擺了六杯甜茶。阿南家境不好，只來了六個訂親的人，不像一般人或有錢人家是十二人的訂親團。

大廳圓桌上擺了一個長長的奩盒，裡頭放了好幾樣男方送來的聘禮。阿南家無錢，大訂小訂同時來，因為要去花蓮港，禮數上是以訂婚和結婚的方式一起來，阿音不敢細看，低著頭眼角餘光瞄到阿南，阿南不知是買的還是借來的，黑色綢緞的長衫，梳著海角仔頭，有些靦腆，眼睛卻直勾勾地望著阿音。

「這是大舅公。」大妗首先帶阿音到一位白髮的老人面前，阿音知道那是阿南的大舅，但是對她來講就要加疊一輩，成了舅公。阿母一直交代，女人一旦嫁人，就和小孩同輩，凡事都要跟著小孩一樣。

「新娘捧茶頭犁犁，明年予恁生雙个，一个手在抱，一个土腳爬。」大舅公按嫁娶的儀式，新娘奉茶該出吉祥話語答謝。

「這是大伯公。」阿音順從地跟著叫大伯公。阿南父母早逝，是大伯晟養的，大伯就像他的父親一樣。

「鴛鴦雙對，龍鳳相隨，新娘生媠，囝婿古錐。」大伯公也回了吉祥話語。

「這是姆婆。」黝黑、皺紋爬滿臉的婦人，看起來有些害羞，阿南說過他的阿姆很溫純，對他這個侄兒很是照顧，就像親生的母親一樣。

「新娘娶入厝，予恁代代富，新娘踏過火，予恁代代賺傢夥。」姆婆也揀了一句喜事的應對回謝。

「這是大伯。」阿南的大哥阿火和阿南長得並不太一樣，比較福相將才，略為圓胖的臉，看起來像剛蒸好的麵龜，把原本就不大的雙眼擠得更細小了，也把不算高挺的鼻梁拉扁了許多。阿南的大哥早早就結婚了，大嫂同時要跟著去，方便照顧他們的生活。阿音也聽說未來的大姆尚未生育卻是厲害角色，連姆婆都讓她三分。阿音知道，將來她要擔心的是和這個妯娌的相處，不是那個如同婆婆的姆婆。

「新娘捧茶頭懸懸，生团生孫中狀元。」阿火很高興弟弟要娶親了，臉色喜孜孜的。

「這個是姑丈公。」阿南的大姑嫁到白雞，離鶯歌庄很近，阿南來鶯歌庄做工常常去大姑那兒。「姑疼孫，同字姓。」大姑對這個無父母的侄子的確十分的疼愛，經常替他縫破了的衣褲，有時替他準備白米飯包。

「食甜甜，予汝明年生雙生。」姑丈公黝黑的臉更顯得靦腆。

第六杯茶阿音端到阿南的面前，阿南抬頭看著她深邃黑亮的眼眸似笑非笑，不知是對阿音的妝扮陌生不習慣，還是害羞。阿音一陣燥熱，險些溢出茶水。眼前這個她認識一年半的未婚夫婿，其實還很陌生，只是幾次在同一個田頭家做事互望，後來阿南在吃點心時趁人不注意，對阿音搭訕幾句，鼓起勇氣邀阿音散工後到溪埔散步，立即被阿音斥回。阿南的大膽行為，卻也挑起阿音的心動。阿南濃眉深邃的眼眸和高挺的鼻梁讓人誤以為是平埔番，這也是讓阿音深深地著迷的一張臉，每次阿南肆無忌憚地望著她，那樣直接，毫無保留地流露出渴望的愛意，彷彿一股電流在心底流竄讓她心慌意亂。阿音知道自己長得並不算好看，略黑的皮膚，嫌小的眼睛，扁平的鼻子，好看的是那張小巧的嘴，以及稍豐腴的胸部和渾圓的臀部。

查某囡伴中已有嫁人，不過都是和阿枝嫂一樣憑媒人介紹，訂婚那天通常是第二次見面。阿南和阿音這種相意愛在庄內找不到幾個，雖然台北廳很多男女是自由戀愛，在農村還是行不通。幸好阿南沒多久即找媒人來提親，不然兩人的眉來眼去，阿南大膽示愛和多次相約恐怕要讓庄裡的人嚼舌好久呢。或者也是因為如此，阿音的父母和大哥沒有太計較阿南家的貧窮，很快就回覆這門親事。

捧完茶，阿音和大妗退回房間。大廳裡阿音的舅公熱情地說著：「飲甜茶，飲甜茶！」房間內，寶猜和阿盆興奮地問阿音聘禮是壓什麼？大妗輕輕地制止她們：「彼呢大聲毋驚人聽到，會予人笑死！」

阿音微微笑一下，說她沒注意到。阿枝嫂倒是一一說出男方送來的聘禮。在阿音捧茶時，阿枝嫂也擠在大廳門邊觀看新娘捧茶，自然清清楚楚看到了聘禮的物件。「金手指、一條金鍊、半隻豬、香燭、雞、鳳梨、香蕉、禮炮、冬瓜糖、桔餅、龍眼乾、一塊布料，聘金放在紅紙袋裡，不知寡濟？」

「不知寡濟喔？」寶猜有點惋惜地說著。

「哎喲，恁厝散都鬼欲擲，有這濟項都已經不壞了，會當偷笑了，哪會當佮好額人比。」阿枝嫂的話完全聽不出是替阿音解危還是恥笑阿南家的貧困。其實就如阿枝嫂的說法，今日能有如此稍像樣的聘禮，已經很難為阿南他了。阿音心裡有些難過地低下頭來，不知怎麼地眼淚掉了下來。

其實大家心知肚明，這個訂婚和娶親是一樣的；因為急著去花蓮港，阿南家人希望訂婚嫁娶一起辦理省事，阿音的母親卻有個私心，希望只是訂婚，這樣阿音不必隨著阿南到花蓮，等阿南有錢有閒回北部來迎娶，也得一年半載。

「嘿，訂婚毋通哭，會歹命呢，要哭等嫁彼工則來哭好命。等一下還要去收杯子，畫的妝會糊去呢。」阿枝嫂趕緊拿塊手絹替阿音拭去臉上的淚水。

「好命歹命查某人的運氣啦，亦嘛要活到老才知好歹命，這時陣講這尚早啦。」大妗一面安慰阿音，一面示意阿枝嫂補妝。

「阿妗，訂婚就要送雞、香蕉、鳳梨是啥麼意？」阿盆倒是對聘禮好奇，隨口問阿音的大妗。

「啊知，嘛是古早人設的，聽講雞是『起家』，鳳梨是『旺來』，香蕉叫著『連招貴子』啦，啊擱有咧，龍眼乾是『福圓』啦。這嘛弄是聽阿音的舅公講的。攏是愛好吉兆啦。」阿音的大妗出身大家庭，涵養很好，對禮數也頗清楚，述說起來頭頭是道。

阿音一個一個收回茶杯，每個茶杯底下都墊著一個紅包，新郎壓的那個最大包。收完紅包，也近中午，稻埕上已擺上兩桌準備辦桌請新郎那邊的人和女方這邊的親友，焢肉和燉菜頭湯的香味一陣陣傳來，難得的大魚大肉，引得大家飢腸轆轆。

桌上不只是焢肉，還有白斬雞、三層肉、雞胗、肝等腹內十盤的料理，還有一大鍋白米飯，這料理都是大嫂、二嫂準備的，兩個人從昨天宰殺雞鴨又滷又煮地忙到現在。

男方一桌、女方一桌，阿音的父親、舅公、伯公、阿伯、大哥都坐在男方那桌招待客人，阿音這桌幾乎是女眷，小孩子則在廚房的小桌子吃飯。

「毋免客氣，請用！挾起來配！」阿音的舅公坐大位以主人的身分拿著筷子吆喝大家用餐。兩桌人都低頭專心賣力地吃飯，連應酬聊天都省了。不到半個小時，桌上的飯菜幾乎全被掃光，只剩下雞頭和雞腳不能吃光。兩隻土狗畏怯地慢慢靠近桌下，迅速地啃食被啃吮得乾乾淨淨的骨頭。

阿音和女伴們回到房間內。然後一陣鞭炮聲，男方要走了。習俗上是不能道再見，男方靜悄悄地走，女方也靜悄悄地送客，不得揮手，不得說再擱來坐。鞭炮聲告知客人啟程離開了。

訂婚後大概一個月左右，阿南和他的大哥大嫂趁仲春颱風還沒來，冬季東北季風也剛颳完的最好季節準備到花蓮港。從大溪坐自動車到桃園火車站坐火車到台北，再從台北車站換車到蘇澳住宿等候船期，坐漁船到花蓮港，氣候若不好就得在蘇澳的「販仔間」多住幾天直至可以開船。

大清早阿南一家人把能帶的農具大大小小放在鄰居的牛車上，從中庄運到大溪街搭自動車到桃園車站。那天阿音特地天未亮就和查某囡伴出發到大溪中庄送阿南。眼見阿南坐上車子，眼淚簌簌直落，雖然兩人訂婚，卻也沒有機會說些貼己的話語，兩人又都不識字，也無法用書信互訴思念或擔心的心情，阿音愈想愈悲傷，哭得不能自已，幸好寶猜和阿南的阿姆勸解。

「毋通哭，佢會平安到彼啦，等佢那安定落來，汝都會當去彼過好命的日子，心放乎寬，在厝等好消息啦。」阿姆體己的話讓阿音心裡輕鬆不少，擦乾眼淚向阿姆道謝，阿音和寶猜要回去鶯歌庄。

「要厝裡住一晚否看看遛遛一下，明仔日才返去？」阿姆好意留她們。

「阿姆，毋免啦。愛緊返去厝鬥做事。」阿音覺得不妥，且阿南也不在家，也沒有必要留宿，和寶猜婉謝後離去。

阿音心底有了打算，不管阿南在花蓮港過得如何，她要去花蓮港和阿南結婚，她知道阿母又要哭得死去活來，阿爸和大哥絕不會答應。阿音心裡篤定得很，都已訂婚了，早晚都是阿南家的人，一個打拚不如兩個人共同來奮鬥。在搖搖晃晃的自動車上，寶猜累得睡著了，阿音心事重重，盯著車窗外，想著如何向阿爸開口。

自從阿南去花蓮港後，日子像老牛拖車，緩緩地過，阿音一樣出去做工或是在自家田裡幫忙。春天慢慢地走了，夏天也拖拖拉拉地過了。阿南終於託人寫了信向阿音報平安。在花蓮港找到開圳的工作，厝也有租到，土角厝有灶有廳、兩間房，阿南和兄嫂三人日時替人做工，荒地免租年期地尚未租到，暝時去別人的田地幫人開墾挖石頭。信裡還說過完年後再看日子回來帶阿音去花蓮港。阿音很失望，這意味著阿南是不會回中庄過年。

然後，冬天就像爬坡一樣爬上來。

那一日，雨下得很大，不能到田裡做工，男人在牛槽裡修理農具，女眷在廚房洗洗刷刷。阿音慢條斯理地補著斗笠，阿爸看阿音悶悶不樂，知道她思念阿南，也不知哪根筋不對，暴跳如雷地開罵。

「飼查某囝有啥路用？未訂婚都想要嫁，訂婚了攏無心晟鬥做事，歸個心走走過彼邊，成啥體統！飼這濟年恰輸熟識不到二年，老爸咁真正恰輸尪。汝嘛同款啦，飼大嘛是無效啦。」阿爸的斥責，連站在旁邊不過十歲的妹妹也順便罵進去。

這下如果跟阿爸說要去花蓮港找阿南，阿爸又不知道要怎麼數落她了。阿音嘆口氣，等過完年後再說吧。

冬天暗得快，還不到煮晚飯的時間，烏雲像灰黑色的布匹厚厚地鋪著，越鋪越多，天色暗了下來，阿音在大廳看著父親稍駝背的身影坐在簷下的木條椅，像一尊灰泥塑像，望著剛割完稻穗的農田。

年後，忙完插秧，阿音鐵了心，橫豎都要去，不如早一點去。大餅吃了，聘金也收了。阿音不要嫁妝，她打定主意自己去花蓮港，不用阿南來接她，來回幾天阿南可是要少賺了好多天的工錢，還有船票車資。阿音打算到了花蓮港簡單辦個結婚，這樣可以和阿南一起打拚。

「阿爸，我想要去花蓮港，在彼簡單舉行婚禮都好，毋予阿南傢擱借錢，橫直都欲過去，我想後個月，我都過去。阿爸請你成全我。」阿音聲音顫抖地說著，隨著跪下來。

「好啦，到這，查某囡飼大別人个，我無錢予你辦嫁妝，這二、三個月做工的錢都予汝做私家。」阿音的父親早料到，都訂婚一年了，阿南家也不知什麼時候回來，原本是心疼女兒到花蓮港吃苦，想拖延些時日，這一等又不知什麼時候了，當然習俗裡訂婚過久才結婚是大凶。

阿音的母親難過得眼淚直流，擔心女兒是否能平安到達花蓮港，到那個生番所在如何過日子。阿音和大嫂、二嫂一直安撫著母親，母親卻哭得更傷心，連晚飯也吃不下，倒在床上哼哼唉唉的，不知真病假病，一躺就是一旬。

年剛過，今年雨水過多，天寒地凍，腳趾都凍裂了，鋤頭柄像隻冰棍般，想到再一個月就可以到花蓮港見阿南，阿音咬著牙根，揮著鋤頭掘著菜壟，冷風如刀不斷劈在臉上，鋤了半天才有一點暖意。阿音很清楚到了花蓮港恐怕要比這裡過得更艱苦，這也是阿母無法接受難過得生病了的原因；生活過得好壞待在身邊看得到，到了花蓮港無親無晟，即使被欺負了也無人可撐腰出氣。就像大嫂說的：「家己選的，家己要擔當。」

阿音的大哥不放心，決定要陪她到蘇澳，看到她上船再折回鶯歌，花蓮港那頭也寫信過去，大概說明什麼日子會到，如果船期順利的話。這樣的決定讓阿音的母親稍微寬心，不過想到女兒就這麼簡單地嫁過去，連個像樣的嫁妝也沒辦法讓她帶過去，不免又傷心起來。

阿爸氣話說歸說，究竟還是心疼女兒。阿音要離家前一晚，偷偷叫她到房間內，塞給她二十圓，這可是她得做足四個月的工才拿得到的，阿母給她一小包金子首飾，有一個戒指、一條項鏈、一隻鐲子，叮囑不要讓阿南知道，要放好免得被偷了。阿音做工好多年，幾乎全數交給父親，唯有每天一兩分錢偷偷存起來，加上過年的紅包積存了好多年也有十多圓，和父親給的二十圓，總共就有三十多圓了，她還是第一次手上拿著這麼多錢，比一般吃月給的還多呢，省著用可以過半年呢。

「生活未得過，這些金仔拿去賣，度日子，有錢才買返來都好。收乎好不通乎恁阿嫂知。另外這是平安符，我去龜仙宮求的，掛著通好保平安。」阿母邊說邊流淚，說得阿音也哭了起來，阿爸嘆氣連連。房間內油燈仔火有氣無力地閃晃著，映著阿音淚漕漕的一張臉，淚痕如雨後水漬，微微濕亮。

暮春，天氣暖濕，阿音聽著窗外蟲聲嘶嘶地叫著，窗外那棵含笑近日開得正豔，濃濃的香氣一陣一陣隨著微風吹進屋內。本來很喜歡這棵含笑花，不知是心情的關係，阿音今暝卻嫌它香濃得令人煩厭，心裡更加躁鬱得睡不著，翻來覆去，竹仔床吱吱嘎嘎響個不停。

「阿姊，汝去彼遠，底時才會返來？」阿葉知道姊姊心煩，同時也難過要和姊姊分開，雖然兩人相差九歲，阿音就像她的小母親一樣，從斷奶就跟她睡，由她照顧，阿葉一向很敬重這個姊姊，這次的分離也不知何時姊妹再能像這樣睡在一起，這個房間等下次回來就是個做客，是娘家。

「誰知也，唉。以後做工就無人陪汝，汝要恰勇敢知否，要乖乖隨阿嫂去田裡做事，替阿姊照顧阿母和阿爸，毋好惹阿爸生氣喔，到花蓮港阿姊會拜託人寫批返來。」阿音不知該如何對這個屘小妹訴說心中的話，只好一一交代一些她這個年紀才聽懂的話語。

「阿姊，我真想要去讀冊呢，汝卅會當佮阿爸講予我去公學校讀冊，亦是晚塾仔識字？」阿葉十歲了，每天跟著嫂嫂到菜園除草摘菜，父親認為查某囡不用讀書識字。

「好啊，我明仔早就參阿爸亦是大兄講，予汝去讀冊，那無連寫批都要拜託別人，真不方便。」

「阿姊，我那會識字一定會寫批予汝。」

「好啊，我嘛足希望汝會去讀冊，無定著將來會嫁到恰好的杜，嘛恰好命，免像我人嘛無婧，亦不識字，擱無一項手藝，甘擔會曉做工，像一隻青暝牛。過二、三年妳那無去讀冊，叫阿母予妳去學裁縫，嫁人以後會當做衫鬥賺錢。」

「我知啦……」阿葉究竟是小孩子，說著說著睏得睡著了。

阿音看著熟睡的妹妹，心想以後這個屘小妹一定會比自己更好命，不像自己人生的路坎坎坷坷。

夜很深，水田裡水蛙呱呱叫個不停，阿音看著床邊竹編的方型行李，幾套冬夏天的衣衫，一個她睡習慣的竹枕，還有大嫂和二嫂趕著裁縫出來給阿南和他大哥大嫂各一件衣衫做見面禮。母親要她在內衫裡縫兩個內袋，一個裝錢一個裝金子。有了金子和錢，阿音更篤定了，像有靠山一樣，人生的路可以大步邁出去了。

四月下了初雪

命運本身，比我們說得更好，看得更清楚。

——蒙田（Michel de Montaigne）

穀雨過後。

天氣逐漸濕暖，凌晨仍有些許寒意。夜半才飄起的雨像絲線細細地下著，無聲地墜落在瓦片上，滴落在石子路。後院那株玉蘭花因為寒冷而凝固的香氣隨著春雨潤澤而舒卷開來。簷脊聚承了飽滿的雨水，滴滴答答地滾落下來，巷弄、房舍在串珠的水落聲中寂然沉睡。突然野貓的叫春聲尖刀似的劃破了寂靜，有人吼了一聲，野貓蹦地跳走了，被劃開的黑夜再度閉闔起來，更深更暗更靜了。

房內幽暗，木窗縫隙透著灰黑的線條，夜還很深邃，寒意浸蝕著地面、木片牆。

初妹翻覆了整夜，淺淺入眠，被野貓的叫聲驚醒，再也難以入睡了，轉了身看著旁邊的素素敏酣甜沉睡，輕輕嘆了氣。小孩子沒煩沒惱，不知世事就不知什麼是痛苦。只是嬌生慣養的素敏往後不知能不能吃苦，以後的日子恐怕比現在要苦上百倍。初妹輕撫著素敏像初開油桐花牙白粉嫩的臉頰，心裡一陣酸痛。

夜像座黑洞，不見底的井那樣深，這些年來人和心都是懸著，連黑洞深井都無法墜入，初妹開始懷念長長黑夜的焦慮。井再深有個底處可踏實，夜再黑也有黎明等著。時間像一彎平靜的水，漠然而無動於衷，日子就像在一個沒有盡頭的夜晚中測量時間。

初妹翻個身，雨好像停歇，或者雨勢小了，屋簷的滴水聲微弱間斷愈顯得纏綿。

這個決定不知對或不對？前途就像窗外的夜，濕漉漉、黑濛濛的，路徑難辨。彷彿就要墜入深井，初妹決定再深也要落地踏實。一年多前跟阿姆提起這個決定，阿姆的淚水潸潸落下。

「偓的歹命的妹仔，佢怎樣做個決定哪？」初妹的阿姆桂秀一面拭淚一面焦急著問。

「咱母女三人同樣的命，厝邊頭尾會恥笑，搬去遠遠冇人識得的所在，重新過日對咱都有好處。」初妹白淨的臉露出堅毅的神情，不管阿姆是否答應，她都會走這條路。這幾年來搬回家裡住，庄裡的人指指點點，墜入他鄉的深井總比懸在半空中實在。

「佢管別人講嘛，自己過自己的生活，偓不怕，偓就兮此種命仔，嘛人愛講隨在伊。佢去彼遠嘛人照顧妳喔？」

「大哥啊，舊年伊轉來，偓又同伊講，伊講伊會安排，偓想冇啥問題。」

「佢大哥兮大娘的賴仔，伊樣兮真心照顧佢？」

「阿姆，莫按樣想，大哥對咱當好，比起其他的阿哥好極多。𠊎已決定莫再留此，只是不知三妹按樣想？𠊎想要帶走素敏，不知伊肯不肯？」初妹最擔心的倒不是往後的生活或是大哥能不能照顧的問題，是三妹肯不肯讓她帶走素敏？

「佢問伊看看，不過再想想好麼？」桂秀很清楚女兒的個性，她是不想再連累家裡。三妹有好的婚姻生活，有個守寡的姊姊跟著，似乎有些不妥，妹婿仁煌雖是招贅，得養她這個老太婆，卻未必得養初妹，雖然嘴裡沒說什麼，等她年老之後，仁煌未必心甘情願奉養這個大姊。初妹也曾對桂秀說，三妹人生是紅色，她是黑色，不應住在一起。

守寡待在娘家，一個子嗣也沒有，和阿賢六年的生活像一場夢；彷彿沒有任何可以記憶日子的東西，想往回走，去尋找昨天在山裡、森林或湖水裡遺失的、掉落的，卻再也找不著了。

就因為一無所有，才要去花蓮港嗎？

翻來轉去還是睡不著，初妹索性起來，檢查看有什麼遺漏沒帶齊的。點燃小油燈，燈芯煢煢，昏暗中看著素敏的小鞋，心裡隱隱地痛起來。幸虧三妹的體諒讓她帶走素敏，不然一個人到他鄉異地也沒有個奮鬥的目的。

這就是命吧，母女四人就三妹命好。阿姆、銀妹和自己都是年紀輕輕就守寡，阿姆還生了她們三個姊妹，銀妹也有個兒子可依靠，自己呢？結婚六年丈夫病逝，膝下無子女。同庄都笑她們母女命中剋父剋夫，幸好三妹招贅六年打破了她們母女結婚不過六年的說法。也是命！

素敏的命中須有兩對父母，且離得愈遠愈好。

三年前，三妹把素敏過繼給她，說是過繼其實連戶籍都沒辦，也都還是三妹照顧。同住在一起，初妹和妹婿負責生計，三妹負責家務，加上父親分給的田產收租，生活還過得去。只是到了花蓮港，刺繡縫製衣被可以生活嗎？那裡全是在山前生活過不下去的人，哪來的閒錢訂製刺繡的衣被？

一個只是聽聞，據說是流浪漢，作奸犯科、草莽英雄麇聚的地方。這個需要胼手胝足、赤手空拳打拚的土地，無論如何都不是她應該去的地方。

看著自己尖細幼秀的雙手，這雙在三叉十分出名的剔花刺繡高手，初妹不禁又嘆氣。這雙手不知繡過多少嫁娶的被單、枕頭套、新娘嫁衣，卻繡不出自己的一生幸福。自己最擅長的鴛鴦被枕，連竹東都有人慕名而來。母女三人卻是鴛鴦拆散陰陽兩隔，孤鳥單飛。

三妹又有身孕了，連生兩個女兒，大家都希望這一胎是個兒子。「第三細妹好命」一點都沒錯，三妹是姊妹中長得最好看，多少有錢人來提親，阿姆堅持要招贅，有錢人家的子弟誰肯入贅？拖延至二十歲，才有仁煌入贅。仁煌是窮苦子弟，苦學終於在石油會社上班，公務人員生活勉強還過得去，人長得高大，老實古意，很合阿姆的條件，仁煌無父無母又是屘子，入贅不是問題，條件只有所生的次子必須姓他的姓。

初妹想著，遇到阿賢是她生命中的大轉折。阿姆雖是細姨，阿爸對她們三姊妹一樣疼愛，從小就到漢文仙那兒讀漢文，也讀日文，若不是阿爸早早過世，姊妹三人會迥異現在的命運吧。初妹公學校畢業，銀妹四年級，阿爸一下葬，大娘就趕她們母女出門。還好阿爸生前給了阿姆一間瓦屋和五分田地，阿姆存了些私房錢和一點首飾，暫時生活不是問題。初妹從小就跟阿姆學刺繡剔花，手藝極巧的她還勝過阿姆。一出大娘的家門，初妹和阿姆開始替人繡枕被嫁衣，銀妹料理家務，三妹繼續讀公學校。沒多久初妹精巧的手藝逐漸傳開，三叉、銅鑼一帶有人家嫁女兒都來找初妹繡衣縫被，收入勉強可以應付生活，初始不足就由阿姆的私房錢墊付。初妹十五、六歲，就經常有媒人婆來說親，雖然是細姨的女兒，但是初妹讀書識字，懂日語、手藝又巧，來提親的也都是大戶人家。本來阿姆是要初妹招贅，一一回絕了媒人婆。過了二年後卻再也沒有像樣的人願意招贅，阿姆才放棄，打算讓初妹嫁人。

阿賢就是那時找人來提親的。阿賢家裡開中藥舖，父親是漢醫，阿賢高等科畢業分發到竹東的公學校教書。一日回到三叉路過繡線店舖正好看見初妹購買繡線，經過打聽便請人來提親。這是一門好親事，阿姆當然應允。做了幾年的繡衣，初妹終於有機會為自己縫繡嫁衣，雖然只在訂親那日見到阿賢，初妹知道阿賢是個老實可靠的人，又是個老師，很慶幸自己能有這麼好的姻緣，可惜阿賢有些清瘦。不過一想到阿賢家開中藥舖，初妹心裡踏實許多。

嫁娶的時日逼近，初妹想到自己忙於針黹賺錢養家，三餐吃食都是三妹和阿姆料理，煮個簡單的飯菜還可以，至於做粄、粿她就不是那麼熟悉了。剛訂完婚，阿姆要她先放下手上的針活學做粄、粿和料理。阿賢家雖不是大戶人家，也還算殷實，不是一、二碟醬菜就可以應付。偏偏初妹既要趕別人的嫁衣，也要縫繡自己的被枕，哪停得下來？一日阿姆硬是拉著她到廚房，從磨糯米、壓粿到做粄做粿樣樣都學，殺雞剁鴨擺盤件件都做。學歸學，初妹也不知自己到底能不能應付？阿姆卻說她手巧，「巧巧係冇嘛困難，做幾擺就冇問題。」

回到娘家的這幾年，初妹緊緊守住了孤寂，像清泉邊的一座茶屋、禪房，以為這輩子就要如老尼，終身守著窗外薄薄的雲霧、淺淺的彎月。去花蓮港的決定像是在心裡丟了一個恐懼，在平靜的湖面投了一個石塊。

沒有了簷脊水滴聲，雨該停些時了。窗縫透進鐵青色的光線，天快亮了吧。初妹檢查藤皮編製的大行李裝滿了衣物，錢和首飾縫在內衣裡，大哥的信放在衣服的內袋，到了花蓮港就可以按著地址去找，暫時住大哥家，看情形再打算。衣服的內袋還有兩張照片，一張是素敏做對歲三妹帶她到寫真館拍攝的，獨照留在三妹那兒，這張是素敏和安敏的合照，那時三歲的安敏懂事地摟著素敏，另一張是素敏、安敏和三妹、仁煌的合照，兩個月前確定到花蓮港的時間後去拍照的。

初妹起床把木窗推開一點，探了探窗外，雨後的水氣濛濛像霧瀰漫著，玉蘭花的葉子微微閃著水光。天透著一點青灰色的光亮，幾隻早起的喜鵲吱吱喳喳地叫個不停，雨停了真好。

初妹穿妥衣服，到後屋從幫浦汲出半桶的水倒入洗臉架上的臉盆，這個琺瑯質有著一對鮮豔的鴛鴦圖樣白色的臉盆，是三妹招贅時，特地買來送她的。冰冽的水打在臉上有些刺痛，漱了漱口抹淨臉，把水潑在那株玉蘭花根，回房裡揭開鏡子的簾布，放下有些凌亂的頭髮，用木梳子梳順了挽向後腦盤了髻，插了髮簪。鏡中白淨的臉，黑亮的大眼睛，三姊妹中就屬她眼睛最大，皮膚最白淨。阿賢老說她不愛笑，太嚴肅了，可惜了那雙澄亮的眼眸。鏡中臉頰比以前更清瘦，眼尾有著細細的紋線，長期不笑的臉顯得有些僵硬，像脫水榨乾的粿粄。三十四歲對女人來說是老了，初妹才要走出新的人生。

初妹掀開花簾布，步出房間走向廚房。

穿過廳堂，一陣寒涼氣。初妹聽到對門廚房有剁刀的聲音，正在納悶誰這麼早就起來，便見到三妹探出頭來。「阿姊樣係按早，要坐車怎係冇多睡一時？」

「冇早囉，等一下就要天光了，本想起來煮粥，冇想到佢兮起來，佢冇睏飽係莫？」初妹跨進廚房便看見鍋裡正煮著粥，砧上三妹正切著鹹菜，旁邊是剁好的菜脯，都等著下鍋炒。

初妹從碗櫥裡拿出豆腐乳和醃瓜放在小淺碟，端上桌子。彎下腰把柴枝丟進灶裡。三妹轉身從小籃子裡摸出二顆鴨蛋和著剁碎的菜脯放入鍋裡煎。

「做嘛煎菜脯卵？」初妹有些不解，今天又不是什麼大日子，也沒有客人來，何必煮得這麼澎湃？

「分佢和素敏加菜，去按遠不知有食好莫？」三妹心疼幼小的女兒將跟著姊姊吃苦，不能有太多實質的幫忙，煎個蛋或多或少給女兒和姊姊補一補。

「還有包袱裡偃準備二隻雞腿及二個煮卵、二塊草粿及甜粿，路上好食，素敏係袋有伊愛食鳳梨乾及伊阿爸買的餅乾。」三妹說著說著眼圈紅了起來。

初妹一時不知該說什麼，陪著三妹掉淚，默默地再塞些細柴枝進灶裡。

廳堂裡有了聲響，想必是阿姆和安敏起床了。

「おはようございます！」安敏剛讀公學一年級，端著臉盆要到廚房接水給阿婆洗臉。見到了母親和大姨用日語道早安，接完水轉身回到廳堂進去阿婆的房間。

「安敏知不知素敏要隨俚去花蓮港？」初妹見安敏神情愉快，彷彿不知自己的妹妹要離開似的。

「知係，不過俚講素敏隨佢去聊，冇講住下來，亦冇講去按久，免得伊難過，伊極疼惜係妹仔。」安敏和素敏相差二歲，兩人感情極好，誰早起第一件事就是去找另一個人。安敏讀了小學，素敏還很不習慣姊姊半天不在家，一早起來就吵著要找姊姊。三妹擔心若讓安敏知道妹妹將跟著阿姨到花蓮港長住，不知會哭得怎樣。所以對兩姊妹都說素敏只是跟著阿姨到花蓮港看大舅，很快就回來了。

「安敏去喊素敏起來食飯咧，佢嘛要去讀書緊去準備，聽到莫！」三妹把粥和菜全端上桌，盛了粥在每隻碗裡，朝大女兒喊她們的名字。

沒多久聽到兩個小女孩銀鈴般的聲音笑著。

「內桑，俚要去花蓮港聊，佢同俚去好莫？」素敏洗好臉對著姊姊說。

「俚要想去，不過要讀書，阿姆不肯啦！」安敏一臉惋惜，對花蓮港一無所悉，剛入小學的她聽到花蓮港總覺得很美的名字，應該是很好玩的地方，況且又有港口，不知船長成什麼樣？牽著妹妹來到飯桌，兩人乖乖地坐在椅子上等開飯。

桂秀特地牽著素敏的手端詳著：「素敏當靚喔，要去聊係阿婆會想佢喔。」

「阿婆，偓要急急轉來看佢好莫。」素敏轉身抱著桂秀，桂秀淚水滑了下來，趕緊拭去。

「安敏佢阿爸呢？起來……」三妹都弄妥了卻沒見到丈夫，正說著，看見丈夫仁煌從廳堂朝這裡走來，臉色有些疲憊，想必也是一夜難以入眠，見了妻女露出淡淡的笑意。

一家六人全都坐定，桂秀喊了一聲：「食飯咧。」大家才開動。大人心情沉重靜靜地吃著，兩個小女孩忍不住又玩了起來。

「冇規矩，細妹仔按呢會讓人恥笑，乖乖地食，聽到莫？」三妹輕聲地制止兩個女兒。

「喔，阿姆莫歡喜囉，緊食飯阿爸有糖分。」仁煌父母早逝，一直羨慕溫暖的家庭生活，所以對女兒特別的疼愛，連一句重話都捨不得說，加上又是入贅，管教小孩全交由三妹。三妹會理家，把家裡打點得乾淨明亮，兩個女兒教養得極有禮貌，雖然小女兒活潑了點，都還是很有分寸，樂得仁煌當個好爸爸，和其他家庭的嚴父樣子完全不同。兩個女兒同他很親，每當他下班回來，兩個女兒便黏了上來，父女三人在庭院裡玩。如此溫暖的家庭是他二十多年來從沒擁有過的，何況三妹和家人也從沒把他當成入贅的人。

唯一的缺憾是小女兒即將離開他，他真的有些後悔當初為什麼要去算命，而且是那麼斬釘截鐵地說著必須遠離家鄉，必須和父母分離才會有圓滿的人生。這讓原本有著忌諱的家裡更深信不疑，也讓素敏去那麼遠的後山落後地方，這一去不知什麼時候才能見面。家裡雖不富裕，可也沒讓素敏吃過苦，即使到現在素敏都快要六歲了，到外面去都還要他揹。不知大姨子如何把她帶到花蓮港？又要轉車換船的。一直以來他就是不贊成，管他什麼命，再不好的命有比他不好嗎？還不是熬過來了。但怎樣也拗不過三妹，一向溫柔的她一旦固執起來，他如何是說服不了的。不知三妹是真相信算命，還是想成全大姊？讓素敏離開他像是掉塊肉，不知三妹怎麼捨得？仁煌轉頭看著素敏，素敏不解世事地喝著粥，看著父親看她還以為要她快吃才有糖果。一面飛快地喝著粥，一面對父親點頭表示「我已經吃得很快了」的意思。仁煌看了更覺心酸，想起自己七歲喪父八歲喪母，而素敏六歲卻要跟他生離。他低著頭快速喝完粥也不再添，起身將碗放下。

素敏和安敏看見父親吃完粥也急著扒完剩下的粥，顧不得最愛吃的菜脯蛋，碗一放也跟著父親一起到廳堂。三個女人還是靜默著繼續吃著早餐，碗裡的粥卻沒少。

仁煌轉身到房裡，兩個女兒跟著進去。

「阿爸，糖仔呢？」素敏擠到仁煌身邊仰頭看著他。仁煌從櫥櫃裡拿出一小包的紙袋，摸出兩顆牛奶糖遞給兩個女兒。

「阿爸佢樣有這糖，這係日本仔糖莫？」安敏一看就知道這是日本的糖，在阿貴桑的雜貨店是看不到的。

「這係日本糖，偓係同事送偓，兩顆一人一顆。」仁煌摸摸女兒的頭。

「阿爸給佢食一口。」安敏撕完糖果紙先遞給父親，素敏還在努力地剝糖果紙。

「阿爸莫愛食，佢食就好，親乖的妹仔。」仁煌把糖果放進安敏的嘴裡，拿起素敏的糖幫她把紙撕開，然後放進她的嘴裡。

「安敏，去學校囉。」三妹在廳堂朝房間內喊著。

「知啦，就要去囉。」安敏出來將放在廳堂椅子上的小布袋斜揹在肩上，戴上帽子，跟父母親和妹妹揮揮，朝廚房喊著「阿婆、阿姨去公學校囉。」走出大門。

「佢又叫人力車莫？」三妹算了一下再一個小時左右就要去火車站了，不知仁煌是否記得先訂人力車。

「有啊，兩輛，六點半會來。妳真捨得？」仁煌大概想做最後的努力，再問一次三妹。三妹沒有回答，轉身回到廚房提了一壺熱茶放在廳堂的圓桌上。然後牽著素敏回房間換衣服。

廳堂上桂秀和仁煌無言地喝著熱茶。

「阿煌，三妹的決定有伊的用意，素敏不好帶，初妹冇賴仔及妹仔，又冇法生養，素敏分伊對佢和初妹都按好。」桂秀喝了口熱茶，終於忍不住說了話。她自己是相信命運的，從小阿姆就說她是細姨、冇賴仔命，命真是不可違，果真如此。

仁煌默默不語，都箭在弦上能不發嗎？

「佢知啦，毋係毋願意，是不甘啦。人力車大概要來了，佢去巷頭看看。」靜默了一會兒，仁煌回了桂秀的話，起身到門外看人力車是否來了。

三妹帶著換好衣服的素敏回到廚房想清理，廚房裡初妹早已清理乾淨，兩人索性坐在餐桌上談了起來，素敏在旁邊玩初妹縫製的小布偶。為了讓初妹把素敏帶到花蓮港，這三個多月三妹讓素敏跟初妹睡，出門也讓她帶著，讓初妹習慣帶小孩。其實素敏五歲了很多事都自己來，雖然有些頑皮任性，沒有安敏那麼懂事，倒也算乖巧，並不是一個難帶的小孩。這幾年在家裡看三妹帶小孩，初妹也多少懂得去照顧小孩，何況是自己妹妹的孩子怎會不疼，這大概也是三妹捨得給她的原因。

初妹自阿賢過世一年後，家娘嫌她剋夫剋子命，怕她再剋家人，拿些錢打發她回外家，雖沒有明說卻希望從此不再踏進夫家的門。初妹沒有孩子，連想留在夫家的理由都沒，只能回到娘家來。

如果有個兒子也許情況會不一樣吧！初妹想到那個小產的兒子若活著，現在應該有十歲了，是個少年郎了，也會像阿賢一樣斯文吧。結婚後三年好不容易才懷有身孕，是自己不小心還是命中註定。平時走得好好的怎會給絆倒呢？四個多月就這樣小產了。家翁說是個男胎。二年後阿賢就病了，病勢來得凶猛，不到一年就走了。

阿賢過世時正是穀雨過後，屋後那三棵阿賢幾年前栽種的油桐樹，第一次開出細細碎碎粉白色的花蕊，怯生生地探出濃密的枝葉，像雪一樣鋪在樹梢，好像趕來送阿賢一程。剛嫁過來，阿賢帶著她在屋後的小山坡上栽植了三棵油桐樹，阿賢告訴她這是日本政府引進台灣的。栽了三棵是希望將來有三個子女。五年多來，油桐樹長得茂盛，比屋子還高，枝壯葉濃，卻始終沒有開花結果。

阿賢剛過世，出嫁才三年半的銀妹也死了丈夫，幸好生了個兒子，婆家那裡並沒有嫌她剋夫，不像初妹被趕了出來。

「行李款好莫？人力車要來。」兩人起身走回廳堂，三妹隨口問了一下。

「好咧，拿出了囉。」初妹指了門邊的一件大行李和一個小包袱。

三妹將自己縫製的小袋斜掛到素敏肩上，就當是素敏上學揹的書包，這個背袋是素敏最喜歡的，因為這樣就可以像姊姊去上學了。袋子外面初妹繡了三朵日日春，葉子旁繡了小小的素敏的日本名字。袋子裡恆常放一隻鄰居木工學徒豐富用油桐木刻的小老鼠，因為素敏屬鼠。小老鼠被素敏才玩不到一年，已經發出油亮光澤。

「去到花蓮港自己要謹慎，到了記得寫信轉來，知莫？傕無法送佢，阿煌及三妹會送妳到車頭。」桂秀紅著眼眶，年紀大了腰骨不健朗，連坐人力車都疼痛，哪裡也走不遠，想送女兒一程都沒辦法。

「人力車來了！」仁煌從門走進來喊了一聲，從門旁提了行李拿到門外。

除了桂秀外一行人坐上兩部人力車，朝著三義火車站出去，桂秀倚著門口，眼淚直流，忘情地揮著手喊著：「初妹，要保重哪！」人力車都已走出巷弄了，桂秀的手還沒放下來。

初妹望著北邊山的方向，阿賢的家，那個自己待了六、七年的家。她不知道那三棵油桐樹是不是還在？是不是滿樹的油桐花？

夢裡的油桐花。初妹一直不認為那是夢，她確信阿賢回來過，在油桐花下。阿賢過世的第二天晚上，初妹累極了坐在房裡窗前的小圓桌旁，不夠滿圓的月卻皎潔清澈，雲霧淡薄。她望著不遠處的油桐樹，彷彿鋪上一層薄薄的雪。初妹想是月光和露水的反照吧。阿賢讓她看過日本雜誌上寒冬的雪，厚厚地覆蓋在屋頂、樹梢，潔白無塵像她刺繡被褥的緞布。十六歲那年阿賢到日本想留下讀書，因為寒冬氣管一直不舒服而回台灣。阿賢說他喜歡雪，喜歡它的潔淨剔透，薄薄的一層最好，溫柔而清澈。

油桐樹梢的薄雪，不是露水的反光。初妹步出房門走到後院，她想要看清楚阿賢最愛的初雪。蟋蟀在土泥裡吱吱地叫著，和著蛙鳴、不知名的蟲聲，菜葉閃著晶亮的露水，月光下圍籬上的苦瓜開著嫩黃的小花。初妹沒想到深夜的後院竟然是如此地澄亮，生命豐富。

初妹看見油桐樹下阿賢朝她招手。她欣喜忘我地往油桐樹方向奔跑。

「はつこ（初子），急來看，油桐花開囉！」阿賢臉露喜色急切喊著她的日本名字，指著油桐樹上方白色的雪。她終於知道樹梢不是初雪，是油桐花。

阿賢手上拿著一串牙白色的花穗，說是剛掉落的油桐花。似玉蘭花蕊心是淡粉色，像極了大戲裡小旦淨白臉上的一抹胭脂。柔嫩的花瓣沾著露水，香氣清淡。

「油桐花開了……」阿賢收起喜樂的臉，肅穆地看著初妹。

「偓冇想到油桐花卻兮偓離走兮時間，自家要照顧好，嫁偓是佢兮薄命……」阿賢低頭緊握著初妹的手。

油桐花如雪般飄墜。「下雪了，是初雪。」初妹情不自禁地喊出來。

不知何時，阿賢鬆了初妹的手，逐漸隱身在雪花中，一點一點地消失。初妹警覺地想抓起阿賢的手，卻兜了滿手的雪花，一蕊蕊一瓣瓣的油桐花。

「阿賢！」初妹在空中揮著雙手，從夢中驚醒。不知趴在小圓桌上睡多久？望向窗外後院的小山坡，那幾棵油桐樹梢上的確鋪著初雪，油桐花開了，涼冷的風搖晃著枝葉，初妹聞到淡淡的香氣。

初妹確信阿賢回來過，帶著她觀賞初雪，油桐花的初雪。

離火車到站還有半個小時，火車站內已有五、六個人在等車，腳旁有著沉重的行李，看來都是要遠行。

「阿煌佢要上班急急去，莫遲咧。轉去佢會坐人力車，放心。」三妹看了車站的時鐘七點十分了，阿煌再不走就要遲到了，催著他去上班。仁煌不捨地摸摸素敏的頭。

「素敏，阿爸上班去了，要乖乖跟隨阿姨，知莫？轉來阿爸再分佢糖食。」

「佢知，佢會急急轉來看阿爸。」素敏完全不知這一去完全改變了自己的一生，這一趟行程是自己生命中的最大轉折，由天堂掉落地獄。愉快地揮著小手跟父親道別。

三妹和初妹依依不捨地話別，三妹始終牽著素敏的手，她真的不知得等多久才能再牽女兒的手。素敏算命和父母無緣，且命運坎坷，果然才過繼給姊姊沒多久，就要到落後的花蓮。三妹當然相信姊姊會疼愛素敏，但是聽說後山生活多半困苦，姊姊有多少能力給素敏像現在的生活，她很清楚素敏的未來必然比現在不好，只是坎坷到什麼程度就不是她能想像的。

彷彿所有的乘客都沒聽見，汽笛聲響了又響，尖銳得鑽刺心裡。火車進站了，初妹一手拿著行李肩上掛著包袱，一手牽著素敏隨人群步入月台，回頭望著車站前方，馬路和屋舍黑暗、空洞，像廢棄頹圮已久的牆垣，一如她過往的人生。三妹靠著剪票口拚命地揮手，淚流滿面望著火車漸行漸遠，直到望不見車子，才頹喪地步出車站。天空灰濛濛陰鬱著，身心像鉛塊般沉重，無力地坐上人力車，三妹第一次覺得回家的路途好遠好長。

昭和十六年五月二日。三叉驛站內的牆上一本剛撕去三分之一的日曆。鐵軌上蒸汽火車的煙霧拉得長長，車站後方的山坡上，油桐花初雪般紛紛飄落。

來去花蓮港

來去台東花蓮港，路頭生疏仔喂毋識人，
希望阿哥仔來疼痛，疼痛阿娘喂是出外人。

——〈台東調〉

從桃園坐上火車，一路上阿音和大哥明耀兩人像陌生人似的，幾乎沒有交談。空氣鬱悶、厚重、呆滯。火車匍匐前進，在鐵軌上喘息著，晨霧尚未散去，沉沉的濕氣罩著田園農舍。阿音心事重重似的，多半望著窗外，徹夜難以入眠，微腫的眼皮把眼珠子都快擠不見了，黝黑的臉顯得更暗淡，十八歲看起來像三十歲的婦人。

明耀一向寡言、嚴肅，但是對兩個妹妹卻十分地疼愛。對阿音的決定，明耀其實並不認同，但他知道阿音一旦決定的事連阿爸都無法勸阻，何況他這個大哥。

早春，年後才播下的秧苗，濕霧中顯得單薄無依。阿音想著在花蓮港的阿南大概也播下秧苗了吧，他們贌的田地有多少呢？和以往陪阿母到台北城的心情不同，阿音沒有新奇和熱情看台北城的街景，滿腦子都是想像中的花蓮港。過了熱鬧的台北驛，和鶯歌庄差不多都是農田，只是房舍多了一點。出遠門的機會不多，阿音只到過台北和羅東，對於花蓮港她能想的大概就是農田和房舍而已。

不習慣穿鞋，阿音被新的布鞋折騰得十分難受，兩隻腳板像被困住的野獸，這雙只有過年才穿的鞋，雖然二嫂納製了兩年多，仍像新的一樣。

不知是否心情的關係，雖然沒有下雨，但是從家裡來到猴洞仔都是灰灰暗暗的，潮濕的霧彷彿一路緊隨著。過了猴洞仔，天空稍稍明亮了一點，仍不見半點日頭，火車身一個轉彎，一片大海倏地展開在車窗前。廣袤的海面上，一艘漁船像葉子般漂流著。阿音不是第一次看到海，今天看來特別有感覺，明天就要行在海上到阿南那兒。想到明天要坐船，阿音的心緊抽著，在大溪埤塘坐過竹筏，搖晃令人不舒服，行在海湧上的船想必更令人難受。不由自主的阿音默唸著：「南無觀世音菩薩，媽祖婆佛祖保庇。」

「就要到了。」到了頭城驛，明耀終於打破一路上的沉默看著阿音說，聲音極小，也好像是對自己說。

由於二姑住在羅東，明耀陪阿爸和阿母來過幾次，對於這條路線他是熟悉的，他早已寫信通知今晚和阿音就住在二姑家，一早再趕到蘇澳送阿音坐船。他能做的大概也就這些了，接下來就看阿音自己的命了。

「阿兄，歹勢呢，乎汝擔心。阿爸阿母佮小妹就拜託你……」阿音眼眶一紅愈說愈小聲，哽咽著，完全聽不清楚說些什麼。

都來到羅東了，能說什麼呢？明耀嘆口氣，卻把話嚥回去，靜默地望著車窗外。終於日頭費力穿透層層的厚雲，卻顯得疲軟無力。

「出日頭了！明仔早起一定好天。」明耀轉移話題，也期望明天真的是好天氣，海面可以無風無浪。

來到羅東二姑的家，過了晌午，二姑一見阿音拉著手，眼淚掉了下來，一面叨叨地說著阿音糊塗的決定，一面親切地引進屋內。

「還未呷中晝是否？阮先呷過，有替恁留飯，緊來呷飯。」二姑話沒停過，聲音洪亮地朝廚房喊著媳婦準備午餐。也是莊稼的二姑，田地大，人口多，生活過得還可以，對阿音的對象不是很滿意，現在又要到「三驚」——驚生番殺人、驚風颱、驚地震的花蓮港，雖然高興看到侄兒、侄女，不免又喜又氣地嘮叨個沒完，直到姑丈出面緩場。

「明耀佮阿音罕罕這來一遍，汝都直直唸，是要將兩個唸乎走是否？都已經決定好的代誌，今嘛唸未赴啊。汝嘛是位驚歌嫁來這遠的羅東。」姑丈坐在長椅條上，皺著眉頭說著。

「知啦，愈想愈不甘，我嫁來這遠，亦有火車通坐毋免搬山過海，到花蓮港是提命博个。雖然咱阿音不是啥麼千金小姐，但是頂有老爸老母，下有阿兄阿嫂好靠，今嘛要走到花蓮港彼個生番所在，我哪會未不甘，想著足艱苦喔。」二姑始終拉著阿音的手，彷佛只要一鬆手，阿音就到了花蓮港了。阿音一直靜默著，生怕一開口便被說服走回頭。

飯和菜都微溫，看來是再熱過。過了中午是餓了，明耀和阿音靜靜地扒著飯。

「呷飽去睏中晝，暗時再來開講。」二姑阻止阿音收拾碗筷，拉著她往房裡走。

從房間的木窗望出去是山坡，姑丈種植了柑橘，橘樹下栽番薯，阿音看到一個女人的背影彎身割著番薯藤，想必是表嫂準備做為晚上的豬食。日頭掛在山頭即將落下，三表嫂在後院砍著柴枝，門前稻埕小孩嘻笑的聲音。場景和鶯歌庄家裡幾乎一樣，阿音忍不住感傷落淚，此景此情很難再見到了，到了花蓮港不知何年何月才能回娘家一趟。

傍晚，阿音來到廚房想幫忙煮飯。廚房內大表嫂掌廚，二表嫂在廚房門外剁豬菜，三表嫂幫小孩洗澡。表妹們幫著挑菜、洗菜和添柴火，廚房裡女人忙上忙下的。阿音想起在家裡也是如此，她下工回來幫著二個嫂嫂準備晚餐、餵豬，阿葉雖小也要在灶前添柴枝。她喜歡這種感覺，有時二個嫂嫂會說著在娘家的事，街坊鄰居的是非，阿音也會講講做工時聽到或看到的趣聞。

晚飯時阿音發現除了二姑和她外，所有的大小女眷全沒有上桌吃飯。她叫著三個表嫂同時吃飯，被二姑制止。「查某人等查甫人吃飽才會當吃。」

阿音家男人只有三個，母親疼惜女兒，因此連媳婦也一同上桌吃飯，不管是她、妹妹以及二個嫂嫂都不必吃著男人食用過的剩菜飯。吃完飯和二姑再聊些，阿音洗了臉和腳便和三個未出嫁的表姊妹一同睡在最後頭的房間。四個人原本就熟識，嬉鬧一番聊完才入睡。

一早阿音和明耀到了蘇澳，天氣晴朗，陽光燦燦，農曆三月下旬，清早海風吹來仍然十分寒冷。捏著船票，阿音覺得好像握著命符，手心都泌出汗水。

「那艱苦再倒返來無要緊，阿兄擱佮艱苦嘛袂予汝飫著。去彼就要保重，到位要記著拜託人寫批返來。」臨上船前，明耀有些難過地對阿音說。

「我知啦，阿爸阿母都放予恁照顧，愛予阿葉讀冊喔。」阿音說著眼眶紅了起來，希望妹妹的未來比自己更好，再度提醒大哥讓阿葉識字。

港邊停了一艘客船，沒有遮棚，船艙兩側各分列了幾排的座椅，木頭的船身髹刷成淡青色，長期在海水浸泡有些褪色，在墨藍的海水上顯得特別輕盈。

船上已坐了五、六個人。跟明耀揮揮手，阿音從舺板跨進入船艙裡，阿音占了一個靠海的位置，再探頭往岸上看，明耀剛轉身離去。海水在岸邊有節奏地拍打著、漲落著石岸的下端，大簇綠色的海藻隨著海水的漲落，時而隱沒時而露出水面。座艙還算寬敞，陸續進來六、七個人，有夫妻，也有像她一樣的單身女子以及男子，熟與不熟都吱吱喳喳說個不停。有人提了個簡單的包袱，有人和阿音一樣帶了用藺草編的大行李箱。阿音注意到船艙後頭的空間放了拆卸的風鼓、犁、鋤頭和一些小型的農具，想必這裡也有人和阿南一家人一樣帶著農具去花蓮港開墾。

「查某佮，汝佗位的人？」一位歐巴桑身旁的布包露出半身的媽祖像。大概看阿音年輕又是單身，好奇地問她。

「我鶯歌庄的人。」阿音有點害羞，細聲地回答。

「亦未嫁人喔？去花蓮港做啥？」歐巴桑包著花布巾，臉乾黑，皺紋像一張網罩著，癟皺的嘴裡好幾顆牙齒都沒了，笑咪咪地打量著阿音，斷定她還未出嫁。

「找親晟啦。」滿滿的心事卻不想說話，阿音不想在這樣生分的地方透露自己的身分，小聲敷衍地說，假裝向外看。

港口外兩隻海鳥，低空飛著，有時俯衝海面啄食海水裡的魚，看來都撲空，於是繼續低空飛巡。阿音第一次這麼近、這麼清楚地看著海鳥，感慨著鳥和人一樣吧，終日都為了飯食奔波逐浪。想起前年十月半廟口埕前的歌仔戲，小旦唱著：「為君搬山又過嶺，路途坎崎真歹行，離家離鄉流浪命……」為了排遣心情，阿音轉頭望向港口的另一邊，堤岸下大小石頭堆疊著，一波波的海浪襲擊上來，浪頭打在石頭堆，然後節節敗退似的倒流回海裡，柔軟的海草平攤在被水打濕的石頭上，一簇簇地朝著斜坡的方向並排躺著。堤岸的下半段被水浸成褐色，布滿了綠色的蘚苔。

「開船囉！」船夫大聲嚷著。這時船頭晃動一下開船了。船上的人臉都轉向左邊港口的堤岸，岸上的人表情和船上的人一樣緊張，帶點焦慮，阿音看見明耀站在堤岸上，望著客船這方向，不由得心酸起來。這下真的是只有自己一個人了，頭低了下來，眼淚不自主地掉下來。

嗚嗚的汽笛聲，尖銳而悠長，猛烈得要震破耳膜，如銳刀割著離別的心情，船慢慢地駛出港口，向前流淌出去，沿著山邊航向花蓮港。阿音聽見船身淌過時海水裂開，向船身的兩側流的聲音。一隻灰色的海鷗從船後飛起來，船轉了一個弧形的彎，離開蘇澳港。

農曆三月天雖然氣候還算平穩，但有時仍是二、三級的風浪，行出港口，船開始搖搖危危地前進。阿音盡可能往遠處海面看望以免暈船。

來羅東幾次，看過海，卻是第一次坐船，和坐火車有很大的不同。正手邊是山壁，左手邊是漫無邊界的海洋，幾隻海鳥低低飛過船頭，遠處偶爾捲著一條一條的白浪，舢舨船本來就不大，航行在汪汪無際的海面，更顯得單薄渺小，隨時有可能被藍得如天的海水給噬沒。幸好今天風浪不大，船行還算平穩。然而置身在遼闊大海上，阿音覺得自己像隻螞蟻，一個小小的水泡就可以捲走了，不禁打個寒顫，害怕起來。

從火車上看海很美，海浪平順時彷彿可以躺在上面，或者行走著，海上的船距離遙遠，彷彿完全停止前進似的。那時阿音想著不知哪一天能坐船行走在海上，隨著波浪翻湧前進，直行向海的盡頭會是哪裡？如今坐在船上，心情完全不同，擔心驚恐、危機四伏，好像隨時會被海水給吞噬或襲捲，海浪的翻湧也不再是美麗的浪花，宛如令人膽顫的魔手，隨時拉人下海。她緊緊地拉緊欄干，生怕來個湧浪就把她給捲走了。她懷念起緩慢的牛車，安穩令人放心。

船後拖拽著長長的白色浪沫，像一條割捨不斷的帶子，一路和船尾糾纏牽扯著，蘇澳港愈來愈遠愈小了。

風浪算平靜，然而海浪的波盪，船隨著晃搖，船才滑走出蘇澳港沒多久，有人擠身到船邊朝海裡嘔吐。酸腐食物的味道十分嗆鼻，暈船和嘔吐效應，愈來愈多人忍不住朝海裡吐了。阿音一直翻胃，胃酸直湧上來，整個身子像陀螺天旋地轉，費力扶著欄干對著海水把早餐的粥菜全吐光了，人也輕盈許多。船艙裡泛著濃濃食物的酸臭味，幸好海風一陣一陣地吹來，把味道沖淡許多。吐乏了大半的人東倒西歪地或坐或躺著。船邊可以清楚看見魚跳躍在海面上，日頭愈來愈溫暖了。

「清明即過了，日頭這呢仔燒熱！」旁邊的歐巴桑嘀咕著。徐徐的海風和溫暖的日頭，若不是暈船其實很舒適，阿音還是拿出頭巾包上，原就黑的皮膚，若再曬下去就要像火炭黑墨墨了。

「正手邊有海豬仔。」這時有人喊著。

精神好一點的人坐直往右邊看見十來隻的海豚逐浪前進，像是在表演般。阿音是第一次看到海豚，像小孩在水中嬉戲，有些遠看得不是很清楚，仍覺得十分有趣，看著看著讓她忘了暈船難受的感覺。

溫暖的日頭還是讓人曬得頭昏昏的，加上暈船使得每個人看起來都像患了重病，臉色蒼白、兩眼無神、四肢乏力，連站起來都費力。阿音只期望趕快到花蓮港，她甚至有些懷疑自己能否平安到達。昨晚沒睏足，又暈得四肢無力，阿音靠著行李箱半暈眩半睏倦地睡著了。

半醒半睡間她看到阿南在港口向她朝手，終於花蓮港到了。她高興地提著行李站起來準備跨出船艙，一個大浪翻躍過來，打中船身，船傾斜，阿音整個人掉入海水中。初始阿音死命地掙扎，愈掙扎愈往下沉，海水的壓力讓阿音透不過氣來，就要窒息而死的感覺。沉到海底，阿音的身體漸漸鬆懈下來，彷彿變成一隻魚，可以在水中浮游。阿音很自然地揮動雙手，伸踢著雙腳，跟著一群小魚嬉游著。這時她看到一隻海豬仔朝她游過來，愈靠近愈眼熟，忽然海豬仔對她笑了起來，海豬仔的臉變成了阿南，她嚇得尖叫出來。

阿音睜開眼睛，發現自己好端端地靠在船椅上。日頭正掛在天空的中央，阿音想該是中午時分了，吐光了的胃有些飢餓了，包袱裡有二姑塞的飯糰，只是口乾舌燥只想喝水，想起二姑還塞了兩個山上的桶柑。她剝了一瓣放入嘴裡，酸得讓她差點吐出來，不過總比沒水喝要好些。她把一半的橘子給了身旁的歐巴桑，歐巴桑感激得直跟她說多謝。酸酸的柑橘汁竟然讓胃舒服多了，暈船的症狀減輕了許多。

阿音取出飯糰，捏握得很結實的飯糰，二姑在飯糰中間塞了一個漬梅。阿音嚼著米飯，清甜的味道，漬梅酸中帶甜的口味，使得阿音覺得更餓了，大口大口吃著飯糰。兩個大飯糰塞進肚後，阿音的精神也來了，有了漬梅的刺激，也比較不覺暈船，也不會口渴了。阿音鬆開頭巾攏一攏被海風吹亂的頭髮，再綁上頭巾，整個人清爽許多。移往山嶺的日頭愈來愈溫和些，海風吹在臉上變得涼冷，有人從欄干探出頭看著海面上飛躍的魚群，甚至伸長手想划著海水，因搆不到海面自覺不好意思地笑了起來。彷彿經歷過一場瘟疫後的復元，船上的人又活了過來似的，開始有笑聲和交談。

「彼就是大清水斷崖，聽講置開路。」

「彼懸毋驚跋死喔。」行經陡直的山壁附近，有人說這是大清水，其他人嘰嘰喳喳加入談話。

阿音抬頭望著，幾乎看不到山頂，山腰間好似有一條路。阿音想會不會就是大哥說的正在興建從蘇澳到花蓮的臨海公路，聽說築了好幾年了，再過二、三年就要通車了，那時就不用搭船，坐車就可以直接到花蓮港了。阿音想著我可等不了二、三年，她要和阿南一起打拚，既然已是他的妻子，再苦再險惡都要和他一起。

海水一波一波切著山壁，激起一片又一片白色的浪花，如刀挖割著崖壁，山壁似將倒塌下來，整片山壁的暗影給海水塗上一層深綠色，深得如黑色的潭。看得阿音頭昏，趕緊轉頭看著船艙內的人。

阿音靜靜地觀察著舺板上的人。多數是男人，有兩對夫妻和身旁這個歐巴桑和她十來歲的孫子。阿音知道這些人和阿南一樣，在山前沒有出脫，都是希望到花蓮港打拚開山開田，開出不一樣的人生。阿母也曾跟她說到花蓮港的人很多是羅漢腳仔，沒有娶妻就和番婆作伙。眼前這些人大概就像阿母說的都是無某無教的羅漢腳仔吧。斜對面的男人，大概有三十歲了，乾瘦的身子，尖削的臉頰，讓人覺得是無福的人，眼光直勾勾地盯著阿音，讓阿音很不自在，低下頭來假裝整理包袱。

今天算是運氣好，海浪不算大。要來之前明耀就跟阿音說過，坐船到花蓮港很危險，遇到大風浪整艘船翻入海底沒人活著。阿音知道大哥的說法並不完全是嚇她，村裡的人早在幾年前到花蓮港就是翻船死在海底的。即使這樣，阿音還是要來，是生是死都是命。今天雖風浪不大，但幾個小浪湧，也把船裡的人嚇得半死，整船的人都直唸著媽祖保庇。阿音身上掛著阿母求來的保命符，臨出門前還特別交代，得一路唸著「阿彌陀佛」請觀世音菩薩或媽祖保佑。其實從一上船，多半的人都是低首默誦佛祖或媽祖的庇佑，唯有這樣心才踏實安詳。

「翻船了！翻船了！」突然，船身劇烈地搖晃著，海水潑進船艙，有人跌坐在船舨上，驚叫聲、哭爹喊娘聲此起彼落。阿音心中一驚，難不成剛剛的夢靈驗了？來不及多想就從椅子上跌落船舨上。

「大家免驚！鎮靜一下！坐乎好。」船夫不斷地喊著，終於讓大家安靜下來。

「這叫牛堀仔，潮流特別強，經過這攏會按呢，稍忍耐等一下都好啊。我逐日在行，嘸要緊啦！」船夫耐心解釋安撫著全船的人。

果然，割一行稻子的時間，船身幾次的劇烈搖晃之後，又回到平順的船行。驚魂未定大家謹慎、安靜地坐著，船艙裡靜謐得彷佛死神剛離開不遠，大家害怕稍鬆一口氣或一個聲響，便引得死神回頭。

日頭逐漸傾西，離花蓮港愈來愈近，船艙裡開始騷動，有人按捺不住伸長脖子往前方探望。阿音的心也浮動起來，焦燥難耐，椅子猶如栽了根刺，讓她坐立難安。

「花蓮港到了，花蓮港到了！」有人指著遠方一個小岬角似的陸地。阿音往前遠眺果然有一岬角，有房子和白色的燈塔，應該就是花蓮港沒錯。不知怎的，阿音整個心慌亂起來，有些情怯有些羞臊，是因為就要見到阿南嗎？分開這一年，不知阿南變得怎樣了，花蓮港艱苦的生活是否讓阿南更消瘦了、更黑了？不知阿南有沒有收到信，會不會在港口等候？一個一個的疑問和不安襲擊著阿音。船愈靠近阿音愈不安寧，額上直冒著汗。阿音索性解下頭巾，這樣阿南等一下才認得出她。

「大家等一下置這換坐駁駁仔船去岸頭，駁駁船較細隻，真賢震動，換船時要注意。」一船夫指附近有工人挖築的地方，說是在築港，以後的船隻就從那裡停泊了，現在得在這裡換小船接駁到岸邊臨時港口。

船上的人開始收拾行李和散落的物件準備下船。阿音拎緊行李，只要船一靠岸她就可以隨時下船。阿南說他替人做工，那麼他不就是那些工人其中的一個了。阿音有些害臊起來，為什麼在花蓮港看到男人就會想到是阿南？一陣陣濃濃的魚腥味還夾著溫熱的陽光，味道更嗆人，幾個日本兵來回巡衛著。幾艘的駁駁船已停靠在客船旁邊，拉好繂繩，大家紛紛跳上駁駁船，船小搖晃得很嚴重，引起許多人的驚叫聲。阿音緊緊拉著繂繩跳到駁駁船上，然後擠了一個小位子坐下來。五個人一艘，四艘的駁駁船跌跌撞撞似的搖晃到岸邊，驚險的程度就像經過牛堀仔一般。

從駁駁船跳上岸，阿音四處張望著想找出阿南的身影。港口邊有幾個人在等著，阿音環觀了四周就是沒看到阿南，難道阿南沒有收到信不知道她要來嗎？情怯的心轉為焦慮不安，如果阿南沒來接她，她該怎麼辦？人生地不熟的，手上只有阿南上次寫來的信，她又不識字，只死記著田寮仔這個地名，又不知是在東還是在西，她該怎麼找呢？船上的人都走光了，只剩她一個人孤伶伶地站在港口，幾個工人綁好駁駁船也走了。潮汐規律地一波一波打著石岸，阿音害怕著，萬一阿南沒來怎麼辦，還有生番來怎麼辦？她急得要哭出來。這時遠遠一個人跑了過來，邊喊著她的名字。知道是阿南，她的心放了下來，阿南跑到她眼前，阿音卻放聲地哭起來。

「按怎在號啦？」見阿音放聲大哭，阿南不知所措地問著。

「阮以為汝未來，驚惶不知要按怎即好，看到汝放心嘛不知怎樣就哭出來。」

阿音邊抽泣著邊說，說著說著不好意思地笑了起來。

「我昨下晡就來等，毋知汝叨幾工的船，我想連續等三工。」阿南本想取笑阿音一會兒哭一會笑，覺得不妥，低下頭忍住笑意，接過阿音的行李箱，解釋著不確定阿音的船期，昨天就來等了。

阿音問他田寮仔離這裡多遠。阿南說走路差不多要一個多小時。踩著堤岸，兩人並肩邊說邊往西的方向走了。

跋涉千個山頭

真正的道路是跨越在一條繩索之上，這條繩索在任何高度都是一樣的沒有拉緊，只是懸空而掛。

——卡夫卡（Franz Kafka）

火車緩緩地移動，彷彿臍帶脫離母體，離開了三叉庄。

火車上並沒有坐滿乘客。綠豆色的漆皮長條座椅，有人躺著睡著了，有人看著窗外，有個年輕人低著頭看書。初妹先把素敏安置在座位上，再將行李安放在行李架上。這是素敏第一次坐火車，像處在新鮮、神奇的世界，興奮得無法安靜地坐著，長跪在椅子上一下看著窗外，一下轉頭環視著車廂內的旅客。初妹特別將車窗放下幾格，這樣素敏才不至於整個身體探出窗外。不放心，還是提醒她別把頭和手伸出窗外。自己心思重重地抱著包袱茫茫然地看著對窗不斷閃過農田林樹。素敏從未有如此的經驗，對著往後跑的田野、樹林看得目瞪口呆，嘴巴張得大大的。看到鐵路旁有個戴帽子的男人，直叫：「多桑！多桑！」初妹轉頭看了一下，不過是相似的人。她告訴素敏那不是多桑。

到了銅鑼站，有幾個人上車。汽笛聲一響，火車又開了。車頭白色的煙霧，從前頭飄滾著往後，宛如一捲白浪潑灑過來，素敏本能地縮回探出的頭。再過幾站就是竹南了，阿賢生前最後教書的地方。和阿賢結婚後，她仍留在三叉庄，阿賢依舊在竹南郡的公學校教書，每個禮拜回家一趟。只有一次，庄的人回來說阿賢生病了，家娘要她到竹南照顧。她正是坐著同樣的火車，將近一個小時的車程，她卻覺得坐了半天，火車像隻烏龜懶懶地爬著，初妹恨不得下去推火車。

那也是她第一次到阿賢的宿舍。

一排連著的房舍，隔著五間的小房子，阿賢的房間在最後一間。房舍前是院子，隔著院子搭建了一間小小簡陋的廚房、浴間和便所。房內一張床，一張書桌和椅子，一疊書在桌上，牆上掛了一套阿賢教書穿的冬衣，房間內乾乾淨淨的就和他的人一樣。阿賢躺在床上，臉色略微蒼白，見了她興奮地坐起來。那時她剛懷了身孕，還沒告訴任何人，她想第一個告訴阿賢。

「どうして来るのだ（妳怎麼來了）？」阿賢經常用日語和初妹談話。他喜歡聽初妹用日語說話，輕柔帶點軟甜。

「あなたが病気だと聞いた（聽說你生病了）。」初妹在小廚房裡熱了從家裡帶來的雞湯粥，燒了一壺開水，泡了兩杯茶，然後灶裡煎著家翁開的藥方，說是可以祛風寒。阿賢喝了些熱粥，有了體力，他們倆坐在宿舍門口的椅子上聊天，暮秋的午後，難得日頭還暖和，煨得人酥酥懶懶的，院子栽了四、五棵一、二十年的樟樹，落葉掉了滿地，風一吹發出細細碎碎的枯葉聲。

假日，其他四個老師回家或者外出，整排屋舍就他們兩個人。那幾天也是她和阿賢談最多話的時日，有時兩人看著書，這也是阿賢喜歡她的原因之一，她公學校畢業不只日文還有漢文都能寫能讀，整個庄頭也只有她家三姊妹。

阿賢一早到學校教書，初妹趁著暖暖的陽光漿洗了衣服、被單，洗刷床頭和書桌，同時把書搬出來曝曬。

「私は妊娠したよ。」回三叉庄的前一晚，她才對阿賢說起懷孕的事。

「本当に？それは素晴らしいことだ！（真的？這太好了！）」阿賢高興得坐不住，像個小孩似的，和平時的斯文穩重完全兩樣。

其實，那次的生病是個兆頭，只是沒在意。如果那時調養得好也許阿賢就不會早逝吧。初妹這麼想著。今天她也無須千山萬水地跋涉，只為了要躲開那團黑色印記。幸福對初妹而言是曇花一現，短短的五年多婚姻，孩子沒了，丈夫死了。如果不是留有一張阿賢的照片，和一封信，短暫得讓初妹懷疑究竟是不是一場夢？信和照片初妹一直珍藏著，這是唯一證明她有過的幸福。剛離開阿賢家初始，夜深想念得苦時她會拿出照片和信出來。信是用漢文寫的、短短的。她都可以背了。

那次阿賢調到台北廳支援二個月，也不知為什麼阿賢寫了信給她，是家翁拿給她的，家娘臉色陰沉，彷彿她背著他們做什麼？

初妹吾妻：

汝託人轉吾之魚酥悉收。在台北安好，勿念。

台北州十分熱鬧，非三叉庄能比，盼汝就在此，有個談說對象。

天漸寒，務關照父母親大人，汝也要仔細。這時日下雨，心底憂悶，甚為思家，期盼早日歸去。

夫賢字　昭和二年十月五日

一陣騷動，苗栗了。苗栗是大站，坐車的人較多，原本的空位一下子就被填滿了。初妹要素敏坐好不可以再跪著，空出的空間會被坐去。素敏乖乖地坐著，初妹從她的小布袋裡拿出一片鳳梨乾，剝了一半給她，另一半再收起來。

「姨食莫？」素敏問初妹吃不吃，初妹搖搖頭。晃動了一下，火車又開動了。離家是愈來愈遠了。

一轉眼就是十年，初妹覺得自己始終是在黑夜裡，無聲無息地過著，依舊像婚前一樣裁衣刺繡，只是新嫁娘人家比較忌諱，嫌她守寡不吉祥，願意給她做衣刺繡的多半是老人衣服或是壽服，收入少了很多，還好仁煌的月給可以應付。

看膩了窗外的景致，也累了的素敏打起盹來，初妹將她的頭扶過來放在腿上，從包袱裡拿出一件自己的對襟衫替她蓋上，到台北還有二、三個鐘頭，讓她好好睡一下，初妹自己也一暝沒睡有些睏，閉起眼睛休息。

喀隆喀隆，車輪軋在鐵軌上的聲音，彷彿墜石落入很深很深的洞穴，初妹覺得自己的身子一直往下沉落，終於落在一團棉絮上似的，身子也輕了。

剛懷孕時特別地睏，午飯收拾妥當，初妹看看沒什麼事可幫忙，午後天陰欲雨，家翁不曬青草和藥材，那些焙乾的藥材也都處理妥當，收入藥櫃中，於是轉身回房裡。在房裡縫著小孩的衣服，才縫沒兩下竟睡著了。一陣聒噪刺耳的聲音驚醒了她。

「看看，樣個懶做的輔娘，冇做嘛事頭就要歇睏。一天到晚憂頭結面，有人虧待兮莫。」家娘冷不防捏了她大腿，初妹在一陣刺痛中跳了起來。原來是眠夢！這麼多年了，初妹仍會做著被家娘叱喝的夢。那五年輔娘的生活，沒有一天是心情寬鬆的，從清晨起床到夜裡入睡，她總是提著心做事，就怕家娘不滿意。那次跌倒小產也是緊張緣故，家娘在前廳喊她，她從廚房小跑出來，寬鬆的褲裾絆到了門檻，小孩沒了卻怪她剋子，也從此讓她無法再生育。

新竹驛到了。一群人下車，另一群人上車，已有不少人站著。也許人聲太吵了，素敏醒了過來。

「姨，這係哪位？阿姆呢？」素敏揉揉眼睛，看著一群陌生的人，嘴扁了下來，眼淚噙在眼眶。

「乖，莫哮兮，有姨在。這係新竹，毋記得啦，欲去花蓮港看大舅去看大船咩。」初妹趕緊摟著她，拍著背安撫她。

聽到了大船，素敏才忍住不哭，卻也不耐這麼多人和這樣的空間，索性把頭埋進初妹的腿上，悶悶不樂，窗外的景色再也吸引不了她。初妹知道她在想阿姆。沒一會兒又睡著了。初妹鬆了一口氣，彷彿應付了一關。剛才可能有小睡一下，現在不覺得睏了。前面站了些人，望不到對窗，初妹只好再閉目養神。

「台北到了，台北到了！」人聲嘈雜，幾乎壓住了廣播聲音。

初妹牽著素敏提著行李和包袱步出車門，走出月台。到售票處詢問到蘇澳的火車，結果還得等一個半小時。初妹帶著素敏先到便所，然後到了候車室。車站大廳豎著一面鏡子，給人整理儀容的吧，初妹望見鏡中，蒼白的臉，黑色衫褲，挽著髮髻。三十來歲卻顯得蒼老。從車站大門望出，人力車列了長長的一排，再往前越過大路是一排三層高的紅磚樓房，人來人往的，熱鬧得很。好不容易找到位子坐了下來，大廳的鐘是十一點半。初妹從包袱拿出雞腿，剝給素敏吃。吃完午飯，初妹本想帶著素敏走走看看，但提個笨重的行李，哪裡也去不成。在車上睡飽了，素敏精神好得很，只要一看到中年男女和父母親相似的人就會喊著：「多桑卡桑。」聽得初妹心酸。

初妹要素敏就在她的視線範圍內玩。素敏看什麼都好奇，在車站廳內的大鏡子照了又照，對著鏡中的自己笑得開心？有時去看剪票口的歐吉桑，和歐吉桑攀談兩句，對於人來人往，火車的開動，興奮不已，完全忘了離開父母。初妹小心翼翼地盯著她，深怕走失。從幾個月前就一再教她說父母、阿姨的名字、家住哪裡，就怕萬一走失。其實素敏也怕走失，玩歸玩不時回頭看看阿姨。長得白淨清秀的素敏，三妹又懂得打扮她，也說得一口流利日語，常被誤認是日本小孩，稱讚她：「綺麗呢。」素敏知道是說自己漂亮的意思。也因此每日醒來總等母親幫她梳理好才肯出門玩，所謂出門就是在家門口而已。鄰居的小木匠豐富最愛逗她，總叫她「密蔻將，按靚喔。」三歲多時，鄰近的日本夫婦無法生育，一直想領養素敏，三妹捨不得，現在卻是讓初妹帶到花蓮港吃苦。

「兩個細妹當像你，傾愛靚，歸日照鏡仔。」初妹有時笑著對三妹說。

「愛靚當好咩。」三妹的愛美在庄裡極其有名，鄰居從沒看過三妹沒有梳妝就踏出門口。從公學校畢業，三妹到台南郡一個日本家庭幫忙，在那裡見識到乾淨舒適的居家環境，不想被日本人恥笑是骯髒的台灣人，回到家裡，裡裡外外徹底清掃、刷洗。還未招贅時，家裡的菜園歸她整理，她總是在天尚未亮透就挑著水肥澆菜、除草，為的是不願讓人看到她蓬頭垢面的樣子。三妹還訂了《婦友》雜誌，不僅學著日本東京女人的打扮，偶爾出門穿著洋裝，裁布縫墊子，盡可能照著雜誌上來布置家裡。初妹不愛打扮，成天穿著藍、黑色的客家衫，包著灰布頭巾，不過才三十五歲就有人從她背後喊著「阿婆」。

大鏡子旁的牆上掛了一面黑板，上頭寫了一些旅客的留言，大都是相約見面之類的，或是沒遇到，寫著：「我走了！」突然初妹有一股想在板上留言的衝動：賢，我們去花蓮港了！

阿賢離開十年了，初妹卻很少忘了他，難以成眠的深夜，她總是想著阿賢，想著短短幾年的相處，他說過的話幾乎都會背了。到花蓮港猶如完全棄離三叉庄，然而帶著素敏，仍牽繫著三妹和母親這條臍帶血脈；和阿賢五年多的婚姻，想念了十年，到了花蓮港，這十多年的感情糾纏就全然斷離！是這樣的不捨，初妹想著阿賢一路到花蓮港。

「姨，火車要開了！」素敏跑過來跟初妹說。

「妳樣知哪？」初妹很驚訝不識字的素敏如何知道火車要開了。

「那個歐吉尚講的。」原來素敏和剪票員攀談，知道她們要去蘇澳。

果然廣播播出往蘇澳的旅客要剪票進入月台。

這趟車程是對號快車，不是慢車。是兩人座的位置，不是一列車廂兩長排椅對坐。初妹讓素敏坐窗口，她這下更高興了，她告訴初妹好像在小房間一樣。說得初妹都笑了。

這一路程，對初妹來說就十分地陌生。到了八堵，她知道若要去雞籠得從這裡換車，曾經陪阿爸到過雞籠港探訪親戚。其餘的就完全不記得了。過了八堵，好像是走在山區，再過去應是瑞芳的礦區。牡丹，這個站名初妹特別喜歡，她想三個姊妹，三妹就像牡丹富貴豔麗，她自己比較像玉蘭花，銀妹像含笑。曾經她和阿姆說起，阿姆說她形容得好。

沿途月桃花開得盛，一串串的，粉紅帶白的花朵。初妹想她有多久沒出來了，月桃花的樣子她都快忘了。記得小時候阿姆要包草粿，都是她和銀妹去割月桃葉，或是野薑葉，剛蒸熟的草粿有著月桃或野薑葉的香氣，她們都要吃上二、三個才足飽。

窗外飄著細雨，初妹趕緊把窗子放下來，免得雨水潑進來。田裡三寸高的禾稻，油綠綠的，做田人披著棕鬚跪在禾稻間除草。初妹不禁想起銀妹。阿爸過世那年她公學校剛畢業，銀妹四年級就沒繼續讀，沒有什麼手藝，銀妹出去替人做工，做的就是農事，除草割禾什麼都做，嫁的是遠在頭份的莊稼人。這個時節想必銀妹也在田裡除草吧。今年過年銀妹沒有回外家，因為家娘病了。這次要到花蓮港也沒告訴她，怕她擔心。家娘管得緊，她一年難得回家一趟，田裡的事做久了，曬得黑黝黝的，身子倒是壯壯的，儘管過得苦，還有個兒子可指望。

「姨，大大兮溪水！」素敏指著窗外的海。

「係海，毋係溪水。」初妹覺得有趣，素敏沒有看過海，三叉的鐵支路走的是山線，大海對素敏而言就是大溪。

「有船冇？」一提到海，素敏就想起到花蓮港是要坐船。

「有咩，你看海上有船，幾大隻兮船。」初妹指著海上一艘貨輪，她有一次陪阿爸到雞籠港看過。

「大大船、大大船，密密要坐船！」素敏高興地指著海上的貨輪，嚷著自己的小名。素敏一直盯著海上的輪船，直到火車轉了彎，進了長長的隧道。

「暗晡頭兮莫？」烏墨般的隧道內，素敏緊張地偎著初妹。

「毋兮，是碰空，等一下就出來。」這個隧道特別長，的確像長長的黑夜。

「天光了。船、船……」出了隧道，又是一片大海，海上漂著漁船，素敏的眼睛又緊盯著漁船。

「密密，龜山兮。」初妹指著海面上一座像烏龜的島，初妹想這大概就是龜山島了，那麼頭城快到了，素敏側著頭努力想看出海上那個大山是一隻烏龜。

海和船看久了，素敏對海的興致減弱了也倦了，又睡著了。初妹也睏了，這樣的座位可以安心地睡一下，再把對襟衫披在素敏身上，也就閉目休息了。

在一陣人聲嘈雜中，初妹和素敏都醒了過來。到了宜蘭。下了一些人，上來的人不多，車內空了些。天色灰濛濛，初妹猜想五點前可以到蘇澳了。素敏嚶嚶地抽泣著，初妹當然知道她開始想阿爸和阿姆了，這樣的情形恐怕要有一段時間，她才能忘掉。她摟了她，從袋子裡拿出牛奶糖剝去紙張放到她嘴。一面吮著糖，豆大的眼淚還是滾落下來，看得初妹心疼，拿了手絹替她擦臉，直說快到大舅家，可以看到大船了。也許懾於陌生的環境，素敏不敢像在家裡放聲大哭，船對她的吸引力減低了，一路就這麼斷斷續續抽泣著。

終於到了蘇澳。天色微微暗了些。車站裡人聲鼎沸。走出車站，初妹張望著，想找間比較安全又便宜的販仔間住宿。走了一小段路，離車站不算遠，有一家看起來乾乾淨淨的販仔間，頭家娘在門口熱情招呼著。登記好姓名和三叉的住址，初妹被帶來女客這排的房間，隔成一小間一小間的房間，每個房間大概只能躺三、四個人再放個行李，大概就沒有空間了。頭家娘告訴初妹便所和洗身間在另一頭，特別交代晚上只有兩個小時有熱水便走了。初妹把拉門拉上，把素敏肩上的小袋子取下，從包袱中拿出布巾。

「去洗洗臉，等一下姨帶妳去食飯好莫？」初妹牽著素敏往另一頭走，掀開女湯的布幔走進去。四個大水缸裝著乾淨的冷水，裝熱水的四個大水缸卻是空的。水缸上都放了瓠瓜殼的水瓢，旁邊擺了幾個小木盆。初妹舀水注入木盆，擰乾了布巾擦了素敏的臉，洗淨絞乾再擦拭自己的臉和頸子。

「呷飯喔，食飯囉，御飯を食べるよ！」飯館的人在門口喊著。

走在蘇澳街上，魚腥味很重，人熙熙攘攘的，各種口音——河洛話、客家話、日本話都有。看來都是異地的人，有的要去花蓮港，有的要回台北廳或山前吧。初妹挑了一個小攤子，要了兩碗白飯和一碟白菜滷。

「歐桑要去花蓮港是否？」頭家是河洛人，初妹聽得出來花蓮港，點了點頭。

「票買未？」頭家好心又問她。

「麼介票？」初妹聽不懂，一臉茫然。

「喔，客家人喔，車票啦。」生意做久了，簡單幾句客語還是懂的，頭家又再問一次。

「冇咧。」初妹搖搖頭。

頭家換成日語說這樣明天去不成，教她明天一大早去買後天的票才可以。這個時節是去花蓮港的旺季，不管是搭船或坐車的人都比較多。初妹想到還要多待一天，多住一晚也得多花錢，心裡煩躁起來。頭家安慰她，這幾天天氣還不錯，客運車每天都發車，不過車錢比船票貴一點。初妹沒料到這點，大哥也沒說清楚，多待一天就一天吧，也只能這樣了。

吃完飯還不晚，既然有的是時間，就帶著素敏四處走走看看。這是個漁港，又是北部和花蓮港的交通要道，人潮一波走了一波又來，到處都是木屐徛徛喀喀的聲響，像極了過年過節。小吃店和販仔間特別多，也有賣魚干、小卷干、鹹魚的雜貨店。入夜正是熱鬧。不像三叉庄，這時庄裡的人都準備睡覺，整個庄裡安安靜靜的，連遠遠有人走過，木屐徛徛喀喀的聲音都聽得清清楚楚。

「過年係莫？按鬧熱喔。」素敏充滿好奇地東張西望，每樣東西對她來說都是新鮮的、有趣的，原本想阿姆阿爸想家的念頭，暫時給沖淡了。

「毋係，這係蘇澳街路。」初妹也知道素敏對蘇澳沒有概念，不過往後她就知道，這是她來回花蓮和三叉的重要轉運站，何嘗不也是她們姨甥人生的轉運站。

這裡往來的多數是男人，像初妹這樣帶著小孩的不多，有些男人朝她看，眼光帶著輕浮，讓她覺得不自在。一身墨藍色的客家衫褲，牽著小孩，在這人蛇混雜的地方，身旁又沒有男人，看來就像要去投親的模樣。一向謹慎的初妹意識到可能有些危險，牽著素敏快速走回販仔間。

浴間裡有幾個女人洗澡，都赤裸著身子，看來好像都是日本女人。原本空的水缸都注滿了熱水。初妹不習慣在別人的面前赤身裸體，只打了一臉盆水，調好了冷熱水，抹淨臉再替素敏和自己洗腳。鋪好被躺了下來睡覺。素敏開始想起阿姆，又嚶嚶地哭了起來，初妹一再哄著、說著，拍著她的背，直到她疲憊、睡了。這幾天，初妹的心一直是懸著的，儘管再累卻很難安穩地沉睡，她想恐怕要到了花蓮港安定下來，她這顆心才能放下。

清早，買到了第二天出發的票，初妹帶著素敏到海港邊走走，已有很多捕魚回來的船隻，岸邊很多人買魚、賣魚，喊價聲和魚腥味濃濃地混雜著，蒼蠅到處飛、海蟑螂爬來爬去，在山邊住慣了的初妹覺得腥臭無法久待。港口的出海處，不時有浪潮湧進來，打亂了港內海水有節奏的搖晃，兩股水撞在一起，激出水花濺射到堤岸。讓素敏看了大船後便帶著她往堤岸走。從堤岸看著海，海水一漲一落地沖擊著褐色的石頭堤岸，每當波浪沖上來的時候都挾帶著海草，然後又把它們帶著後退，海草就在一前一回中糾纏在一起，濕淋淋的像頭髮般披在海灘的石頭上。

初妹知道有不少人是從這裡搭船到花蓮港的，尤其在臨海公路還沒通連之前，從這裡到花蓮港只能搭客船。自動車的車票雖然貴了些，為了怕素敏暈船，初妹仍決定搭車走臨海公路從蘇澳到花蓮。

快到午餐時間，她帶著素敏又去昨晚的那位頭家餐館吃飯。

「あなたが切符を購入しましたか?」頭家直接用日語問初妹買到車票了沒。

「はい、チケットを購入しました。ありがとう。」初妹謝謝他的提醒讓她買到車票。

午餐時間未到，客人不多，頭家娘也過來聊天，日語、河洛話夾雜，初妹大概都可以了解。夫妻兩人都是四十歲，都是台中人，頭家姓張，十多年來在這裡的港口做工，後來就留下來開小吃攤，兩年多前頂了這個店面，吃飯的人很多，日子過得去。可惜就只有一個兒子，在讀高等科。頭家娘看見素敏，直嚷著好羨慕有女兒。特地在麵碗裡加兩顆魚丸，說是請客的，特別提醒下次轉車時一定要再來。

鮮少出門的初妹很高興，在這生疏的地方竟也能交到朋友。

晚餐就在販仔間旁買個便當，和素敏分著吃。晚上趁人較少，和素敏脫了衣服洗澡，這裡浴間大，水夠熱也多，洗起來特別舒服。

一早到車站，已有人在那兒排隊了。白色的自動車，乾乾淨淨的，看起來令人放心。沒多久一個著淺藍白色司機制服，手上戴著白色手套，頭上戴著帽子的運轉手走來，後面跟著一位也是同樣顏色上衣和深藍色長褲的車掌。排隊的人都肅然地向運轉手致敬。司機嚴肅地回以脫帽鞠躬，不疾不徐地踏上車子。

初妹早聽說了，幾年前這條從蘇澳到花蓮的臨海公路開通，確實讓西部人到後山方便很多，不再只能從基隆或蘇澳搭漁船，也不用擔心海浪太大不能開船，唯有颱風和大雨車子是不開的。雖然坐車比搭船來得安全些，但是據說路徑十分陡峻難行，一邊是山壁一邊是臨海的懸崖，光想就害怕了，何況是坐在車上。難怪剛才這些坐車的人全都敬畏地向運將致意。

車上坐了大約二十人，一半以上都是日本人，夫妻或者是單身男人。只有初妹帶著小孩。大家一坐定，車掌用日語和河洛話解釋車子到八里分時要換車，換從花蓮開來的車子，而這輛車將轉回蘇澳。

車子一離開蘇澳便直接爬上山，繞著山路行駛，路很窄小，彎來繞去，車輪壓過路面寬餘不多，運轉手聚精會神地開著，車上的人緊張、焦慮、興奮都有，複雜的神情都寫在臉上。初始素敏從窗口看到蘇澳港內的大漁船，興奮地喊了起來。車上的人可能多半是初次的旅程，靠海靠窗的人把頭探出往外看，另一邊的人有人站起來張望，被車掌給制止了。初妹慶幸坐的是靠海，這樣素敏就不會無趣而煩悶哭鬧。車子愈爬愈高，路愈來愈彎曲，車上的人不再興奮，而是口中唸唸「阿彌陀佛」、「媽祖保庇」，有人則睡起覺來。有時車掌站到車門邊幫著運轉手看路況，轉彎過大，車掌緊握著扶手，身體跟著搖晃著。初妹打量車掌大約十八、九歲，長得很端莊，據說當車掌的月給很豐厚，是很多年輕女孩搶著做的行業。

想到月給，初妹擔心到了花蓮港不知能做什麼，到日本人家裡幫傭，自己的年齡嫌老，做田做工她都願意，就不知有沒有工可以做。

素敏看不膩海灣裡的船，初妹想莫非這是命，一個山區生長的人竟然喜歡著海，還離鄉背井、千里迢迢地跋涉，素敏似乎都沒有不耐或哭鬧的表現，即使這樣曲繞陡高的道路，素敏也沒有暈車的現象。難道這是天意嗎？「難道這也是我的命合該如此嗎？」初妹輕輕地嘆口氣。

這裡的山看來高聳多了，林樹茂密，和三叉庄的山比起來顯得特別陡峭，三叉的山較平緩，山裡很多相思樹，清明節前後開滿了細細小小的黃色花蕊，看了就讓人心情放鬆。還沒出嫁時，偶爾和銀妹到山裡撿拾樹枝回去當灶柴，她和銀妹累了時會坐在相思樹下休息，才沒多久身上都是黃色的小花蕊，銀妹告訴她衣服若有這樣的花朵一定很漂亮。後來她繡嫁衣或新被時便加繡了細小的小黃花，果然很多人很喜歡，可惜這種黃色繡線少且貴，無法像紅色那樣方便買到。

初妹更喜歡三叉的油桐樹，過了穀雨開出淡白色的花朵，滿山遍野的，就像阿賢說的像一場初雪，也是她心中永恆的初雪。也不知走了多久，車子停下來在一個小小的村子裡。車掌說休息一下，開車時會吹哨子。初妹看了一下站牌「南澳」，一個很生疏的地名。其實很少出遠門的初妹除了新竹州和台北廳外，整個台灣島對她都是陌生的。她帶著素敏到便所，這是剛剛車掌小姐特別交代的。從便所出來，還沒聽到車掌的哨子，她問素敏會不會餓，昨天特地買了二塊糕餅，萬一餓了還有東西吃。素敏卻說口渴要喝茶。就在站牌附近放了一個大桶子，貼了「奉茶」，初妹和素敏喝了一大杯，茶味很淡，有些澀口，看來是極粗的茶，但是初妹是感激的，他鄉異地趕路的人，一杯粗茶就是一份甘泉。三叉庄也產茶葉，阿姆就愛喝茶，阿賢也喝，所以初妹能分辨出茶的粗細。

「趕路的人極多，一碗茶有時救人一命。」她記得小時候阿爸也會在路口放置奉茶桶，趕路人或做工，一趟行程是幾個小時，喝水不易，一杯茶的確可以紓解旱渴。

是睏了也乏了，加上這一段路是在山區，沒有海可看，素敏一上車沒多久便睡著了，初妹被車子的彎繞有些暈眩，半暈半睡了。然後在哨子聲中醒來，來到八里分，下了車很多人已暈得七葷八素，紛紛在路邊吐了起來。雖然一度路面較寬時運轉手停下車來讓暈車的旅客嘔吐，然而車上仍是酸味充斥著，初妹和素敏也許體質好，一路並沒有太嚴重的暈車現象，但一直聞著酸腐味，腸胃十分難受，素敏的臉色有些青白，初妹在她的頸背捏了幾下，輕輕刮一下沙筋。初妹看了一下附近的環境，靠山邊有幾間草屋和一間木屋，屋簷下有兩個女人，頭上綁著寬帶子，坐在織布機前手拿著梭子來回不停地織著布，偶爾抬起頭望向自動車。一個男人在遠處的草屋門前望向這邊，黝黑的皮膚，額眉間一道黑色紋刺，上衣披披掛掛的條紋織衫，下半身圍了一塊布，和漢人的穿著十分迥異。初妹知道這就是番人，據說花蓮港有很多，還聽說他們會唸咒呢。初妹趕緊把視線收回來，帶著素敏到便所去。

八里分站人很多，這是個接駁站，一天兩班的自動車對開，一輛從蘇澳一輛從花蓮驛分別出發，在這裡匯合，接了對方車上的乘客再各自開回出發地。

看著頭上的日照，應該午飯時間了。

「呷飯、呷麵喔。」車站旁小飯館的人吆喝著。

初妹從車上拿下行李，在這裡要換車。對向一輛相同的車開了過來，一樣大約一、二十個人下了車，幾個日本人穿和服及西式衣著，其他的男女都是穿著黑色或白色的對襟衫褲，皮膚稍黑些，大聲講著河洛話。初妹想他們大概就是花蓮港人了。

初妹在一家麵食館找了一張小桌子，油膩膩地盤飛著蒼蠅，點了一小碗公的鹹粥和素敏分著吃，鹹粥很稀，兩三塊小得不能再小的香菇絲，其餘都是瓠瓜簽。幾個日本人坐在樹下的石頭上吃便當。隔壁店裡有人說著客家話，初妹驚喜地抬頭看過去，兩個比自己年紀稍長的男人，帶著小行李，看來是剛從花蓮過來的，口音和三叉庄有一點不同，應該是海陸腔。一個小時的休息、用餐和換車，車站很熱鬧，原本暈車奄奄一息的人活過來似的，說起話來洪亮、中氣十足。一直都待在三叉客家庄，蘇澳和這裡是初妹聽過最多的河洛話，她幾乎都聽不懂。

「姨，佢講兮麻該話？」這一趟行程素敏是第一次聽到河洛話。

「河洛話，同客家話冇像樣，倨兮聽不識。」初妹擔心到了花蓮遇到的若都是不會講日語的河洛人怎麼辦？

換了車再啟程，車內的人吃飽了也暈累了，上車沒多久幾乎都睡著了。中間在牛窟仔停了一次，休息一下，有人說只剩一小段的路了，有人累得連下車都懶，因為沒多久就要到花蓮港了。

初妹在半昏睡中，聽到有人喊著：花蓮港到了，花蓮港到了。

背影之人

背影象徵離去的渴望，背影希望能拉開距離，漸行漸遠，乃至徹底告別這塊充滿敵意的土地。

——巴尼

背影，那些勇於捨棄臉部的人，娓娓訴說著種種的疑問，捨棄臉部，即是背叛，也是沉默的開始。望著父親離去的背影，母親消失在巷弄的那端，從那一刻起，妳便馱著一堵牆，把自己豎起一爿背影。

妳的童年看到的幾乎都是背影：母親在廚房忙碌的背影；阿嬤見了妳冷淡地轉身；阿公鎮日面向著電視機；父親的背影被夕陽拉得長長，然後消失在巷弄的盡頭。屋子裡的人似乎都沒有臉部的表情，只有沉重的背影。

成長後，妳重塑童年的畫面，像是卓別林轉過身，背著妳表演著嘲諷的默劇，灰、黑、白三種色調，靜寂的世界。

那年，妳五歲，異常地安靜，不哭不鬧也不愛嬉戲，當然也沒有笑聲。

夜裡，阿公關掉電視機上床睡覺，彷彿一群喧嚷嬉鬧的客人驟然離去，整個屋子頓時寂靜下來，蛙鳴從後院傳來，百來隻的蛙聲啃蝕著房子。妳和母親在閣樓上，父親沒有回來。妳無聲地躺著宛如熟睡般，母親疊坐在窗前，屋外的月光澄亮，但母親的背影很黑，皎潔的月光如金線描繪出母親修長的上半身，白天束紮挽起的髮，如一匹瀑布傾洩在輕微顫抖的肩上，細細的啜泣聲，猶似潺潺的流水，涓涓滴落在墨色的閣樓，淌入妳漆黑的夢裡。

在夜的最深處，黑匯聚成一堵牆，將母親傷痛的世界圈圍起來。然而一汪黑色的漩渦不斷從黑牆溢出，妳覺得自己被渦流吸捲入很深很深的井底，母親在井底哭泣。

午後，阿公靠著籐椅睡著了，電視機裡有人唱著歌。妳坐在門前的小凳子，嚼著父親剛給的牛奶糖，甜膩的牛奶味道好似嚼著含笑花。妳望向屋子前方小溪邊一排的苦楝，風在林樹間徘徊，花穗繽紛墜落，有人騎著腳踏車穿過紫色的花雨。在歌聲的間隙中，妳隱約聽到父親和母親壓低的吵架聲，妳知道沒多久父親會下樓，摸摸妳的頭，然後騎上摩托車，留下發動時的一團黑煙，接著好幾天不見人影。母親整天背對著妳拚命洗刷廚房、地板，每一件傢俱在她的抹布用力拂拭後閃閃發亮。汗水沿著她的臉頰滴落在地板上，有時妳以為那是她的淚水。

父親愈來愈少回家，但和母親爭吵的聲音卻愈來愈激烈，阿公的電視聲音再也壓不住了。父親重重地踩著閣樓的木梯下來，氣沖沖地騎上摩托車，快速地消失在巷弄，巷弄的盡頭像受創的傷口朝向天空張開。

「汝一定愛將伊氣走才會甘願是否？我好好一個後生乎汝氣到變成這款……」阿嬤像一

隻拱著背的火雞，朝著閣樓叨叨地罵著。冬天午後冷沁的空氣像一層薄冰，阿嬤的聲音響雷似的劈開這爽脆的空氣。

阿公把電視聲音調得很大，電視機裡一個男人說話聲，一排子彈似的打在牆壁上。阿嬤用哀號的聲音數落著靜默的母親，倒像是和電視機裡的男人對罵，罵乏了病歪歪地躺在床榻上哀聲嘆氣。

農曆年後，母親帶著牛皮行李，那是外公給她的嫁妝；那只行李裝著母親過去的一切，沉重卻虛空，除了些許的衣物，什麼也沒有了。妳是母親在這場婚姻中僅存的證明，但母親卻把妳留下來。篤篤的高跟鞋聲，沉沉地敲著彎延的碎石子路，母親的背影宛如一堵城牆，讓人想起科里奧蘭狠狠地說著：「從此，羅馬人將只看到我的背影。」母親沒有回頭。碎石小巷飄著薄霧，像一條憂鬱神祕的街道，母親和旅行箱從此結束。

每個人都有一扇暗門，直直通到心底。

他輕輕掩上門，妳聽到電梯下去的聲音。然後，妳在窗口，月光將他剪裁合身鐵灰色的BOSS鍍了一層金澄色，他駕著車離去。妳一如母親在閣樓的身姿，一個宿命的符號，無法更改。被褥上殘存著他微微的體溫，空氣中混雜著Anna Sui香氣和淡淡的情慾氣味。裹著他即將消失的體溫，妳點燃一根Vogue，涼涼的薄荷味從鼻腔竄出。妳一直喜歡Anna Sui的氣味，好像童年午後酣眠乍醒的味道，有一種飽滿後的甜膩。現在，摻合著他的氣味和Vogue的薄荷味，是一種滿足，或者，滿足後的空虛。有時，妳會想起第一次的性，或是習慣背影，妳竟然不記得他的五官，卻清楚地浮現那雙稚氣、緊張不安的眼神，如果不是因為疼痛，妳幾乎沒有感覺他在妳的身體裡面。十七歲，燥熱的午後，沒有預期地發生了。

妳總是看到背影，離去的背影；他的背影不是拒絕，不是告別，是妳的再一次等待。妳善於等待，等待母親轉過身回來，等待父親從路的那一頭走過來，等待他開門的笑臉。

妳的一生都在等待，等待背影轉身。

那年的冬天很長，一直延續到清明過後，屋子裡始終罩著一層薄薄的冰霧。母親走後，妳睡在那間寬大的榻榻米上，夾在阿公和阿嬤的中間，他們都背對著妳；看著妳，阿公會想起那個無法謹守的承諾，看著妳，阿嬤會憎恨妳神似母親的眼眸。

白晝在巷弄嬉戲，妳感覺到星星般的眼眸藏在閉合的門內、半開的窗櫺；有一群人就在妳背後，他們彷彿馱了一個布袋，圓圓鼓鼓的捕風袋，填塞了滿滿的碎語。當妳明白背影可以是一座牆，妳就無畏門內窗後那些閃爍的眼睛，和那只巨大的補風袋了。

父親在母親走後經常回來，但沒有帶著傳說中的女子，給阿嬤生活費後就待在閣樓上，隔天又離開了。那天阿嬤要妳拿漿洗過的被套給父親替換，曝曬過的被套有著陽光和米漿水的味道，妳想起母親的頸背，一、二歲或者更早，妳伏在母親的背上，繫著妳的背帶拉下母親的衣領，露出線條柔美、淨白的肩頸，細如絲的汗毛，淡淡的髮香，漿洗日曝過衣衫的味道。妳輕手輕腳爬上閣樓。傍晚，太陽剛沒入海裡，閣樓昏暗，窗簾拉上，妳隱約嗅聞玉蘭花的味道；母親喜歡在清晨摘下後院的玉蘭花，一半供在神桌，剩下的擺在閣樓的小梳妝台上。父親沒有開燈，坐在榻榻米上，腿上擱著新婚時買給母親的大衣，淺棕色的兔毛質料，花了父親一個月的薪水，不知為什麼母親並沒有帶走。

父親回神以後看著妳，把燈打開，臉上有些落寞，勉強擠出一點笑容。

「明仔載是禮拜，爸爸載妳去吃冰好否？」見妳怯生，父親刻意討好妳似的。

喉嚨被堵住般，妳張口卻沒發出聲音。父親有一張好看的臉，適中的劍眉下是單眼皮的眼睛，直挺但稍嫌骨感的鼻子，微微上揚的唇型，讓父親顯得俊秀陰鬱。這是妳第一次仔細地端詳著父親的臉，不是背影。

「好。」妳把被套放在榻榻米上，小聲地回著，轉身下樓，好像答應男生約會般害羞不自在。

父親帶妳去鎮中心的一家像冰果室的小店，只是椅子和桌子都比冰果室漂亮，紅色絨布的椅子坐起來很舒適。父親告訴妳這是咖啡館。妳不懂什麼是咖啡館，父親說妳太小不能喝咖啡，幫妳點了一盤香蕉裝飾成船載著冰淇淋，冰淇淋很軟，有著濃濃的牛奶味，比阿公買給妳的叭噗香甜。父親告訴妳這是香蕉船。

「讀小學二年啊是否？阿公講妳真賢讀冊喔。」妳好奇地看著父親面前的飲料，冒著煙，父親加入一塊方糖和一匙奶粉，用小湯匙攪拌著，發出鈴噹噹的脆亮聲音。

「這就是咖比，乎妳飲一嘴看什麼滋味。」父親用小湯匙舀了一點點的咖啡遞到妳面前，妳毫不猶豫地含進嘴裡。

「苦苦的，不好喝。」勉強嚥下後妳把湯匙推回去，猛搖頭。父親卻笑了。咖啡冒著熱氣，妳望著父親的臉，藏在霧中似的，父親的眼如雨中的海，茫茫濛濛，有時看著窗外，有時空洞地看著妳。

父親喝完最後一口咖啡，低低的聲音說著：「敢有想妳媽媽？爸爸虧欠妳媽媽，嘛虧欠妳。」

妳專注地吃著冰淇淋，一湯匙一湯匙地挖著，像阿公在後院掘菜園。妳不知道是不是想母親；常在夢裡看著母親離去的背影，妳很希望藏身在那只行李，拚命地往裡鑽，行李愈來愈小，妳卻愈來愈大，怎樣都擠不進去。

然後，父親帶妳去文具店買鉛筆和一個漂亮的鉛筆盒。妳看到架上一排的書，父親拿了一本《獅子王》一起結帳。

一個下午像幾分鐘過去，得回到家趕上吃晚飯。父親騎著摩托車，妳坐在父親的前方，父親就像一個巢把妳窩住。

「爸，下次再去吃冰買書。」這是妳第一次主動對父親說話，父親摸摸妳的頭，高興地答應著。

「你嘸要置厝吃暗頓？」阿嬤看著父親將裝著鉛筆盒和書的塑膠袋放在餐桌上，轉身就走。

「暗時有代誌，沒時間吃啦。」父親摸摸妳的頭，然後騎著摩托車走了。

「汝老爸是買啥乎汝？」阿公幫妳夾了一塊沾了醬油的白切肉，看了一下桌旁的塑膠袋。

「是鉛筆盒仔亦有一本冊啦。」吃了冰淇淋一點都不餓，妳慢慢地扒著飯。

「外頭有查某亦嘸要娶轉來，阿淑走這久啊，可以光明正大娶轉來。」阿嬤看了妳一眼嘟嘟囔囔著。

母親離開兩年多，父親一直沒有帶回傳說中的女人；巷弄間的耳語說那個女人是酒家女、是某個男人的妻。妳並不在乎父親娶誰回來，阿公阿嬤也不在意，只要父親回家。

父親在帶妳吃冰後的第三天終於回家了，是妳一路喊著他回來的。聽說夜裡微醉的父親騎著摩托車摔下連結市郊的大水溝，第二天近午才被發現。水溝旁擠滿了人，嘈雜的人聲，像一群蜜蜂嗡鳴著，每張臉都是模糊的，只有嘴一開一闔，妳想起了學校水塘裡嘴冒出水面缺氧的錦鯉魚。小發財車上，父親的身軀蒙著白布，溪水暈染開的血跡，像一坨坨墜地被踩爛的紅花。白布下的父親顯得瘦小扁平，沒有被遮住的一雙腳，掉了一隻皮鞋，白皙的腳掌有些浮腫。

黃昏，水橙色的雲鑲著紫毛邊，掉了棉絮似的拉得長長的。司公一路搖著白幡和鈴鐺，車行過那家咖啡館，妳彷彿看到父親的微笑，濛濛茫茫的眼神，門口的看板畫著一盤香蕉船，遠遠看來像父親浮腫的腳板。

阿公滿臉的淚水，瘖啞的聲音喊著父親的名字：「志隆啊！轉來喔！過橋囉！阿盈，叫汝爸爸轉來，伊嘸知路。」初始，妳怯生生地喊著，細細的聲音只有自己聽到，喊著喊著，妳意識到父親獨自騎著摩托車，走了。妳無父無母，妳喊的聲音愈來愈大，淚如瀑布傾洩，八年來沒喊夠父親的次數，這次妳全喊足了，妳無法控制地大哭，連母親的離開一併哭了。

繁瑣的法事一遍又一遍，妳半日裡都跪在父親的腳前燒著冥紙，妳淌著汗水，映著火光，妳的臉像煮熟的蝦子。親戚來來去去，妳熟悉的、陌生的，在火光、在燈影下晃動著，他們都全成了模糊的背影；父親是一雙腳，沒有穿鞋子的腳，比背影更難辨識。父親就要走了，穿著一隻鞋子離去，妳連白布下的臉都沒看到。跪了半天，妳昏倒了。爾後父親怎麼入殮、出殯妳全然不記得，妳中暑、發高燒、夢囈不斷；妳聽到有人喊妳的名字，妳看到父親赤著腳走近妳，端著苦苦的咖啡；妳終於擠進母親那只皮箱，妳忘記了母親的臉，被一個陌生的人拎著走，皮箱愈來愈大，妳愈來愈小，像溺水在波濤大海，揮動著四肢，妳慌亂地喊著母親、喊著父親……妳聽到阿嬤急切喊著妳的名字，刺耳劇烈的聲音穿透皮箱，把妳拉了出來。

整個夏天就像一條長長的、令人窒息的隧道。妳和阿公一步一步穿過了地獄，尋著遠處微弱的光慢慢地走出來，阿嬤一直困在裡面，泉湧著淚日日哭喊著早喪的獨子。

殘存的暑假尾端，妳日日讀著父親買給妳的《獅子王》；父親彷彿先知，早料到妳將是小獅兒。八歲，妳已面對父母的生離死別，就像一隻命運乖舛的小母獅；遠方，一片荒涼、暗灰，高高築著一條綿長的堤岸，唯有穿越過堤岸才是妳的人生。

妳不知道是怎麼長大的，或許八歲那年妳就長大了；妳料理自己上學，冷靜處理第一次來潮。阿嬤從房間走出來，妳已是國一了，不再以淚洗臉的阿嬤竟然瞎了，半年後離開痛苦的人間。為了妳就學方便，阿公賣了房子和田地，在大都會買了房子，也幫妳存了讀大學的學費，阿公說這是為了妳的母親而做。這些年來，妳和阿公分擔著家務。妳總覺得八歲那年妳就老了，老到可以無父無母。妳站在八歲這條線上，好像有人用刀子粗暴地、一下一下地在時間的織布上割出裂痕，並且從相反的方向拉扯。站在裂痕的縫隙，妳如夜間的稻苗暗暗生長抽拔，然後妳就進入大學了。

「為什麼妳不想嫁給我？」大學剛畢業那年，R老是問妳。

「不是不想嫁給你，是不要結婚。」妳輕輕拿開R環在妳腰上的手。婚姻就像被困在暗黑的小閣樓，母親的背影。阿公剛過世，妳的袖子上還別了孝麻。

妳始終沒有答應R的求婚。爾後妳的戀情也總是維持一、二年就分手了，妳像旅行箱在愛情的旅途中一站過一站。

「晚上在這裡過夜。」他一進門就環著妳的腰，春情蕩漾的眼神，嘴唇含著妳的耳垂，聲音像熱騰騰Cappuccino的奶泡鬆軟甜膩。

妳也才剛下班，褪掉所有的衣物只罩著寬鬆的長T袖，這是他的最愛，隔著薄薄的棉布，曲線隱隱乍現，他說有一種純潔的誘惑。

認識他，妳三十六歲，即將老去的心靈和身軀。來來去去的感情，像換工作一樣，妳想安定卻又畏懼著婚姻，想要泊港卻又把自己當成一只旅行箱，或者妳害怕走進所謂的家。自從阿公走後，家對妳而言只是睡覺的地方，妳覺得自己是浮萍，是船，下錨只是為了再度出港，飄浮才是妳的宿命，妳從不想抓住什麼，也不想被困住。男人、婚姻、家對妳而言是附贅懸疣。

妳想起浪子般的父親，他的血流在妳身上，妳也是不回家的浪子。

但是，妳有一張床靜候在港灣等他來停泊。

老婆回娘家、旅遊、出國就是他泊宿在妳床上的時候。四年多了還維持著愛戀的關係，妳很清楚是時間和空間隔離的因素，還有，妳從不想真正走進他的世界；妳馱著一堵牆，他只進入妳的身體，從未進入妳的心裡。只是妳貪戀著危危崖崖懸空的高潮，不記得從哪裡看到的一段文字，「也許存在一種前所未聞的、或者原始的語言，存在於所有我們知道的語言之下。那就是高潮的語言，一種僅僅通過叫喊來表達我們極度的快樂或痛苦的語言。」妳卻牢牢記住了。

他四十二歲已是高級主管，壯碩的身材，銳利的眼神，嘴角、神情充滿自信，身上有著淡淡的古龍水味道。某個政治人物的募款餐會，遲到的妳被安排坐在這張臨時增加的桌子，妳就坐在他的旁邊。基於禮貌你們互換名片，寒暄兩句可有可無的話語，然後像路人甲路人乙，整個餐會你們沒有再交談。

妳記得第一次你們在這張床上。他兩眼堅定而專注，彷似就定死在妳的身上，繞著妳的身體旋轉。全身的感官渾然為一，難以名狀的歡欣浸潤了每一個毛孔。妳顫抖著，感覺自己不由自主吸納他，讓他慢慢滑入妳的身體，被迫與他的意志同化。夢與遐想混雜在一起，互相追逐，互相照應，互相交融。水漸漸上升，淹沒一切。妳覺得自己正被一個急勁的漩渦吸捲入，然後堆浪拉高，再攀升，彷彿雲霄飛車慢慢拉到最頂點然後往下俯衝，被一種無可抗拒的激情迅速驅向毀滅……找到一塊堅實的基石，然後完完全全地躺臥下來。

這是妳第一次如此安逸於一段感情，四年來從未想要離開。

上班前妳耗費兩個小時在健身房裡保持妳平坦的小腹、結實的臀和沒有一點贅肉的腰身。睡前妳徹底從頭到腳指拍打著，然後包裹著美白緊實的乳液，身體也是妳的資源和能力。二十八歲那年，職場上妳跌跌撞撞，沒有家人沒有背景，妳一天工作超過十二個小時，四年仍舊跨不上升級的階梯。從主管那雙老是在妳胸前腰臀流連的眼神，妳明白身體不只是留住情人的愛戀，也可以是一架階梯。但是看到主管那身肥軟油滋滋的肉，壓在妳身上，妳就後悔了。然後，輾轉在一家家小媒體混個小主管的頭銜，和感情一樣，妳第一次有深根長駐的感覺。妳逐漸厭倦飄泊，也許妳累了，像泥土一樣疲憊得只想趴附著地，肥沃成一塊田地。

「我知道妳媽媽的下落……我知道妳父親真正死因……」一個陌生男子一而再地騷擾著，這個妳以為詐騙伎倆的電話，急切地說了四十年來妳的出生地、妳的親人、妳的遭遇，連一個逗點都不敢停歇。

沉寂的湖被炸得波濤洶湧，這個被妳刻意遺忘三十多年的稱謂，像夜裡的蚊子四處撲飛擾得妳心亂；妳狠狠地想一拍見血從此了斷，它卻暗暗滋生，不斷地擴大壯碩，塞滿了整個屋子，妳頹坐在床沿與它對峙，無法再以背影來迴避。如蚌般妳以血淚餵養一粒沙石，這個珍珠，妳要叫它——母親——好沉重的稱謂！

妳即將在咖啡館面對揭曉的答案，如骨牌，所有的背影將一一落疊，四十歲，妳轉身往前走。

寒窯送做堆

今夜風微微　窗外月當圓
雙人約束要相見　思君在床邊

——〈春花夢露〉

和阿南一路並肩走著，阿音心裡泛起一絲絲的甜蜜。這是第一次和阿南公開不怕別人說閒話一起走著。雖然阿南長得不夠高壯，但結實的身軀讓阿音有一份安全感。阿南曬黑了，顯得有些精瘦，步伐快而有力。綁住腳似的布鞋讓阿音無法邁開步走，索性脫下鞋子自在多了。離開駁駁仔船之後，他們沿著溪圳埔岸一直走著，邊走阿南邊指著遠方告訴阿音：「這是北濱仔，彼邊電氣頭，再過去是十六股……」

「等下咱會位邊啊行過，花蓮港上鬧熱的所在。什麼都有，那台北廳咧。」在一塊高地上，阿南指著左手邊一簇簇的日式屋瓦說那就是花蓮街仔路，大部分都住日本人和做生意的人。

「這嘸像生番所在啊！這裡的查某人真媠，無像番仔。」阿音注意到海港和花蓮街仔和鶯歌庄很不一樣，倒是比較像桃園的街路，來往的行人，尤其是女人，都比阿音白皙漂亮，很多年輕女人穿著洋裝，就像台北城的女人，完全不是她想像中生番所在的樣子。阿音有些疑惑地望著花蓮街的景象。

「這是街仔路，等一下到庄腳就和大溪同款。」

黃昏，夕陽把雲燒得紅紅的，渲染著附近的天空成了淡淡的紫橙色，像塊美麗的布料，阿音告訴阿南這麼綺麗的雲真想裁下來做新嫁娘的衣服。阿音滿溢著笑容，臉上泛著亮光，走路的關係微微沁著汗，阿南覺得阿音變得漂亮了，忍不住牽了阿音的手，阿音本能地縮了回去，阿南卻緊緊地握住，一股暖流湧上來，阿音頓時覺得黃昏的天是綺麗的，圳溝的水清澈如鏡，田裡的秧苗菜蔬嫩綠油亮，連荒地的野草野花都很美豔，生番的所在竟是人間花園。阿音終於確定來花蓮是對的，有阿南在，任何的苦都不算什麼。

阿南想起什麼似的，說前幾天從雞籠開的船觸礁差點翻船，那時很想拜託人寫信叫她不要來，可是信要好幾天才能送到，想必都來不及了，幸好這次平安抵達，這幾天他操煩得不得了，看了她來才放下心裡石塊。

阿音感動地聽著，那時她也聽說了，她告訴父親那麼大的船不會沉到海裡，撞上岩岸只要再等一天還是會到的。其實阿音沒搭過船，也完全不知海浪的力量和船隻的脆弱，這樣說只是給自己壯膽和安撫父親的心而已。

過了圳岸，路愈來愈狹小，到處都有窪洞和突起的地方，一片片的稻田和菜園，田裡散落著工作的人，田岸邊的樹下水牛坐臥著休息，牛繩拴在樹幹上。旁邊放著大木桶裝著茶水、一大籃剛摘下的包心白菜。婦人包著花巾，背對著小徑，坐在茶水桶和菜籃中間，解開衣衫餵幼兒吃奶。雖然經常看著兩個嫂餵奶，但這次是和阿南，阿音看著臉臊紅起來，靜默著一句話也不答腔，阿南似乎也感受到阿音的羞怯，不知說什麼話才好。

「這個所在真濟台中州來的人。」兩人安安靜靜走了一大段路，阿南才再開口。

「嘛是搬山過嶺艱苦人。」阿音有些感嘆，除了有錢人想來這裡拓展事業，如果不是不得已，誰願意離開家鄉、父母遠渡來此。

「對啦，荒地免租年期地上個月租到，五分地，未赴早冬播稻啊，汝來都啊好，佮阿嫂會當開田做事。」阿南看著這些農田，想到未跟阿音提起。

「真是咧？袂當播稻仔無要緊，先種菜，晚仔冬田嘛較有肥。」阿音很高興租到免租的田，這樣的農田已非常少。

路旁的秧田水稻秧長得很好。阿音問阿南這裡的田水缺不缺？阿南說這裡設有水利圳，田水不缺，但要引道灌溉。

「聽說吉野村有電火還有牽水道呢！」阿南提起日本人在吉野設移民村的新奇設施。

「這亦有電火?!牽水道是啥？」阿音很驚訝這樣生番的所在竟有像台北州的電火，曾聽人說過桃園街路和台北州有電火，從來沒有晚上出門，很難想像電火的樣子，但是她看過不少的電火柱仔，沿著自動車行過的大路，一支支豎在路旁又高又大的木柱，上頭牽著黑色的組線，二哥說那是「電火柱仔」，黑色的線就是電線，拉一條線到家裡就會有電，裝了電火球比點油燈還要光亮。因為電火球的月租很貴，鶯歌庄內只有少數人家有電火。

「聽講牽水道卡衛生，不過是予日本人用的，我嘸看過毋知。」阿南還告訴阿音，他跟阿兄及中庄親堂幫忙蓋了一間竹篙厝，現在他們就住在那裡。地是一塊荒地，暫住是沒有問題，如果日本政府要收租再看情況。阿音一聽到有自己的房子心裡很高興，竹篙厝再破舊也能遮風避雨，至少不用寄住看人臉色。阿音順口問著阿兄阿嫂好否？

「真好啊，我佮阿兄每日去替別人做工，有時去開圳，暗時在溪埔地開墾挖石頭，以後會當家己做田，不免看人頭面。」阿南有些得意地說著現況和未來的計畫，彷彿美好的前途就在眼前。

阿南聽說前幾代的祖先從福建泉州越過黑水溝來台時，先找到的是士林，那時都是沼澤的湳仔地，祖先認為無法栽種番薯，於是沿途尋找適合種植番薯的土地，終於在大溪的中庄覓得極適合的土地，兩三代下來終可以溫飽，卻又被宗族敗光，當初擁有的田地旋即散光，如今只得再一次大遷徙來到花蓮港。只是日本政府新頒布「減四留六」的稅制，對佃農收入減少，苦上加苦。阿南渴望著擁有自己的田地，否則一家也只能餓不死而已。

「阿嫂——大姆，咁有生？」阿音想到不能叫阿嫂，得叫大姆。

「無咧，不知是不是這水土無好，來這一年外攏無大腹肚。」阿南抓抓頭笑笑地說。

「恐驚是阿嫂未生，佮這的水土無誌代，在中庄二、三年伊嘛無生啊。」提到阿南的大嫂，阿音不自覺有一些些的不自在感，阿南的大嫂沒有生育，阿音心情有些複雜，憂喜參半。阿南隱約聽出阿音的話意，不再搭腔，指著不遠處的稻田對阿音說那就是他替人做工的所在，他還說頭家人不錯，同是桃園來的，來了快十年了。生活穩定後，阿南經常想著再過十年，他必然會有自己的田地、房子，還有一群小孩，那也算是有成就吧，那麼這趟來花蓮港就不是白費工了。他也盤算著再過一、二年若沒有什麼意外，那時債務應該還得差不多，就回中庄一趟看看大伯大姆。這次阿音來讓阿南很感動，因為訂婚已借了不少錢，這裡又忙著開墾做工，沒有錢也沒有閒，一直不敢開口跟大哥說回桃園娶親，阿音來了，讓所有的問題都解決了。感動阿音的貼心，阿南的手握得更緊了。

一路上兩人說說笑笑，偶爾也像小孩一樣打打鬧鬧，近兩個小時的路走來竟不覺得漫長，阿南住的地方田寮仔就到了。

「頭前就是田寮仔！」阿南指著前面田野間一排的房子。

阿音趕緊鬆開阿南的手，蹲下來把布鞋穿上去，理了理頭髮和衣衫，刻意和阿南保持一點距離。

五間連著低矮的木造房子，屋頂有鉛皮、竹片和稻草，屋頂的煙筒冒著白煙，是煮晚飯的時候了。門前稻埕有個男人在修整農具，一個婦人從溪邊挑了水正進門，一群小孩在埕前吱吱喳喳嘻笑玩鬧哼著〈十二生肖〉：

一鼠做頭名，二牛駛犁兄，三虎爬山崎，
四兔遊京城，五龍皇帝命，六蛇予人驚，
七馬走軍營，八羊食草嶺，九猴爬樹頭，
十雞啼三聲，十一狗顧門埕，十二豬上好命。

日頭沒入山巔，天色微微暗了，阿音看著屋旁白色的煮飯花全都開了，一簇月橘開了好幾朵牙白色的花，香氣遠遠就聞到了。阿南說這是他們剛來借住親晟的家，現在搬到後面一點自己蓋的房子。

有個老婦人和兩個男人走過來和阿南招呼著。

「是嘸是新娘仔？」老婦人邊打量著阿音邊對著阿南說。為了讓阿音來這裡不被人指指點點，阿南告訴這裡的親友他和阿音在南庄已完婚了。

「是啦，坐船嘟好到。伊叫阿音啦。阿音這位是阿姆，叔伯阿兄阿宗的老母，彼位是阿成兄，伊是阿朝伯。攏是中庄來的叔伯親晟。」一面對這些人，阿音有些緊張，小聲每個都疊一輩的喊了人，害臊得臉都紅了起來。

「真好，會當來佮阿南鬥相工，免得乎伊做羅漢腳。」阿姆輕輕地拍拍阿音的手背，眉開眼笑地說。阿音知道這個阿姆的公公是跟阿南的阿公同兄弟，阿南和他們算是堂伯叔的關係，對阿南來說是花蓮唯一有血緣關係的親人。聊了一會兒，阿姆留阿南和阿音吃晚飯，阿南婉謝說大嫂有準備要趕快回去。

繞過這一排房子的後面，幾乎沒有人煙，眼前乾枯的芒草高過人頭，荒草地上仍散落著幾塊大石頭。循著一條小溪岸拐進來，阿音終於看到一間一半竹篙一半木頭造的房子，煙囪也冒著白煙，這應該就是阿南的家，也是自己的家了。

房子就蓋在荒地的中央，四邊的雜草只整鋤一塊種些菜蔬，昏暗中仍可辨識老了的芥菜，茼仔菜快可以摘了，菜頭只剩幾株，一排蔥有幾棵長了花，想必是要留下來做菜種的。菜園旁邊用竹子在左邊圍了一圈養了一群的雞，再過去搭了一棚的絲瓜架，開滿了黃色的花朵，瓜架下養了幾隻鴨子，聽到人聲呱呱地叫了起來。屋子的右牆上堆放了鋤頭、犁，門前的稻埕很空蕩，昏暗中的房子顯得很孤單，阿音想大概是少了小孩吧。這時阿卻從屋裡跑了出來，手上還拿著鍋鏟。

「汝到囉，緊入來，我在煮菜，阿火連鞭返來都會當吃飯。」阿卻說著轉身回廚房忙著炒菜。阿音聞到爆蒜頭的味道。

房子不是很大。廳堂安置了神桌供奉著媽祖和公媽，旁邊點了油燈。神桌下是一張小圓桌，桌上放了鋁製的茶壺和二個缺了小角的茶甌，一隻煮好的雞，一碟炒高麗菜、一碗公的蘿蔔湯上頭還浮著雞油。桌子底下靠攏四張圓凳。兩邊的牆各擺了兩張舊竹椅子。廳堂不大，這樣的擺置顯得有些擁擠。廳堂後兩旁各有一間房間都掛著灰布簾子，阿音想有一間大概就是阿南的吧，左邊房間旁是廚房。放下包袱，阿音趕緊走入最邊間的灶腳問著大姆要不要幫忙。灶間是以竹篙密排再糊上泥土的土角厝，狹小窄仄，靠牆是雙口的大灶，旁擺著水缸，另一面牆放了一個竹製的碗櫥，再也擺不下任何物品了，吃飯桌就是客廳供桌下那張小圓桌了，中間的走道不到兩人寬，很難兩個人同時擠在一起做事。阿南說木頭和竹子是上山砍的，木頭的量只夠蓋廳堂，所以房間和灶間就以土角和竹子搭建，都是那些叔伯兄弟幫忙搭建的。

「大姆要我鬥相共否？」阿音環視廚房，水缸過去有塊布簾子遮著，阿音猜應該是洗身間。

「毋免啦，擱燙一項，番薯葉都好啊，汝去廳仔坐，稍等一下都好。」阿卻把番薯葉倒入鼎中的滾水，攪一攪撈起來放在盤子裡，將剁碎的蒜頭、一點鹽水在盤子裡攪和一下下就端上桌。這時廳堂傳來阿火的聲音：「到位是否？」阿音趕緊走到廳堂，喊聲大伯。

「平安到位真好，阿卻仔煮好否？腹肚飫啊。」阿火取下掛在脖子的布巾，走到廚房用瓠殼瓢掏了水進入洗身間仔，洗手抹臉。阿火出來時，阿音已擺好飯鍋，擺好筷子。阿火示意先拜公媽，然後點燃香枝分給阿南和阿音。

「林家的祖先公媽，弟子阿火率阿南來請安，阿南伊今仔日娶新娘阿音，希望恁保庇兩人百年合好，早生貴子。」香枝燃過了一半，燒了紙錢，四人才坐下吃晚餐。阿火要阿音多挾菜吃飯，自己率先挾了雞腿沾了醬油大口大口吃起來。邊吃邊說著：「今仔日是因為汝來才有殺雞，本來是要留到五月半才要殺。」阿卻夾了一塊翅腿肉放在阿音的碗裡：「不通細緻，家己挾菜。」阿火塞滿了菜飯的嘴問著阿音一路上坐船的情形，阿音一一回答。阿卻則要阿火不要再問了，吃飽再講。除了阿音，其他三人都吃得很快。沒多久盤底空空，連菜湯汁都拌著飯吃光。

飯後，阿音幫著阿卻收拾著碗盤，阿卻拿木盆把碗筷放到盆裡，到屋外的小溪和阿音一起洗著碗。溪水很淺，但很清澈，映著月光水流閃閃，小溪旁砌疊了兩塊平整的大石頭，看來是阿卻洗衣服和滌洗碗筷的地方。阿卻問阿音今晚是跟阿南同睡一個房間？這麼直接的問話讓阿音整個臉紅了起來，不知該如何回答。回答哪個答案似乎都有所缺失。

「阿音，在這免歹勢，來到花蓮港的人攏不是好命人，顧未著禮節，生活那會當過都好啊，我佮阿火有參詳過，汝就直接佮阿南睏鬥陣，過幾工咱即來辦二桌請田寮彼的親晟，講是補請。是有佮委屈汝，嘛無法度啊，我想汝會來就是無計較，那無就未來咁嘸是？」阿卻大概也知道阿音很難回答，索性說開來，手裡的菜瓜絡不斷地刷著碗盤，遠處的水田傳來呱呱的青蛙聲。

阿卻的話解決了阿音的困擾，當初和阿爸鬧得幾乎決裂，不就是為了盡快和阿南做伙打拚，沒錢嫁娶倒不如什麼形式也省了，來到這更是少了親晟的閒話，阿音本來就有此打算，只是不知阿南兄嫂的看法，經阿卻這麼一說，也就沒什麼顧忌了。

「就照大伯大姆恁的主意就是。」阿音順水推舟地說。

天上圓月光燦燦地灑耀著，無一絲絲雲層。阿卻說明天一樣是出日頭。阿音抬頭看了月娘澄黃黃的，菜圃的應菜上螢火蟲閃著光朵。夜晚氣溫變冷，溪裡的水像冰的。阿音捧著洗好的碗筷跟在阿卻身後進屋。這時阿火已沖洗好身軀，阿音趕快添上柴枝入灶，讓灶上兩鍋的水熱起來。阿卻吩咐阿音不用燒她的水，她今天只洗洗腳就好。

阿南洗好身軀，阿音提了熱水倒入浴間的木桶裡，再舀水缸裡的冷水加入，狹小的浴間瀰漫著熱氣，放下布簾子，碗櫥上的油燈火照不到這裡，阿音拿了自己帶來的皂樹籽做的茶箍抹在臉上、身上沖洗，也沖掉一天來的疲憊，再用布巾擦乾身體，整個人清爽起來。

寧靜的夜晚，屋外的蟲籟聲特別地清楚。供桌上的油燈熒熒閃著，四人坐在廳堂的籐椅上靜默著。阿音想起行李箱裡頭有物品是要給阿火和阿卻的，趕緊取出一罐抹頭髮的茶油遞給阿卻，一頂外出帽子給阿火，阿音特別強調是她阿爸和大哥去台北州買的，另外遞上兩個嫂嫂裁紝的衣衫。

「安怎，那擱穿出門的衫，是不是真有扮？」阿火高興得立即戴上帽子，長得健壯的他的確看起來比阿南有威嚴多了。

「阿音，乎汝真勞力呢，送即好的物件，阮亦無啥物件好乎汝。」阿卻最愛這種茶油，抹在頭髮上烏亮亮的，而且又好梳理，在花蓮港她還沒用過呢，也捨不得買。

「大姆毋通按尼講，稍寡物件，無啥啦。」阿音很高興阿火和阿卻喜愛她帶來的東西。

「對啦，明仔早汝佮阿卻去菜園除草，撒幾寡白菜佮茼仔菜籽，要做啥阿卻會佮汝講。」

最後，阿火跟阿音說以後就要辛苦她了，指示阿南早點睡明天還要做事，夫妻倆往右邊的房間進去。

阿南和阿音兩人遲疑了一下，阿南吹熄了油燈火，拉著阿音的手進到左邊的房間。漆黑的房間，木條窗把月光框成四束的光條，映在木板床上，彷彿兩雙腿並列著。相思仔花開的時節，風拂動著卻有淡淡的相思仔花的香味。阿音藉著光線辨識房間內的物件，床邊一只及腰的櫃子有四個抽屜，櫃子旁就放著阿音的行李箱。木板床上一張舊棉被，一個竹編枕頭。房間極窄仄，然而物件不多倒也顯得幾分空蕩的感覺。

阿音在月光下從行李箱裡先摸出自己睡慣了的竹籐枕擺在床上，然後取出一件對襟衫和長褲給阿南，又拿出一雙布鞋要阿南試試看。阿南把腳伸進鞋裡，直說：「正嘟好，正嘟好！」阿音最後拿出用小布巾包著的首飾問阿南可以放在哪裡？阿南彎下腰從床底下幾根木棍間下拉出一個布滿灰塵的小木櫃，掀開蓋子裡頭有一個小布包，一張十圓的鈔票以及幾個硬幣。他極小聲地跟阿音說放在小木櫃裡很安全，塞進床底下，沒人知道的。

阿音背對著阿南將貼身衣縫袋內阿爸和三個哥哥給的錢和金飾全塞在布鞋裡，用包袱布包了起來，放在木櫃裡，再闔蓋子推入床下最裡面。阿音並不想讓阿南知道，那是她的私家錢，除非有必要否則她是絕不會拿出來的。阿南則猜想是金飾，訂婚那天男方送的戒指和金鍊子。

弄妥這些物件，兩人坐在床沿細聲說著一些體己的話，才躺下就寢。蟲聲嘶嘶地叫著，風吹過枯乾的芒草發出沙沙聲響。阿音又緊張又害怕地背對著阿南，她知道今晚就是所謂的「洞房花燭夜」，沒有高燒的紅燭，沒有紅帳喜被，沒有八音鑼鼓，沒有拜堂，沒有宴客，什麼都沒有，只有圓月照進來如燭的光束。阿音覺得自己好像王寶釧在寒窯和薛平貴送做堆，也像陳三五娘私奔遠離家鄉。

小時候跟著阿爸阿母到宜蘭看本地歌仔：「一日思想一日深，可比孤鳥宿山林，雖然在外風光好，思念故鄉一片心。」不知是想到這樣寒傖的洞房花燭夜，還是想到遠在千里遠鶯歌庄厝裡的父親、母親、兄嫂，也想著從小睡在自己身旁的阿葉，本地歌仔裡雜唸的歌詞此時如此說中自己的心境，眼淚忍不住地流下來，低聲啜泣、哽咽著，阿南不知所措地安慰著阿音，說著以後一定會好好對待她，不讓她餓到寒到。然後從背後緊緊環抱著阿音，一種觸動和溫暖的感覺，在他鄉的黑夜使阿音有了依靠。

夜更深更靜了，窗外春天的蟲籟聲雜多而響亮，像八音般熱鬧，間而夾雜幾隻暗光鳥的叫聲，濁濁的咳嗽，還有木床輕輕搖動吱吱嘎嘎的聲響。月光緩緩地、一吋一吋地從竹窗移走，房內更暗更黑了，所有的聲響漸漸低鳴，木屋吸足了夜色和潮氣，暗烏如一頭發亮的大水牛蹲在曠野的月色中。風低低的呻吟，滴答，土牆輕微的剝落聲。

一切重新來過

在富於詩意的夢幻想像中，周圍的生活是多麼平庸而死寂，真正的生活總是在他方。

——韓波

「花蓮港到了，花蓮港到了！」如鐘敲響的聲音，初妹在沉睡中醒來。

窗外是一個村落，入口豎著木牌子上面寫著「武士林」。聽說從這裡開始就算是花蓮港廳的管轄區了。車子仍行駛在森林中般，路旁幾間木造草屋，幾個婦人穿著紅白色大小條紋的織布衣，陽光下很鮮豔，她們坐在屋簷下挑著野菜，初妹看見她們臉頰兩側各有著一道約二指寬墨藍色的刺青，另一個婦人從山坡走下來，頭上掛著一個大竹籃，裡頭似乎裝滿了藥草或是野菜。初妹看清楚籃子的提手是籐編的，做成寬扁的長帶子，將帶子套在頭上，竹籃就掛在肩頸上。初妹猜想這裡大概就是大濁水吧，離花蓮港街還有一大段距離。果然沒多久看到大濁水的站牌，兩個河洛人吱吱喳喳地下車，不過仍不忘跟運轉手鞠躬致謝。

「要坐大船嗎？」過了牛窟仔，路依舊彎曲崎嶇，素敏醒過來，臉頰紅嫩。初妹告訴她花蓮港就快到了，素敏第一句話竟是這樣問她。

「還沒，到花蓮港才有大船。」初妹摸摸素敏的頭。

車子再度攀爬上山，車速緩慢如人快步走，初妹曾聽說最危險的路段就是大清水斷崖，一邊是山壁一邊是斷崖，路非常狹窄，從窗外看下去車輪彷彿就貼在崖邊，往下幾乎看不到底，像懸空，初妹的腳心發麻，收回外望的視線。車上的乘客騷動著，車掌要大家安靜，說這一段是大清水斷崖，要大家坐好，過了這裡路就寬多了。聽到大清水斷崖，大家安靜了下來，連大氣不敢喘一聲危坐著，有人合掌默禱，車輪軋軋地壓著石子，龜爬似的爬到最高點，再躡足般地往下走，然後車子進入了長長的隧道，車內黑烏烏的，初妹緊摟著素敏。車子盤走在山間，從大清水到小清水，一個隧道接著一個隧道。

「過斷崖，這都較安全。」

「是啊，頭篤啊驚佮魂都飛走。」過了小清水斷崖，漸漸走到平地，路寬多了，車上的乘客開始放心地聊著。

「彼邊就是太魯閣。」有乘客指著右方山區的入口。

「彼就是太魯閣喔。」有人伸長頸子，有人乾脆站起來。

車子經過一座橋，橋下很大很深的溪水，水很清澈，激切著溪底的大岩石，右方就是太魯閣的入口。

「這條溪是不是Takkiri？」一個男乘客問了車掌。

「はい，ここには立霧流れです。」車掌用日語回答。幾個人竊竊私語，說著這條溪有金子，曾經有人來淘金過。

初妹聽阿賢談過日本總督親自圍剿太魯閣的番人，是一族很強悍的番人。那一次日本兵死傷也很嚴重，裡頭還設了神社安撫那些戰亡者的靈魂。

然後，進入一村莊。車掌說這裡是新城，再一個多小時就可以到花蓮驛了。

一排木造的房子在道路邊，後頭也錯落著幾間屋子。一輛牛車載著水肥和自動車會車，前往不遠處的農田，初妹像車內的其他乘客一樣全摀住鼻子。除了這一簇的房子，一望無際的都是樹林、荒草和農田。田裡有一堆農人陸續離開田埂回到田裡工作，一個頭戴斗笠包著灰布巾的婦人擔子上挑著兩個籐籃往房子這裡走來。送完點心的婦人吧，初妹看這個婦人輕鬆地挑著，籃子裡必然是放著吃完點心的碗筷。初妹想起未出嫁時，母親分到在肚臍窟那塊田地插秧、割稻時總要一日五餐地提供工人吃食，早午餐與午晚餐間的中間得挑一擔點心到田裡。她記得點心多是米粄湯或炒米粉。

車子漸漸進入花蓮港區，初妹看到寫著「米侖」的牌子，初妹想起大哥曾跟她說他就在米侖做事呢。那麼就快到車站了。這是個小山坡地，左側的坡道上簇新的一個大鳥居，表參道旁兩排新栽的松樹，簇新的石燈籠，座落其中。初妹猜想這裡應是新建的神社。往前可以俯看到整個花蓮港街道。一片瓦房的日本房子，看來大概就是花蓮港的街道了，她看到人力車的車伕跑著，車上坐著穿西裝的中年男人。街上有穿著和服的日本歐巴桑和著洋服的少婦，也有穿著黑色台灣本島衫的婦人。看到自動車行駛過來大家都停了下來注視著，連騎著自轉車的日本警察也停下車來。

初妹對花蓮港的第一印象還好，並沒有想像中的落後和荒蕪，甚至比三叉庄還熱鬧進步。其實大哥也說過，日本人在這裡建設得很好，在每一個住屋村落裡都有一個自來水的水塔，港區街仔中心還有電火，不用點煤油燈。不過電火貴，日本人和有錢人才裝得起。初妹只在新竹州見過電火，一扭就亮了很神奇，三叉庄聽說有人裝了電火，她倒是沒見過。

「到啊，花蓮港到啊。」車內的人騷動著，花蓮港車站到了！淺藍近白色的木造房子，寫著「花蓮港驛」，那是火車站，前一、二年可以通車到台東了。旁邊也是相同顏色的房子則是自動車站，中間是個圓形大水池，旁有幾輛的人力車等在那兒。花蓮港的車站比三叉大呢。初妹不知道大哥會不會來接她們，在蘇澳多待一天，大哥大概不清楚她們來的時日吧。如果沒有也無妨，大哥住在千石，她有地址可以問得到的。

「姨，大船呢，偓愛坐大船。」素敏一下車還是不忘坐大船。

「等一下，先去大舅屋家，天光日再去坐大船，好麼？」初妹邊安撫著素敏邊環看四周，尋找大哥的身影。

轉個身就看到大哥松濤。

「等了二天了，如果再等一天等不到，就莫等了。」大哥招手人力車，初妹將素敏抱在腿上，三人坐上車往南的方向跑了起來。

「在蘇澳等一日，冇車票咧。按仔細勞佢來接。」初妹感動地回著大哥的話。「冇要緊，自己兮妹，這兮黑金通親鬧熱喔。」松濤說這是黑金通，是花蓮港最熱鬧的地方。果然雜貨店、寫真館、旅社都有，路上除了人力車和警佐的自轉車就沒有別的車了。愈來愈少房子，接著是打鐵店、草索店、碾米店和香舖。然後是一片稻田和荒地，初妹知道離開了街路，往大哥住的千石地方了。

素敏好奇地目不轉睛看著街道和稻田。

「屋家租好咧，佢阿嫂清理過。佢兮做工亦講好咧。」一路上松濤跟初妹提起，房子幫她租好了，就在他家附近，房租是三圓，也幫她引薦了在東部水產株式會社的罐頭廠殺魚的工作，不過只有早上半天，每天一角五分，一個月下來也不過四圓五角。初妹暗暗算了一下，殺魚的工作可以付房租，所剩無幾，吃食就要想辦法了。

「偓要坐大船，看魚。」素敏一聽到魚以為可以坐大船，高興地嚷著要和她一起殺魚。

「殺魚係所在毋知好帶素敏冇？」初妹想到殺魚時不知素敏能不能在身邊？松濤說可以幫忙，不過小孩是沒有工錢的。松濤的這些安排讓初妹十分感動，乍到花蓮港她就可以安居下來，著實讓她放心不少。

「阿妹仔，又冇想過再嫁人？」松濤大概覺得這樣的安排只是短暫的度日可以，長久之計初妹還是要有個男人來依靠吧。

「冇想過，俚的命不好再嫁人哪，帶大素敏就係心滿了。」初妹搖搖頭，對於自己的命，初妹再清楚不過，大概就是養大素敏讓她招贅如此而已了。來花蓮港只是不想讓厝邊指指點點。

「大哥能做極有限，一切靠佢自己囉。」松濤是大娘的兒子，理當接掌家業，因為經常和父親口角，二娘又不斷撥弄是非，家業整個落在二娘的三個兒子。松濤隻身來花蓮二十多年，在這裡娶妻生子，日語、客語和河洛話都會，在東部水產株式會社當低階的職員，兩個兒子公學校畢業後在鐵路局做工，一個兒子還在讀公學校，女兒在河洛人開的雜貨舖當店員，生活還過得去。松濤的輔娘貴妹反對初妹住到家裡，也擺明要初妹自力更生，松濤對這個堅持要來花蓮港生活的妹妹也是愛莫能助，貴妹雖愛計較其實心地不壞，她邊唸，他充耳不聞地安排一切。松濤確實很希望初妹若能再嫁，不管好壞總是有個男人可靠，他也不必操心。

來到一簇的木造房子前，松濤說到了。房前有一小院子，栽了一排矮月橘當籬笆，屋內一株含笑花開滿樹，香味濃得有些刺鼻，屋旁栽了兩叢七層塔、幾棵的紫蘇和一小排的蔥和蒜。初妹覺得真像回到家的感覺。

車伕卸下行李，初妹趕緊掏出錢來，卻和松濤搶來搶去，最後是松濤付了，初妹直說過意不去，前來叨擾已讓她很不安，又讓他付人力車的車資，覺得虧欠太多了。

「唉喲，阿姑來兮莫，有平安到就傾歡喜，入來屋家坐。」貴妹聞聲從房子裡出來，脆亮的聲音喊著。貴妹穿著客家灰黑色的寬布衫，頭髮和初妹一樣也是挽著包頭。旁邊是一個很年輕的女孩，初妹想應該就是侄女琴珠吧。

進到屋裡，初妹從行李籃裡拿出兩件自己裁的衣服給阿嫂和侄女，阿嫂喜孜孜地拿在身上比了又比，直誇初妹手工細，針角密得看不出縫線，繡的花色也素雅得很適合她。二大包茶葉和兩大塊鹹豬肉，說是阿姆給的。琴珠倒是沒任何表情，衣衫拿在手上並沒有喜歡的感覺。初妹突然想到現在的年輕人流行穿洋裝，她縫裁這種客式布衫，已不討年輕人喜歡了。難怪松濤並沒有鼓勵她在花蓮港以裁衣刺繡為業，初始她以為是花蓮港都是做工人，穿不起這麼細緻的衣服。她關在家裡太久了，以為因為她守寡別人忌諱給她裁衣，她也都忽略了三妹有時也穿著洋裝，那是到新竹州買的。原來時代變了，年輕人已不愛她裁做的客家衫，新嫁娘更是學外國人穿白紗洋裝。

「琴珠，按失禮阿姑不知佢兮年歲嗳穿洋服，給佢衫仔就在家做事時穿就好。」初妹因為自己的疏忽，送了一件不是很恰當的衣衫，不安地說著。

「阿姑莫按呢講，偓親歡喜這衫仔，按仔細。」琴珠不好意思起來趕緊道謝。

「係啊，今日兮的妹仔都愛著洋服，偓看都不好看，還這衫仔好看好穿。坐，坐，莫企咧講話，琴珠端茶出來給阿姑。」貴妹也趕緊打圓場，招呼初妹入坐。

初妹捧著茶喝了一口，心情愉快許多，這兩天都沒喝到家裡的茶，感覺什麼都不對勁，帶來的茶葉喝完，大概就要適應沒有茶喝的日子了。阿嫂愛乾淨，桌子椅子擦拭得亮亮的。看到神案初妹想到能不能給阿爸燒香，但不知這裡的禮數如何，也不敢說出口。

「俚兮三妹係的妹仔莫，喊嘛該名？當靚喔！幾多歲？」寒暄過後才想到還有個小女孩在旁邊，貴妹拉著素敏的手端詳著她。

「密密將喊舅姆、阿姊，係三妹分俚係妹仔，五歲，親乖一路上莫號莫鬧。名係素敏，伊姆喊伊密密將。」素敏一路上被新奇的景致人物弄得眼花撩亂，不知道該哭或該笑，靜靜地看著大人們，聽初妹吩咐乖乖地喊了舅姆和阿姊。看著和家裡擺飾相似的屋子，以為是在三叉的鄰居家，等一下就可以回家，就可以看到阿姆、阿爸、內桑和阿婆。

「阿姑仔，佢兮厝仔租好咧，俚同琴珠嘛清掃過，就在隔壁，愛莫愛過去看看。」貴妹急性子，大概覺得先安頓初妹母女倆是最好的方式。

「莫急，再坐一下。晚晡兮就睡在這裡，天光再過去。」松濤覺得貴妹的急性像是在趕人，過意不去地阻止著。

「看看當好，俚是想看看喔。」初妹趕緊起身表示她想先去看看房子，把行李安頓好也比較安心自在。一行人出了屋子拐了一個彎就到租屋了。房子很小，連松濤家的一半都沒有，也是木造的，小小的院子，也是月橘的籬笆，一棵蓮霧樹，其餘就是荒草了。

貴妹把門閂拔下推開木門，初妹看了一下格局，四方正的廳堂，後面兩個屋間，一個看來是房間，一個是灶間。廳堂放了一張小木桌和一張長板凳說是松濤釘的。初妹一直覺得廳堂雖小卻是嫌空蕩蕩，原來是沒有祖先的牌位和公媽桌。自己被婆家趕出來，無子嗣，連死去的丈夫都不能祭拜；娘家有三妹招贅，祖先的牌位她連邊都沾不上，此刻她和孤魂野鬼無異，原來沒有了丈夫沒有子嗣，連祖先都不能擁有，彷彿斷絕過去和未來。木桌上擺了兩只小碗和三個盤子和一個碗公，二雙筷子。靠牆邊擺了兩張老舊的籐椅，旁邊一隻稻草編的掃帚。地上倒是很乾淨。貴妹領著初妹看廚房。廚房的大小是灶寬的兩倍，灶上有一隻有點鏽了的鼎，鼎裡有木勺和煎匙，一只生鍋放在後灶，生鍋上扣了瓠殼水杓。灶旁有一大水缸裡頭七分滿的水，地上一只木桶。

初妹知道這一定是貴妹準備的，感動得眼眶泛紅，有了這些基本的煮食就沒問題了。貴妹指著廚房最後用竹片隔起來圍著一塊藍布說是洗身的地方。藍布塊上頭有幾處補丁和幾道的縫線，應該是舊衣拼湊的。裡面放了一只木盆和瓠殼水杓。

「阿嫂按仔細，按仔細。」初妹不知該如何感謝，直對貴妹說著，松濤看了輔娘這樣的安排和準備也放心不少。

接著貴妹又領著初妹拐到廳堂後面的房間。掀開深藍色的布簾子，一個較大的房間和一個小小的房間。大房間裡有一張竹床，床上墊了一張舊被子，一張較新的被子和兩個枕頭。竹床旁有一個大木櫃子，是松濤和兒子從家裡搬來的，旁邊放了一個尿桶。初妹再度紅了眼眶，雖然簡陋，這已是一個十分完整的家了。貴妹想到什麼似的說通過廚房後門，外頭有一間茅草間是便所。

初妹不好再打擾，告訴貴妹晚上就睡在這裡了。大哥趕緊說晚上要過來吃飯，明日再請貴妹帶她去買鹽、米、油，燒火用的柴枝已放了一些在屋後，用個三、五天沒問題，柴沒了，附近的林子裡撿就有了，用水可以到屋後不遠的小溪取水。

松濤和貴妹走後，初妹把行李籃打開，取出冬夏兩季她和素敏的各四套衣服和內衣衫等，茶葉、一小包鹽、小鏡子等雜貨都拿來，取出二塊裁好的抹布，開始擦拭櫃子，以及廚房裡的桌椅等。在生鍋裡裝半滿的水燒火煮水。素敏在屋前屋後跑來跑去，追著蝴蝶和蜻蜓。

水滾開了，初妹抽出柴枝熄火。站在屋後看著即將隱沒山頭的落日。日頭掛在山巔，大大圓圓的火球，近得彷彿可以觸摸得到。層層山的那頭就是山前了，回去就如那座山，重重困難了，這裡該就是她後半生的所在。屋後一間極小的茅廁，四周荒草半人高，初妹想明天找把鋤頭整理一下，可以種些菜，可以的話養幾隻雞或鴨，屋前她想種些菜蔬就可以省去買菜的錢。大哥說等她安頓好了就可以到罐頭廠做工。初妹想吃飯不是問題，這些年也存些錢，有一些首飾，留著以後可以給素敏讀書。

「初妹仔食飯囉。」是松濤在廳堂喊她，她趕緊出來帶著素敏到松濤家。

廳堂很亮，天花板上吊著一個發光的小圓球，初妹知道這就是電火。要離開三叉前，三妹還嚷著三叉有人裝了電火，要仁煌詢問看看怎麼裝。沒想到三妹認為生番落後的花蓮港的大哥家已有電火了。

這時做工和讀書的侄兒都回來了，長得都算高大。三人有禮地向初妹喊「阿姑」，讀公學校五年級的文良身上穿著公學校的制服，友善地摸摸素敏的頭，問她幾歲。初妹才想到在身邊的二隻鉛筆是要給文良的，這些筆是阿賢生前買的，有時用來嘉獎學生，阿賢喜歡用毛筆寫字，但有一隻特別喜愛的鋼筆，是高等科畢業那年買的，那隻筆初妹一直珍藏著。阿賢過世後，初妹始終保留著他的文具和幾本書，這些家娘並未向她討取，家娘大概覺得那並不值錢，所以也隨她帶走離開彭家。

文良很喜歡那兩隻鉛筆，初妹特別說是以前阿賢的日本同事從日本帶回一打給他的，這十多年來初妹保存得很好，其中兩隻給安敏，兩隻給妹婿仁煌，其餘的她要留給素敏以後讀書用的。

文忠和文生都不愛讀書，勉強公學校畢業後松濤請託朋友在鐵路局找了一份修鐵道的工作。

「大哥，屋家有電火當光喔。」初妹覺得新奇也是讚賞大哥家的現代化。

「係啊，佢係屋家偓不敢裝電火，毋知佢要不要喔。」松濤知道電火的月租對現在的初妹會是負擔。他也告訴初妹電火是按月收錢，最小五燭的電火球一個月六角，大一點十燭光一個每月一圓。他還告訴初妹一路上看到一根根木圓柱拉著長長的黑線就是電火柱，電火會亮是從黑色的電線送來的。

初妹聽得很新奇，但想到月租根本是她付不起的，也就沒開口詢問如何安裝。

「邊食邊講，食飯、坐下食飯。」貴妹從廚房出來拉著初妹和素敏的手走向餐桌。

桌上擺著一圓塊的煎魚、一盤鹹豬肉切片，用煎鹹豬肉的油炒七層塔茄子，菜脯蛋，應菜和一碗公覆菜湯。

「係破魚傘，花蓮港人講這魚叫破魚傘，極好吃。請用，請用。」貴妹特別跟初妹說盤子裡的魚花蓮人叫破雨傘，很便宜，這裡的人常常吃。飯後松濤拿出初妹帶來家裡的茶葉泡茶，邊喝茶邊聊天。他告訴初妹花蓮街客家人比較少，像他住在河洛的庄裡是很少的，也因為這樣很快就學會河洛話，不過他要初妹別擔心，遇到河洛人日語都可以通。

「佢姆好麼？按久冇看到，自俚姆過去，俚就冇想要轉去三叉。」松濤詢問著初妹的母親好不好。二娘的手腕好，又生了三個兒子，初妹的母親善良，沒兒子，再漂亮也沒用。不過和大娘反而處得比較好，松濤也同初妹三姊妹親。

「走路足會痛，腰骨冇好，其他都冇啥問題，伊知佢愛食茶，這幾包茶係伊包係。」母親分得一小塊茶園，種不來，給鄰居租種收茶租，一年分得十來斤茶葉當租金。

初妹跟貴妹提起想養雞鴨和種菜的事，貴妹說家裡的雞正在孵卵，等小雞出來分給她幾隻，她有一些應菜和高麗菜籽，番薯插枝就可以。初妹想這幾天把家裡前後整理整理種些菜，然後就可以去做工了。貴妹問她有什麼缺的要買。初妹想能省就省，她和素敏有飯吃就可以了。貴妹還告訴她每個月會有打土豆油、醬油和賣什細的人會來。米店離這裡不遠，走路半個多小時就到了，這附近有個小菜市場，有豬肉店和一些農人拿菜來賣。洗衣服就在屋後那條溪……貴妹一一交代著一些細節。

「素敏若莫方便去漁會社，留係屋家俚幫佢看到。」貴妹看著素敏這麼小，跟到漁會社不知是否習慣，向初妹提議。

「按仔細，素敏勞佢照顧，毋知會不會添佢麻煩？」初妹想素敏跟著自己去漁會社的確不方便。

「冇關係，密密將大兮，毋會麻煩。」貴妹笑咪咪地摸著素敏的頭。

吃過飯，和松濤聊了一下，初妹牽著素敏回到自己的租屋，四周黑漆漆，不知名的蟲吱吱地叫著，一彎半月懸在天空，風微涼地吹著，含笑花香一陣又一陣。初妹覺得像做夢般很不真實，這就是她往後生活的地方嗎？明天以後會是怎樣的光景呢？那間小木屋是她和素敏相依為命的地方，等素敏習慣些再告訴她真實的情況，這麼小的年紀很快就會淡忘和適應的。初妹想她自己也是要盡快融入這裡的生活，三叉庄的種種能忘就忘，來這裡就是為了要重新生活。

屋外一枚彎月，寧靜包圍和穿透著屋子，初妹感受到自己重新成為了一個人，就彷如四散的浪濤從岸邊回捲，重新匯聚到了海洋裡去。難以名狀的時刻，身心中好像某種東西正在甦醒，四周的一切，都在迸發和騷動。過去就像懸在空中的凹洞，讓人有奮鬥無益，此刻初妹希望明日趕快到來，她要過嶄新的生活，一切重新來過。

落地生根囡孫湠

炎天赤日頭，悽慘日中晝，有時踏水車，有時著搔草。
希望好日後，每日巡田頭，巡田頭，不驚嘴乾汗那流。

——〈農村曲〉

幾日下來終於稍適應荒野竹厝的生活。

一日白天雨下得很大，不能出門工作，阿南和阿音戴著斗笠披著稻草編的蓑衣，來到田寮仔找唯一識字的阿宗寫信到鶯歌報平安，也正式帶著阿音介紹給宗親們認識。除了上學的小孩，大人全都在家，男人在屋簷下修補農具，或挑揀菜籽，三個年長的老人坐在長板凳上望著淅淅瀝瀝的雨聊著農作。阿南一一介紹堂伯叔，然後進到屋裡女眷們涮洗廚房、升火在竹籠裡烘洗過的衣服，旁邊米篩上是尚未完曬乾的豆干，年長的婦人靠窗縫補衣褲、編斗笠。女眷見了阿音，熱絡地招呼、介紹，年紀相差不多，都是從北部隨著丈夫渡海過來，一下就聊開來了。

「補鼎、補碗盤喔。補鼎、補碗盤喔。」屋外的小路上一個戴著斗笠、披著棕蓑、挑了擔子的矮小男人拉長尾音叫喊著，擔下兩個籃子搖晃著。

「補鼎仔，有生鍋要補喔。」屋裡衝出一個女人朝挑擔的男人喊著。男人進了屋簷、把擔子放下，脫下斗笠和棕蓑向簷外甩水。

「落雨亦即骨力亦出門。」老人跟補鼎的男人寒暄。

「落雨恁即有置厝，即有鼎好補。」補鼎的男人拿出籃子裡大大小小的工具，小爐子升起火，拿起地上待補的生鐵鍋，看了看認真地修補起來。

阿音想起家裡有三個碗和一個盤子都有裂痕，但是補碗盤得花錢，雖然錢很少，可是他們還負債，能省就省，反正還能裝飯菜，就撐著用。

「阿南仔，前幾日仔有佮汝阿兄講過，汝娶某阮攏無包紅包，汝亦無父母，伯公就替汝主意，過幾工仔阮扮桌請吃飯，汝想按怎？」金獅是宗族裡輩分轉高的身分。

「伯公，汝主意都好。多謝汝的安排。」阿南打從心底感激。阿音來了幾天，一直沒有正式的宴客，阿南有些過意不去，阿火沒提，阿南也不知如何開口。

阿宗的信寫好了，要阿南帶去郵便局寄發。阿南告訴阿音，他白天去做工途中會經過郵便局會專程去寄信。阿南和阿音離開時，簷下還有幾個有裂縫待補的碗公。

在田寮仔的宴客結束後，阿音幾乎完全融入這裡的生活，心定了下來，花蓮就是她落地生根的地方。

白日一早阿火和阿南出去做工，阿卻和阿音兩人洗完各自的衣服便來到靠山邊承租的荒地開墾。大約五分地，菅蓁、稗草長得比人還高，田中有幾簇銀合歡、幾株半大不小的苦楝樹、楦梧、無患子和不知名的小樹，還有大大小小散落的石頭，有的石頭半截埋在土裡。

「大姆，這有黃目子，結籽結這濟，落佮歸土腳，撿返來洗衫。」阿音見了無患子樹結果纍纍，還掉了滿地。娘家大嫂用布包著洗衣服，洗頭髮。

「好啊，厝內亦無茶皂，有這上好。」兩人停下工作，撿了一畚箕。

喘口氣後兩人又挖又推，把石頭搬至路邊堆疊起來，幾天下來已有三座稻草堆那麼高，田裡的石頭也差不多搬光了，剩下太大搬不動的等阿火和阿南晚上再想辦法。

連下了幾天的雨，野草長得更茂盛，好不容易天晴，阿音和阿卻開始把野草砍除，她們用鐮刀把過高、過粗壯的菅蓁、雜草或小矮樹、灌木等砍下，紮成一小綑一小綑拿回家燒火煮飯用，另紮了一束朝顏藤，剁爛了汁液洗頭最好。只留了苦楝、無患子和楦梧，苦楝長高了可以乘涼，無患子的果實可以洗衣洗頭，楦梧的果子可以食用。粗壯一點的樹幹和樹根頭就等男人們拿鋸子鋸除或連根挖走，帶回去當柴燒或刨成木片做椅子、凳子。對阿音來說，能用的、能吃的都要留。

田地裡有成熟的野生番茄、野莓，阿音把紅熟的摘下來放在竹籃裡，帶回去晚飯後吃。

把五分多地的石頭搬走、野草砍除，差不多耗掉一個月的時間，接下來是翻土。借不到牛來犁田，阿卻和阿音只好用鋤頭，一鋤一鋤地翻挖，挖出好多的蚯蚓，兩人撿起放入藺草袋裡拿回去餵鴨子。雖然阿音做工習慣了，做的卻是除草種菜之類比較輕鬆的查某人工，開墾搬石頭這種粗重的工很少做，幾天下來手臂痠麻，本來就長繭的手掌竟也起泡，然後結成更厚的繭。雖然戴著斗笠包著布巾，但日日在毫無遮蔽的日頭下，本來就不白皙的皮膚，現在更黑，都快和番人一樣了，有時阿南會取笑她：番婆番婆黑索索。

又耗去十多天的工夫，阿音和阿卻總算把田地全翻了過來。阿火和阿南利用晚上或雨天依著高低地形做田埂和灌溉水溝。阿南說過了早冬期，不能播稻，先種些菜蔬，這些田沒有被耕種過應該不會貧瘦，暫時不必施肥，種了再說。四個人商量後決定種小白菜、茼菜、茄子、冬瓜和高麗菜。這些菜正合時節，無須過於照顧或施肥，尤其小白菜和茼菜生長期短，很快就可以賣錢，另外種一分地的番薯當做飯食以及養豬用。

阿卻和阿音把翻了土的田挖成一長壟一長壟的菜股，將三長壟的菜股澆些水，各撒了小冬瓜、茄子和高麗菜的種籽做為育苗，小白菜和茼菜籽就直接撒在挖好的土稜上。另外，兩人到山坡地割了好幾綑的野生番薯藤，切成一段一段插扦在菜畦裡。等到五分多地像個菜田也是半個多月以後的事了。

快要五月節了，日頭像火球，燒得阿音都快像人乾，原本豐腴的身材明顯瘦了一大圈。趁著午飯後的一點空閒，阿音到山腳下竹叢裡採兩大籃麻竹筍的葉子和桂竹筍的竹籜，一來五月節包粽子，二來可修補破損的斗笠。

阿卻年前養的五隻豬仔，明天要讓豬販載走，多了一筆收入，五月節也有豬肉吃了。阿音偷偷問了番鴨仔的價錢，想等五月節過後捉幾隻來養，入冬可以給阿南補一補。阿卻和阿音一直盤算著什麼時候把債還清了，如果收成好，多租一點田地，阿火和阿南不用出去做工，種自己的田和賣菜比較實在，也許就可以存一點錢了。

田裡嫩綠的茄子苗冒出土裡，阿音連土和茄苗剷成一塊塊擱在畚箕裡，準備要分種到菜畦裡。阿卻負責挖小洞，阿音把菜苗栽進去，一個上午栽了一分地。午餐時阿音覺得胃口不好，摻了大半番薯簽的飯透著一股霉味，阿音就著蘸菜湯勉強扒進嘴裡。這幾個月來日日操作，晚飯後有時還跟著阿火阿南到田裡幫忙，夜裡阿南伏在阿音身上，阿音幾乎是半睡半醒的。為了趕工兩人吃過午飯休息一下，頂著大太陽又回到田裡工作。栽著栽著，阿音突然覺得暈眩，兩腿發軟倒了下來，嚇死了阿卻。阿卻猜想大概是中暑了，扶起阿音猛捏阿音的鼻根和後頸，後頸被阿卻捏出一道紅紅的印痕，才讓阿音醒了過來。阿卻看日頭也已傾西，和阿音兩人收拾農具休工回去休息。

今日輪到阿音煮飯，阿卻要阿音歇著，她來煮就好了。坐在椅子上，阿音仍暈得厲害，胃液直往上衝，冒著冷汗，阿音跑到屋後嘩啦啦吐了出來，整個人虛脫得無力走路，一路搖搖晃晃地扶著牆壁回房間躺著，天花板旋轉起來像個漩渦，一圈又一圈旋，愈來愈快速，自己就溺在裡頭跟著轉繞。阿音緊閉著眼睛，努力地把自己從天花板的漩渦裡掙脫出來，心裡掛念著阿卻又要剁番薯藤、餵雞餵鴨餵豬又要煮飯，心裡有些過意不去，自己卻是連翻個身的力氣都沒，也害怕一睜眼又捲入漩渦。真是中暑了嗎？這幾天確實太熱了，是啊！再三天就是五月節，怎會不熱呢？突然一個念頭閃入腦海，月事好像沒來，慢了一個多月了，忙和累完全忘了月事。難道是有身孕了嗎？這一想整個人興奮了起來，也有力氣坐了起來，旋即再想若不是可就空歡喜一場了。她想先別說，等幾天後確定月事仍沒來再說出來。身體雖有些氣虛，阿音還是步出房間來到屋後頭的灶間，阿卻已升火煮飯，大鼎裡燒著熱水，後面的鐵鍋炊著飯。屋後一陣陣剁豬菜的聲音，阿音添些柴枝入灶，把地上的菜蔬挑揀洗淨。

阿卻端著一大木盆剁好的豬菜進來。

「汝那無休睏？這我來煮都好。」阿卻把整盆的豬菜倒進大鼎裡，拿起大杓攪動著。

「無啥要緊啦，吐出來都好啊，今嘛較涼有卡快活啦。我來去飼雞鴨。」阿音彎身再塞進一把細樹枝讓火更旺些。

「免啊，我已飼好啊，啊顧剁豬菜未記得收衫。」阿卻蓋好鍋蓋，突然想起一急就忘了收晾在外頭的衣服。

「我來收就好。」阿音說著便走到屋外，拉高竹篙把晾在上面的衣服往下一滑全收攏，拿進屋裡她順手摺疊，一疊放進阿卻的房間，一疊放在自己房裡的櫃子上。這時又一陣反胃，她趕緊跑到屋外，又吐了出來，沒有什麼東西可吐，吐了一些黃綠色的胃水。日頭全沒入山裡，餘光徘徊在山頂。對落日的黃昏阿音已沒有太多的心思，不像剛來時每到黃昏特別想念鶯歌的娘家，好幾次油燈一點亮，阿音的眼眶就紅了。望著山頭的霞光，阿音嘆了一口氣，忙亂的日子連想家的心情和力氣都沒了。茅廁裡的水肥泛著濁臭，阿音趕緊剷些泥土把剛剛吐的穢物掩埋，免得聞了水肥味道又翻胃了。

阿卻把番薯簽飯丟進正在滾沸的飯鍋，蓋上蓋子。

「人擱無爽快是否？有聽汝吐，去躺一下，稍等的都會當吃飯。」阿卻掀開大鼎的蓋子，再攪動一下已變了黃綠色的豬菜，連湯水菜葉撈起盛在木桶裡，提到屋後的豬圈。阿音從灶上移開煮豬菜的大鍋，擱上炒菜鼎，放了三杓的水，添了樹枝雜草讓火更熾旺，抓了兩大把的番薯簽丟入旁邊沸滾的飯鍋。阿卻提著空的木桶回到灶間，炒菜鼎的水滾開了，順手將三條去頭去尾的茄子丟入滾水中蓋上蓋子。

「沒要緊啦，好真濟啊。歹勢乎汝一个人無閒。」阿音想幫忙但心有餘力不足，歪坐在餐桌前，胃腹吐得空空的卻一點胃口也無，聞到鼎裡氽煮茄子的味道，一股酸辛的胃液再衝向喉口。

屋外有聲響，阿火和阿南兩人進到屋裡。阿卻已把燙熟的茄子切成幾段放在盤子，一大束應菜扔進滾水裡，飯鍋裡的米湯收乾了，拿了飯杓把白飯和蕃薯簽攪拌一番。阿卻把飯菜都端在餐桌上，盛了一小碟的醬油，晚餐已弄妥，喊著：「吃飯了。」

阿音勉強站起來幫忙添著四碗的番薯簽飯，今晚用的是新鮮的番薯，飯聞起來沒有霉味，而且有一股甘甜的番薯香，阿音覺得舒服些。四人坐下來低頭扒著飯，阿音沒什麼胃口，仍冒著冷汗，阿南抬頭看見阿音面色憂憂，隨口問著：「汝按怎？人不爽快是否？」

「伊著沙啦，擱吐咧，這幾工實在真熱，可能未堪咧。」阿卻嚼著菜聲音糊糊地說著。

「明早仔去挽青草煎煎來吃退火就會好。」阿火看一下阿音確實臉色不怎麼好。

「無要緊啦，今晚歇睏就好啦。」阿音有些不好意思小聲地說著，還不是很確定而且想要先告訴阿南，所以也就不說出來。阿南擔心地看著阿音，又不知該說什麼。

「今暗那會這濟蛾仔飛來飛去？咁會是要落雨？」阿卻吃完飯放下碗看著木窗口圍集了一群蛾仔，幾隻蛾在油燈旁繞著飛，褐色的肚子在光線下亮亮的，好幾隻蛾細長透明的翅膀斷了，滾落地上蠕動著，牆壁也爬滿一長列的螞蟻。有一隻飛蛾飛向油燈，轉來轉去，然後一絲絲薄薄的煙霧和微微燒焦的氣味。

「土腳咁有濕濕？有可能會變天，明早無定會落雨。」阿火瞄了一下地上，似乎沒有泛潮。

「返來時，田寮仔阿宗講後日要返中庄，伊妗婆的某麼人過身。恁看有啥物件亦是批拜託伊順續揳過去。」阿火把沾茄子剩一點的醬油倒入飯裡，窸窸窣窣扒進嘴裡，邊說邊吃。

阿音心想連白飯都沒有，哪有什麼東西可以帶回去鶯歌的，信兩三個月前託阿宗寫了，懷孕的事也還不確定，艱苦的事說了只會讓阿母傷心，生活裡沒有一件喜事可以說的。

入夜，蟲聲特別響亮，嘶嘶吱吱的，像嚴重的耳鳴，叫得令人煩躁，無風悶熱，阿音覺得整個人黏膩不清爽，不過暈吐的症狀好很多。躺在床上，阿南小聲地問著阿音真的不要緊嗎？如果不舒服，明日就休息一天不要到田裡。阿音以點頭回答，也許真的只是中暑，阿卻婚後四年多了一點消息也沒有，阿音來花蓮至今也不過兩個多月，她想再等幾天，應該就可以確定了。

模糊間正要睡去，一陣低沉的悶聲從地底發出，接著床晃動著。阿音想又暈眩了，阿南驚醒喊了起來，「地動！」竹床愈搖愈劇烈，發出嘎嘎的聲響，阿音連起床都困難，阿南用力拉起她。

「緊，趕緊出來！」阿南半拉半拖著阿音，跌跌撞撞地奔跑至屋外，阿火和阿卻也從房裡衝了出來。碗櫥裡的碗盤發出碰撞的聲音。地震停了，阿音感覺竹屋好像還在搖晃，整個心咚咚地跳著，許久才感覺地平心靜。

「稍等一下再入去，會擱動一遍。」阿火喘口氣說著，可以感覺他也才驚魂稍定。四人坐在屋外的石頭上，邊拍打著蚊子邊聊著。阿火說這次的地震不算大，聽說以前還有過地裂成一條小水溝，房子被震得一開一闔，像怪獸的大嘴，那次死了不少人。

沒多久果然來了一個小小的餘震，阿音拔腿想跑，被阿南拉住：「這是外口，汝要走叨？」

約莫再等了半個鐘頭，沒什麼動靜，阿火要大家進屋睡覺，不過要小心些不要睡死了，也許地震還會再來。

躺回床上，阿音的心仍咚咚地跳著，阿南安慰她說不要緊，若地震再來，往外跑就是了，房子是竹子建的唯一的好處是即使倒了，人若壓在裡面應不至於太嚴重。然而，這一震讓阿音想想還是說出來好了，若再來個地震有什麼萬一，總要讓阿南知道。

「我可能有身啊。」阿音背對著阿南輕輕地說著。

「汝講啥，汝有啥？」濃濃睏意的阿南漫不經心問著。

「我—可—能—有—身啊！」阿音提高一點音量，一個字一個字清清楚楚地說著。

「真的，當時有的？是真的？」阿南有些不置信又興奮地問著。

「卡細聲啦，下晡置田底又暈又吐，本來以為是著沙，暗時我想到垃污有個外月無來，應該是有身才對，先毋佮大伯大姆講，擱幾日啊確定才講。」阿音壓抑、平靜地說著。

「應該是真的。對了，汝一直吐，明早咁有氣力做事頭？」阿南想到自己可能要當父親，打從心底樂起來，轉而又想到又暈又吐的妻子如何在烈日下的田裡做事，有些擔心起來。

「睏啦，無即幼秀啦，明仔早再擱講啦。」阿音想明早看情況，若不是暈吐得很嚴重，還是趕緊把那些菜苗種好，明天早上阿卻得在家等豬販來，五月節就要到了，要磨米漿要壓乾，得花上一整天的時間，這幾天日頭焰熱，菜苗長得特別快，再晚幾天移栽就長得不好了。

想到五月節，阿音想起娘家，家裡有兩個嫂嫂，她這個當小姑的很少幫忙料理灶間的事，只負責到田裡種菜或別處做工，來到這裡什麼事都得和大姆分工，還得當個男人開田種菜，原來女兒和媳婦還是有些差別的，尤其嫁給阿南這樣的家庭，比起娘家的嫂嫂要辛苦更多。

阿南輕輕的鼾聲讓阿音嘆口氣，孩子就要出世了，又要多一張嘴吃飯。如果真的是懷孕，得多養幾隻雞好坐月子。再過一個多月就是風颱天，這間破厝也不知能不能抵擋得過？阿南只是跟著大哥四處做工似乎也沒什麼打算。阿音又嘆口氣，想想能有什麼打算呢？此時能吃飽就是福了。明日醒來再說吧，多想無益。阿音翻了身望著窗外，想著明日還是把菜苗趕快栽好，還有好多事要做呢。

握鋤殺魚也可以過生活

生命難以迎風拋擲芬芳，／難偶向晨曦的輝芒陳列榮光，／唯見扯裂的花瓣散灑在園圃；／隨後只有尋常一般的綠。

——葉慈（W. B. Yeats）

幾天來的難以入眠，來到這裡雖是簡陋的床鋪，帶些潮潮的棉褥，初妹卻睡得很沉，彷彿在這裡找到歸宿，一切的重擔暫時放下來。如在夢中，初妹隱然聽到低泣的聲音，張開眼睛，從木條窗外透進淡淡的青白光線，遠處雞鳴聲被風吹得斷斷續續，像一首不成調的曲子。天就快亮了。初妹轉身看了素敏，兩眼盛盈著淚水，扁著嘴，鼻翼張闔著，一臉委曲地看著初妹。正要追問，素敏見初妹看她，如潰堤般，哇地大哭起來。

「偓要阿姆，偓要阿爸，偓要內桑！」素敏盡情地哭，三天的離家已到她所能承受的界限。

初妹一時不知該如何安撫素敏，自己沒有生養，很難體會小孩子的心。她想索性讓素敏哭個夠再告訴她情悅，即使不懂也要接受，這是命！她們姨甥兩人的命！初妹抱著素敏讓她在懷中放聲大哭，哭累了就會停的。在阿賢剛過世時她也經常在夜半蒙著棉被放聲地哭，哭得肝腸寸斷，哭乏了什麼時候睡著了都不知道。這些年來倒不哭了，眼淚在那時哭乾了吧，再多的眼淚也改變不了命運。也許哭乏了，也許剛才是做夢，素敏伏在初妹的身上睡著了，但仍抽泣著。初妹替素敏蓋好被，自己披件衣服起床。本想到灶前熬個粥，才想到廚房沒有米，跟貴妹說好今天去買米的，她倒了水在碗裡，灌了半碗解渴。初妹在餐桌旁坐了下來，想著這幾天該做的事。先添些眼前就要用到的家用品，再把屋旁的雜草除一除，明早撒些菜籽。屋後搭個寮棚養些雞鴨，再來該是到魚罐頭廠做工了。

天色有些亮白，梳洗好後初妹站在窗前望著東方，天邊薄薄的雲染著金黃，日頭磨蹭著準備要冒出頭來。天亮了。初妹正要轉身回房叫醒素敏，籬笆門外有人影靠近，定睛一看是大哥。

「初妹起來莫，食早了。」松濤推開籬笆門進到院子便喊著。

「起來囉，就去。」初妹在大哥還未敲門前趕緊回話，大哥隔著木門對初妹交代到他那兒吃早餐，然後轉身走回去。

初妹趕緊叫醒素敏，幫她梳洗加件衣服便走來大哥家裡。一進門欠身向貴妹道安，直說著打擾了。餐桌上擺了醬瓜、豆腐乳、醃漬的紫蘇梅，一小盤燙番薯葉拌鹽，一鍋飯冒著熱氣，霧騰騰的。初妹知道客家人早餐是不吃粥的，要做事得有力氣。三叉家裡母親牙口不好，仁煌不是做田人，三妹掌廚後為了母親也讓小孩一早有胃口，乾飯就成了稠粥了。貴妹的早餐是客家和日式合併，大概也是遷就松濤和小孩吧。

琴珠見初妹來了隨即添了飯在碗裡。大家都坐定後，貴妹從廚房端出最後一道味噌湯豆腐出來，然後坐了下來跟著大家一起吃早餐。餐後琴珠收拾碗筷，其他人上工上學去了。初妹和貴妹商量，帶她去糴米和打些土豆油等現今就要用到的物品。

貴妹領著初妹和素敏走了一個小時的路來到街市邊。

這裡是花蓮港郊區，是幾千戶人家生活供應的大街，人來人往十分熱鬧。後山的繁華是初妹想像不到的。雖然穿著、樣貌和台北廳或三叉沒太大差別，初妹總覺得這裡的人有一些不一樣，卻又說不上差異在哪裡。

初妹先到雜貨店買了半斤鹽、半斤味噌，打了半小陶罐的土豆油，買了幾種當季的蔬菜種籽，然後到碾米店，糴了三升米。再到打鐵店買了一把小鋤頭和鐮刀。

「園裡極多番薯葉、蕹菜、菜瓜，就拿去煮，暗晡頭文良送去醬菜。毋識買喔。」貴妹吩咐初妹這幾天就到她那裡摘菜。

「大嫂，按仔細，來花蓮港冇佢係幫忙，倨冇法住下……」初妹心裡充滿著溫暖。

回到松濤家前，初妹對貴妹說中午和晚餐就不去打擾了。貴妹交代若還有什麼需要不必客氣，隨即走到菜園裡摘了一把番薯葉、蕹菜和一條絲瓜，陪著初妹回到家裡。

「轉去洗衫咧，琴珠去當店員冇閒。」貴妹將菜疏放在餐桌上，摸摸素敏的頭。

初妹把所有的物品都歸位後，在桌上挑著菜，素敏在門口拔野花草玩。今早松濤說再四天她就可以去東部水產株式會社魚罐頭廠做工了，這四天剛好可以種菜，也許還可以養雞鴨。

屋外陽光開始溫熱起來，初妹抱出棉被披在月橘籬上曬，素敏覺得好玩，想起阿姆曬棉被時都會用竹棍子拍打，就地拾起一截樹枝拍打著棉被。初妹看著覺得有些傷感，以後有許多事情素敏都不再是好玩而做了。刷洗好餐桌和灶面，缸裡的水少了一半，初妹想下午去挑些水回來，晚上要洗身軀呢。

日頭愈來愈熱，初妹喊著素敏進來，見她玩得一臉通紅，額上都是汗水，拿了布巾要素敏擦乾，趕緊淘米入鍋，升火煮中飯了。初妹把貴妹摘的菜全分成三份，這就是三頓飯的菜量了。燙了番薯葉和蕹菜拌鹽，菜瓜煮成湯，飯也在後灶悶熟了。初妹飯煮多些連明早的飯分量都含在內，這樣可以省些薪材。

素敏看到桌上只有兩小碟的青菜和一碗湯，似乎有些不習慣，平素在家裡恆常有四、五碟，偶爾還會有一小碟的白切肉或菜脯蛋，雖然阿姆交代她和安敏說這些肉、蛋是給阿婆和阿爸吃的，可是阿婆和阿爸總會夾給她們姊妹倆。

其實初妹留著三塊鹹豬肉，以備節祭再用，要在這裡落地生根，以她在魚罐頭廠的收入，頂多讓她和素敏兩人不挨餓而已，如果生病了沒得做工，連吃飯都有問題。還好素敏喜歡吃菜瓜湯拌飯，因為湯裡加了少許的糖，這是三妹的習慣，三妹愛吃甜，絲瓜本來就甜，三妹加了糖並不覺得膩，也真虧三妹才想得出來，這麼多蔬菜還真只有絲瓜適合加糖，連初妹也喜歡這種吃法。素敏三兩口就把飯扒完。糖是從三叉庄帶來的一包，這一包可得用上一整年呢。

小小的午寐後，太陽往西傾移，熱度減弱許多，初妹收起月菊籬上的棉被。趁素敏還熟睡著，戴起斗笠、擔起兩個桶子來到屋後不遠的小溪挑水，把水缸填滿後又把浴間的木盆子填了半盆水，晚上添上熱水就可洗身了。這時素敏醒來了，初妹替素敏戴上布帽子，拿了鋤頭和鐮刀來到屋旁開始鋤草，初妹要素敏把一些小石頭撿起來放在月橘樹籬底下。一小小塊的菜圃沒多久荒草全除盡，土也翻好了，素敏幫著將拔除的雜草鋪成一排曬日頭，乾了可以用來當柴燒。素敏玩得高與也覺得很有成就。日頭落到山頂，風微微地吹著，初妹取下斗笠讓汗濕的頭髮透氣。很多年沒有做過粗工，一個下午下來，初妹的手指起了幾個水泡，手臂也有些痠疼。她想今天就到此為止吧，待會燒水洗身。

初妹把剛燙好的青菜端上桌。素敏看著桌上和中午的菜完全一樣，嘟著嘴吵著要吃肉，初妹只好切一小小塊的鹹豬肉，再切成薄薄的四小片放鼎裡加火稍煎一下，然後放在小碟上。鍋鼎裡的一點油漬，明天可以用來炒蕹菜。

才洗好碗筷，文良和文忠兩手各抱著一小甕的醬菜進來，初妹要他們將四甕的醬菜擱在碗櫥的旁邊。文忠說是豆腐乳、醬冬瓜、菜脯和覆菜，還拿了一條勾醬菜的竹勾子給她。這四小甕的醬菜足夠初妹姨甥倆吃上半年了。

入夜，就寢前，初妹想到既然要在這裡生根，素敏得跟她半輩子，該叫她改口了，一直叫姨也不是很妥當，讓她叫阿姆和她叫三妹一樣有些奇怪，於是她跟素敏說來到花蓮港了，以後不要再叫她姨，應叫「卡將」，也告訴她會住在這裡很久很久，素敏似懂非懂地點頭。

上弦月如一枚貝掛在窗櫺，素敏哼著不成調的兒歌，玩著安敏給她的小沙包，玩了一會兒累得睡著了。初妹用針輕輕刺破手指的水泡，再抹些鹽，一陣刺痛。心裡盤算著跟貴妹摘些番薯藤插扦在菜圃裡，再撒些蘿菜籽，可以度過一陣子了。

夜半素敏號啕大哭，吵著要找阿姆阿爸，哭了一陣子乏了，翻頭便又睡了。遠處野狗嗥嘯著，初妹聽得心裡悶悶，翻來覆去，好一會兒才眼皮沉重地睡去。

一早初妹洗完晾好衣服，帶著素敏在菜圃工作，初妹要素敏把一截一截的番薯藤分開放在菜圃上，初妹把番薯藤插扦入土裡成一排，另一畦土壟則撒了蘿菜籽和植栽幾撮的蔥籽。離午飯還有二個小時，初妹又擔起水桶到溪裡挑水澆菜，看著小溪的對岸有兩棵菝仔樹，結果纍纍，但小而青澀，眼尖的她卻看見幾個小孩拳般大小稍為白霧色已成熟的果實，跳過小溪攀著枝椏摘了下來，在溪水裡洗淨後放進桶裡。菝仔樹旁有幾叢野莓結著綠黃色的果實，過兩天紅熟了，再摘給素敏吃。

初妹從沒想過拿掉繡針握鋤頭也可以過生活，對目前的環境愈來愈滿意了。

午膳後，初妹搬了凳子在屋簷下和素敏啃著菝仔，澀中略略微甜的菝仔，讓母女兩人都很滿意，初妹把菝仔籽就撒在番薯壟旁，如果夠幸運的話會長出菝仔來。初妹想下午可以來整理屋後，之前已撿些桂竹枝，先圍成一圈，過兩天先買幾隻小鴨回來，鴨子吃蝸牛和青菜葉，比較省事，等領了工錢再買小雞來養。

整理好後園子，初妹端出房裡的尿桶，潑灑在菜圃上，再用水沖一遍，端回房裡。素敏掩著鼻子跟著進來，臉頰被日頭曬得紅通通的，手上拿著一綴白色的月橘花，跟初妹說香香聞一下就不臭。初妹想才沒幾天素敏就像她的女兒般，不知是她懂事，還是小孩天性，善於忘記，卻又容易適應環境。

煮晚餐時，初妹掏了一小塊豆腐乳和湯汁和蘿菜一起炒，不再用燙的，素敏因為這一碟菜把一碗飯吃個精光。沖洗好身軀，初妹燃亮油燈，在房間內寫信給三妹報平安。

三妹：

來花蓮港三天了，すべて安全，勿念。母親大人好麼。

住進租好房屋，後天會去水產株式會社的罐頭廠做工，大哥引介的，一切極順利。素敏很好，乖乖的，無吵無鬧，有時幫忙做事種菜真懂事，素敏吾會照顧好，ご安心ください。

母親大人就麻煩妳孝順，告知伊吾真好，請伊莫煩惱，明年有閒再返回家鄉。

姊　初妹　昭和十六年四月底

初妹用阿賢的鉛筆寫了這封短短的漢文和日文夾雜的信，這些年來沒寫過信，也很少看書，有些字險些忘掉，想了半天才想起來。素敏問她做什麼，她說寫信給她的阿姆，素敏不懂什麼是信，初妹稍稍解說，也不知她聽得懂不懂。摺好信，明日到郵便局寄，幾天之後就會到，這樣三妹和妹婿也會放心了。初妹也沒想到這麼順利。熄了燈火，母女兩人躺下沒多久便睡著了。

屋外不遠處，野狗依舊嗥號著，一片厚厚的烏雲遮蔽了月光，魆黑沉沉，屋後小溪水潺潺流著，流過初妹的夢裡，順著水流初妹彷彿回到了三叉庄家鄉，回到阿賢的身旁，阿賢看著書，她繡花縫衣，屋外有油桐花的香味，她似乎聽到脆亮的孩子笑聲，是她的兒子嗎？然後順著溪水，初妹回到念書的時候，阿爸斜躺在椅子上吟詩的模樣，看著她和銀妹從漢學仙那裡回來，阿姆端著阿爸最愛喝的熱茶，告訴她們姊妹灶上有她們愛吃的粿仔，有粄條……

溪水急流著，不知怎的她翻溺在湍湍水裡，一浮一沉就是搆不到岸邊，她朝著岸上的阿賢招手，阿賢似乎沒看見，她朝岸上的阿爸揮手，阿爸也沒看見，然後兩人一前一後轉頭走了，她的兩腳蹬不到底，就要沉沒到水底……

初妹汗水漉漉從夢中驚醒，發現自己的雙手壓在胸口，襯衣濕透。屋外烏沉沉的，月娘全沒在雲層裡，一陣蟋蟀從地底傳來的嘶嘶聲，地鳴似的令人耳膜震動。春日才過一半，竟是這樣燥熱，初妹起身拿塊布巾擦拭著。已經許久沒有夢過阿爸和阿賢了，他們來關心她們母女倆嗎？還是來告別的？也許他們將要去投胎轉世。以前阿姆就說過，即將投胎轉世的過往親人，都會來夢中辭別。不知阿爸和阿賢見到她這樣是否放心？

初妹東想西想，翻來覆去，才又迷迷糊糊睡去。醒來，屋外灰濛濛的，雨絲淅淅落入土裡。今日鴨寮圍不成了，箱子裡還有幾件極舊的衣衫，先裁改一件衫褲給素敏和自己做為到魚罐頭廠做工的衣服。

吃過早飯，初妹取出舊衣拆線，素敏悶悶地坐在門檻上看著屋外的落雨，手上抱著小木雕鼠，自言自語地說個不停，偶爾跑過來看初妹手上的工作。

「卡將，做麼該？」素敏好奇地看著初妹手上的小作。

「縫佢係新衫。」

「喔喔，有新衫穿囉，有新衫穿囉。」

初妹感覺像在三叉家裡般，裁繡著衣衫。這時是三妹已收拾妥當，便端出一壺熱茶，母女姊妹三人邊喝茶邊聊天。阿姆一定操心著，三妹也思念著素敏吧。不過才來三、四天，初妹覺得彷彿很久以前的事了。以前阿賢告訴她「一日不見如隔三秋」，她臊得臉都紅了。那時既要料理三餐，又要照料豬食、餵雞鴨，入夜經常是累得倒頭便睡，很少去想「三秋」的思念之苦。

雨日，灰濛濛看不出時辰，初妹覺得時間彷彿停頓了，整個世界也靜止了。雨絲撒在昨日剛鋤過的新土，慢慢地浸潤著新土成了深褐色。有人打從屋前經過的說話聲，劃破了靜止的時空般，初妹從恍惚中回到現實。

黃昏，初妹改裁的小衣衫也接近完工，晚上再把袖子縫接起來就可以了，她拿出紅色繡線在胸口間縫了一朵紅色的小花，她讓素敏試穿，素敏高興地直嚷著：「穿新衫了，有紅花的新衫。」自己的「新衫」則是補了一塊補丁，黑色袖子磨破的地方，接了一小截灰布上去，倒也不難看。

隔天她們母女倆就要穿「新衫」去做工，過新的生活，不再是黑色，可以是灰色或是其他的顏色。雨停了，明日會是出日頭吧，初妹看著歇雨後泛著淡橙色的雲帶，對著素敏說。

天才稍亮透，屋外仍罩著一層濛濛的霧氣，初妹和素敏剛吃完早飯，正在洗碗，松濤隔著月橘籬笆喊著初妹準備要出門做工去了。初妹趕緊扣好碗筷在鼎鍋裡，戴好斗笠、花布巾，牽著素敏關好門，匆匆走出院子和松濤一起行走著。經過大哥家將素敏託貴妹照顧，一再交代素敏要乖要幫舅姆做事，中午就會回來。素敏委屈地看著初妹，怯生地站在門口想哭又不敢哭。貴妹趕緊拉著她到屋內，問她要不要跟著去溪邊洗衣服，一聽到可以玩水，素敏高興了起來，暫時忘了初妹不在身邊。

才走沒多久，初妹一身汗，布鞋裡的腳濕涔涔像踩在水裡。都是如拳頭般大小的石子路，有的尖有的方，隔著薄薄的鞋底還是覺得刺痛，松濤走慣了又是男人，大步大步地走著，竟忘了初妹並不是常出遠門的人。初妹一邊心裡惦記著素敏在阿嫂家不知會不會哭，是不是乖巧聽話，一邊加快腳步地追趕著。半個小時追趕下來，初妹氣喘如牛，這時松濤才想起初妹長年待在家裡，不似貴妹同他走慣了，這樣的路程對她來說可以一路箭步如飛。松濤腳步慢了下來。初妹想如果今天回來的路也走得順，明日就自己走，不用大哥陪同，那麼就可以提早半個小時慢慢走，不至於這麼累。

路過春日通街路，石頭少了，也都是碎石子或乾泥路，走起來腳底不再那麼刺痛，腳程也快些。街上人來人往的，木屐聲忔忔喀喀，這帶是花蓮港廳最熱鬧的地方，有旅社、攝相館、食堂、布料莊，自轉車和人力車繞來繞去，街路的女人穿著就是不一樣，台灣衫不再那麼流行，和服也不多，反而是洋服多。

初妹注意到有腰身、長到腳踝的洋裝配上白皮鞋，真是好看。松濤指著幾個穿洋裝的年輕女人說，這幾個女人若不是株式會社股東的女兒，就是「先生」的女兒，她們有人還是在台北第二高女讀過書呢，現在應該是要去會社做事。松濤指著一棟關著門的洋房，說那是百貨公司，主要都是台北廳甚至是日本東京的物品服飾。初妹看到了看板上寫著「日夏百貨」，她知道裡頭的物品非常昂貴。仁煌和三妹婚後到台北廳就是去逛榮町剛開張的菊元百貨，三妹說衣服貴、鞋子也貴，什麼東西都是日本東京來的，什麼東西都貴到買不下手。

這幾個年輕女人看起來大概是二十來歲左右，都是眉毛挑得細細的，一雙丹鳳眼，劉海齊眉，髮長到肩，髮梢往外鬈翹。初妹看過《婦友》雜誌，知道東京的女人也流行這種髮型和妝扮，也有人燙得像剛睡醒沒有梳理的鬈髮。她很羨慕這些女人穿著洋服，又可以到台北讀書。如果阿爸不是那麼早過世，她和人哥、銀妹、三妹都可以到台北讀書吧，那麼現在她是在會社做事，還是在公學校教書呢？其實初妹也知道，整個三叉庄像她們姊妹讀書識字的幾乎就只有她們，聽阿賢說即使是台灣本島那時女人讀書識字的也很少，所以日本政府才鼓勵女子上學。初妹也想到憑自己一個人恐怕沒辦法讓素敏讀太高的學校，如果她留在三妹的身邊，長大後也許就像這幾個流行的女人吧。

松濤說，日本人很重視花蓮港廳，所以這裡的建設很進步，已經有女子高等科學校，男子高等科正要興建，還聽說也會有工業及農業高等科。初妹也發現春日通這一帶，比起三叉庄甚至苗栗都要熱鬧進步呢！松濤又告訴她往南的吉野是移民村，住了不少日本人，他們跟春日通和黑金通街路的人一樣不點油燈是用電火。土地規劃得很漂亮，他去看過一次，就像棋盤，路都是直直的，橫豎都可以通達。初妹似懂非懂地聽著，一下子來到花蓮港驛，就是那天她下車的地方。那日她們坐的自動車正要開出去，初妹知道這就是要走臨海公路接駁從蘇澳來的乘客。另一邊的火車站一列火車正在開動，初妹看到車尾端往南方移動，這是往台東的火車，也才開通沒幾年。

「花蓮港按文明喔！」初妹若有所感地喟嘆著，想像著生番群聚、風颱地震、沒人想來的地方，經日本政府這樣的建設，遠遠超出她的想像。猶記得阿賢告訴過她，好多年前日本人在花蓮港殺了很多番人，番人被逼退到山裡後，經常獵殺日本警察，割下頭顱一個個串在一條繩上，日本總督派遣軍隊、警察平定太魯閣的番人。初妹環視街上，來花蓮港聽這幾天一個番人都沒見過，她想起日前經過的太魯閣入口，他們都在山裡了吧。

「是啊，這幾年進步特別急，嘛該都有喔，冇輸乎山前係街路。」松濤也為這個他居住了二十年的地方驕傲起來，彷彿這些建設和進步都有他的參與。

拐進入船通兩旁低矮的木屋，有婦人在門前搧著火爐，爐上一鍋大概是粥或是飯吧，初妹想街上的人起得較晚，日頭都露臉了才升火煮食。走過這一排矮屋，接下來是莽草和一棵棵闊葉樹，開著碩大黃白的花。

「係嘛該樹仔按樣大葉？」看著陌生翠綠的樹，初妹隨口問著。

「不知係，番仔講係巴吉魯，不知係漢名，其係果實番人愛食，聽講花蓮及台東才有嘛。」松濤一付頗不以為然的表情。看到寬闊的巴吉魯葉子，初妹似乎想起什麼，微笑起來。

這幾十年來，番人一路被逼退到山區或往南走，整個花蓮港街路幾乎都看不到番人，聽說以前番人還出草砍人頭呢，早來了二十年的松濤並未遇過這樣的事，卻也把早期番人出草獵人頭的事當成昨天的事一樣，加以語氣地對初妹說，初妹點點頭。人被逼迫到生存空間都沒了，是一定會反抗的；自己從夫家被逼退回娘家，命運又將她驅趕來花蓮港，初妹覺得她懂番人的處境，她是同情番人的，但大哥顯然是站在日本政府這邊，還慶幸這些番人被平定了。

日頭就懸在海線上，像一團火輪緩緩鼓脹上升，巴吉魯葉面上的露珠閃亮如珍珠，遠望如千道的光芒，道路被光閃擴得亮晃晃的，像是剛穿過隧道迎向一片白燦燦的世界一樣。看慣了山裡的日出日落，海對初妹而言是新奇的。

臨海邊正興建一排排的房舍，松濤說那就是花蓮高等科學校，隨即指著左前方的一棟大建築物說是罐頭廠到了，外港就在右前方，停泊了一艘大船，內港有幾隻小漁船，船杆晃動而發亮著。

這裡的漁港要比蘇澳的寬闊些，也許沒那麼多漁船吧。初妹不知這樣的印象對不對。往後每日都會看到這樣的海景，心情愉悅起來，三十多年住在山城，所有的事物都有邊界；面對海洋竟是那麼令人寬闊的感覺，可以無限地往前，即使望不到盡頭；海寬且深，好似所有的鬱悶不快樂都可以往大海裡傾倒，然後沖涮得乾乾淨淨，毫無痕跡。才來幾天，初妹喜歡上海的遼闊、深遠。

罐頭廠到了，她討生活的地方，牆上掛著大大的看板寫著：東部水產株式會社。還未到罐頭廠門口，一陣刺鼻的魚腥味襲來，罐頭廠外的馬路成群的蒼蠅嗡嗡地飛繞。濃稠的魚腥夾著腐爛如屍臭味令人反胃。裡頭有著吵雜的人聲，屋外陸續有人進來，大多數是婦女，穿著和初妹差不多，灰黑破舊的衫褲，不過都赤著腳。

松濤找到了工頭，講了幾句。回頭跟初妹說跟著工頭，他會分配她的工作，隨即轉身到鐵路站做工。

初妹被帶到屋子靠門邊，工頭要她負責刮魚鱗。門旁一堆的小矮凳，初妹也學著其他婦女坐在矮凳上。才剛坐下來沒多久，一輛大車的煞車聲，接著一簍一簍的魚貨抬進來。

屋裡實在太悶了，加上魚的腥臭味，整個人反胃，胸口悶得很。初妹取下斗笠搧著風，好讓自己透過氣來。這時工頭喊休息，大家放下手邊的工作，到大茶壺那兒喝水，三隻大茶壺，旁邊擱了幾隻粗碗，每個人輪流添著水喝。

喝完水的人大多到門外透氣，有人三五成群地聊著，初妹注意到大多是說著河洛話，也似乎隱約聽到客家話。突然有人對她說著客家話，問她從哪裡來。初妹轉身看到一個矮小、皮膚粗黑、年紀和她相仿的婦女。

「佢樣知偓兮客家人？」初妹露出善意的微笑。

「涯名係秋妹，看佢係衫係就知囉。」秋妹似乎看到故鄉人般的親切。

「涯兮初妹，從三叉過來，佢那位人？」初妹也有著他鄉遇舊識般的心情。

「三叉庄，親近喔，涯兮頭份係人。」秋妹覺得是遇到鄰居般。

秋妹比初妹早來一年，在這裡工作三個月了，她說這裡比較少客家人，往賀田、鳳林就很多。秋妹說剛來時很不好過，現在她和丈夫兩人都在做工，勉強過日子。還沒聊完，工頭喊著做工，兩人各回自己的位置。

很久沒有做粗重工作的初妹，兩手痠疼起來，雖然這個工作不算粗重，但來來回回不斷地搬拿魚貨，剮殺魚身，三個多小時下來，手如千斤重，幾乎都要抬不起來，手掌心多處被魚刺刮傷破皮，碰著魚身上的水漬，陣陣的刺痛。不知明天還能不能做事呢。

日頭已爬到天空正中央，初妹猜測已中午了，素敏不知過得好不好，有沒有給阿嫂麻煩？心裡開始焦慮起來。殺好的魚一推車一推車送入裡面的廠房做罐頭。大家分頭沖涮著濕污的地面，初妹和其他人把小凳歸位，工頭將破損的魚身和魚頭，分成一堆一堆，每個人可以帶一堆。初妹用藺草把分到的四個魚頭和二小塊魚身綁好。

一聲下工，大家匆忙地走出魚罐頭廠，初妹幾乎是半跑著，急著要趕回家，也忘了半日來的疲累。循著早上走來的路，初妹急速往前走，路面的石子扎著腳底，幸好她穿了布鞋。口乾得很，汗濕透了衣衫。過了街市，過了橋，過了溪，遠遠望見那簇矮木屋和月橘籬笆，初妹心才放下來，腳已痠麻得沒有知覺。

一進門，便見素敏奔向她來。

「阿嫂，係魚頭和魚肉，工頭拿的，分佢煮。」她牽著素敏的手坐下來，遞給貴妹三個魚頭和一截魚身說是早上才殺的很鮮。

「按好喔，暗晡頭有魚湯囉。」貴妹高興得眉開眼笑，直說著晚上可以煮魚湯還有魚肉。

「素敏有乖冇？」初妹一整個早上掛念著。

「當乖喔，冇哭，又會幫忙，實在得人惜係妹喔。」貴妹笑咪咪地說著素敏都很乖，會幫她洗衣服，會在灶邊燒火，會掃地。

初妹覺得不可思議，看素敏的表情並非說謊或故意稱讚。貴妹特別交代她和素敏吃過中飯了，還有些飯和菜留給她吃中飯。初妹婉謝，家裡有早上剩下的飯，剛好夠她一個人吃，她也想回去休息，拿了貴妹塞給她的一把蕹菜、半個高麗菜和一截薑，牽著素敏回去了。

吃過午餐，初妹累得一沾枕便睡著了。

約莫一個多小時便醒了過來，日頭已斜西。初妹搖醒素敏，到屋後整理搭鴨寮。

拿了鐮刀到溪邊砍了二大綑的桂竹枝挑回來。削去細枝和尾端做為燒材，削乾淨的竹枝每隔半隻手掌的間距插一根，圍了兩張榻榻米長和寬般大小，先養幾隻小鴨，等鴨隻大些再擴建鴨寮。圍完竹枝，初妹在竹籬中間綁繞一圈細鐵絲，然後回到溪邊要素敏撿拾巴吉魯的落葉，她則摘低矮的青葉，再將一片一片的巴吉魯葉子夾在兩枝竹子中間，她想這樣既可擋風又免得鴨隻跑出鴨寮外。這時她才發現素敏真的會幫忙，而且做得極好。一時欣慰，卻也心疼她這麼快就懂事，眼眶紅了起來。

日頭已完全落入山裡，天色暗了下來。初妹燒火煮飯。照著貴妹的交代煮滾水放入薑絲，把魚身洗淨切成兩塊，丟入滾水裡加鹽，貴妹說有味噌更好。冉燙好蕹菜就可以吃飯了，只有和素敏兩人，一菜一湯很足夠了。

初妹幫素敏把魚刺挑掉，放到她的碗裡，素敏吃得津津有味。在三叉吃的多半是池塘裡的淡水魚有些土味，海魚不常吃，偶爾吃鹹魚，新鮮的魚湯非常難得。罐頭廠裡的人說每天大概都可以分到一些被淘汰下來的魚頭或魚身。如果每天可以給阿嫂一點魚，素敏託她照顧就比較不會不好意思了。

一天就這麼過去了。洗好身軀，初妹看著素敏的長辮子，想到過兩天把它們剪短，她這麼忙恐怕沒有閒時幫她梳理，熱天要到了，剪短也比較衛生免得生虱子。天熱了起來，蚊蚋從屋外飛進來，初妹慶幸從三叉帶件蚊帳來，她從房間天花板釘了釘子，綁了條線，在牆壁四邊釘上釘子，就把蚊帳掛起來，素敏高興地在裡頭玩起來。

夜還是那麼長，被燥熱與焦慮穿越，四周充滿了蟲鳴的噪音，像威脅一樣的迴響。夜色靜悄悄地在林間荒草滋長暗沉，滲入墾地，貫穿靈魂，更新這個世界。

生活在他方。初妹端詳幾天下來變得粗糙龜裂的雙手，握鋤殺魚也可以過日子。

親密愛人

世界渴望愛情，你前來撫慰吧。

——韓波（Arghur Rimbaud）

妳從沒有想過有誰能夠擾亂妳的生活，即使親密愛人也無法移動妳往前的一步。眼前這個男子的每句話，如一枚枚石子丟進湖裡，漣漪愈來愈大，終致在妳的人生上掀起波浪，把妳吹離了原定的航道。

「副總，又來了，線上有個男的叫張ㄧˋㄒㄧㄣ，說是妳爸的朋友。」

「告訴他我爸都死三十多年了，騙誰啊？」妳嘟嚷著詐騙集團也太猖狂了，連打了三次的電話還不死心。

「副總，他說妳爸叫闕ㄗˋ龍，妳媽叫林春ㄙㄨˊ，妳阿公叫闕ㄙˊ，妳家以前住T鎮……他好像查過妳家祖宗八代耶，現在的詐騙集團這麼專業啊。」

「把電話轉過來！」能知道妳阿公名字的人不多，除非連戶口名簿都看過。詐騙集團應該不會一再以認識父親為由打電話來，何況他明知這裡是雜誌社。

「闕小姐嗎？我真的是妳爸爸的朋友，妳爸的死我也有責任，我是想告訴妳，妳媽媽……」一個怯怯的男人聲音，生怕妳掛電話，一口氣說到底。

「我爸是怎麼死的？」妳並沒有聽到後面，急著打斷他的話，只有知道父親的死才能證明是妳父親的朋友。

「他是喝酒落水溺死在崎頭的大圳溝。請妳跟我見面好嗎？有些事妳一定要知道。」這個陌生男子近乎哀求地說著。

五歲母離，八歲父死，是阿公帶大的妳，身家簡單得就像一棟破舊的空屋，哪來的複雜身世？難不成父親還活著？還是母親離家的對象是這個男人？整個早上一堆問號，心中棲息了三隻烏鴉，吵得妳無法專心上班。

妳不記得什麼時候開始忘了母親，先是影像，再來是聲音。感覺自己就像一頭鞭策得過了頭的馬，沒有讓那些潛藏在意識深處的感情冒出地表的餘地；隨著時間的分割，它們都四散流失掉了。阿公過世前告訴妳他對不起妳母親，給妳三張母親的照片，一張是和父親的結婚照，第二張是父親抱著週歲的妳和母親三人的合照，第三張是母親牽著兩歲的妳。年代久遠，彩色的照片褪色得宛如潑墨畫般很不真實。二十二歲大學畢業前一週，火化了阿公，妳孑然一身，妳把母親的照片鎖在櫃子最底層，再也沒拿出來過。母親對妳來說已不復存在；沒有過去，也沒有未來。

下午，妳才踏進咖啡館，一個六十多歲、瘦弱、滿頭白髮的男子立即朝妳招手。

「妳跟妳媽媽長得很像，一眼就可以認出來是妳。」妳想父親老了也是這個樣子嗎？父親永遠年輕地活在妳心中，三十三歲，比現在的妳還年輕七歲。

「我是妳爸爸初中的學弟，一直到他過世前都是很好的朋友。」看妳懷著警戒，男子趕緊自我介紹。妳兩手交叉在胸口，仔細端詳眼前的男子，年輕時應該算是長得好看的，現在看來很乾淨，彷彿有潔癖，有一點仙風道骨的味道。

「你想說什麼？我爸過世三十多年了，我阿公阿嬤也都過世了……」妳有些不安，害怕他說出什麼驚人的祕密，像八點檔連續劇那樣超現實。

「我是想來告訴妳，我知道妳媽媽在哪裡。」男子的眼睛細長，卻很深沉，令人摸不透的感覺。

「我五歲她就離開了，我已經忘了，她在哪裡我一點都不想知道。」妳永遠記得母親離去的背影，那只童年經常出現在夢裡的旅行箱，它小得讓妳塞不進，又大得讓妳找不到出路的旅行箱。

「她沒有拋棄妳，她不得不走。」男子不安似的一直捏著手指，手背上青筋像一條條伏臥的小青蛇，兩三枚淺淺咖啡色的老人斑落在小青蛇的身上。

妳靜默著，妳猜想著眼前的男子和父母親間的三角關係，母親周旋在兩個男人之間。

「我是第三者，或是妳媽媽是第三者；就婚姻關係來說我是第三者，就認識，應該說……相愛的時間，妳媽媽是第三者……妳媽媽……介入妳爸爸和我之間……」男子繞口令似的，話斷斷續續，聲音愈來愈小，手上的小青蛇彷彿要竄逃，躁進扭動。

「我爸和你之間?!」本來妳有些不耐煩，來見母親的外遇對象完全沒有必要，母親離開後跟了誰對妳而言一點都不重要。男子的最後一句話，妳以為男子說錯了。

「對，我跟妳爸爸。」男子怯怯地望著妳，聲音如毛絮飄飛。

「你們……是……B……lover……情侶？」像觸電一樣，妳坐直身子傾身問男子，把同志愛侶的稱呼全都喊出來。這個完全推翻妳所有想像的答案，就像上課打瞌睡突然被老師叫醒問問題，不知所措。妳周遭有幾個同志的朋友和同事，妳就像他們的姊妹，或是哥兒們。但對於三十三歲年輕俊美、活在心中的父親是同志，讓妳十分震驚。

爾後，妳像被催眠者，混混沌沌聽著男子訴說他與父親之間的關係。妳的母親呢？拎著皮箱走向巷弄的背影，猶如一爿冬日的牆。

街上的路燈全都亮起來，同事趕著截稿，妳像大夢初醒，依稀記得從咖啡館回來，強迫自己塞入工作，看稿下標題，短評卻無論如何也寫不下去了。電腦螢幕前的字就像一隻隻的黑鳥，飛舞、聒噪，費盡了力氣才將它們安撫下來，不到一分鐘成了沙畫，那男子的臉漸漸浮現，父親的B（Boyfriend），他的話一個字一個字清清楚楚。妳知道今晚無法工作了。跟老總請了事假，從不請事假的妳，在最不能請假的這天請假必然有很重要的事。老總沒有「激屎臉」，比了OK然後揮揮手。

「阿姊啊，請假大代誌喔，妳要去生囝喔，還是要去相親。」美編阿文齜牙咧嘴、國台語並用地朝妳開玩笑。

一向嗆辣的妳並沒有回應，靜靜地把桌上的東西掃進抽屜，抓了包包走出辦公室。妳感覺一股詭異、安靜的波流襲著妳的背。今天的確異常，四十歲的妳得知父親是同志，告訴妳的竟是他的B。

靠著窗妳點燃ESSE，窗口正對著一〇一大樓。記得曾看過一篇文章描寫一〇一大樓在元旦倒數放煙火的情境；作者描述當倒數開始，施放煙火的一〇一大樓就像巨大的陽具，「看到人們滿足著長達一百二十八秒射精而嘴角滿溢著的微笑。」妳就在窗口觀看這個壯觀的場面，也同樣發出歡呼，為內心一點點的高潮感。爾後，妳覺得一〇一和火車站對面的新光大樓，一東一西盤踞台北盆地，兩座巨大堅挺著的大樓，就像苦悶的台北人，抑制騷動、無法發洩的象徵。日復一日，許多人和妳一樣在這兩座大樓移動，它們巨大得讓人無法忽視，它們堅挺得讓人無法不去面對。彷彿尋不到宣洩的出口，它們一直矗立向天怒指。

現在一〇一這個巨大的陽具就在妳眼前。

想到父親，妳總會想起T鎮，十五歲離開後每年跟著阿公回去掃墓，看著阿嬤和父親的墳，阿公老淚縱橫，糊糊的聲音說著妳已長大，讀台北有名的女中就要考大學了，要他們在天之靈保庇妳。燃香和燒紙錢的煙薰得妳眼睛刺痛。

「恁就要有靈性，保庇我活到盈仔嫁人，我不甘伊一个人孤苦無依……」每次阿公總會祈求這一項，然後把一年的淚水流盡。

妳二十歲那年，阿嬤和父親一起撿骨，阿公說一個女孩來這麼荒野掃墓很危險，連他自己共買了三個靈骨塔，妳就再也沒回去T鎮。靈骨塔雖然也在郊區，有專車接送，清明節人潮如織，阿公陪妳去了兩次靈骨塔後，也進駐自己買的一個單位。

彷彿預知即將離去，阿公連自己的身後事都打點好，唯一遺憾的是看不到妳出嫁，年年到靈骨塔上香，妳有一絲絲的歉疚，總沒能達成阿公生前的願望；四十歲的妳還沒結婚，有了親密愛人，別人的丈夫，這點阿公一定不能接受。

和他第一次約會，他沒有問妳就直接前往T鎮，他說去看海，黃昏的海。妳沒告訴他妳在T鎮出生長大。十多年來T鎮改變很多，少小離家，眼前的T鎮成了異鄉。Samdor Csoori「佇立在故鄉外的山頭／廢墟在我背後，／林木荒漠，童年的阡陌已成絕響……」的詩句狠狠地敲打著妳，妳成了觀光客！

「走！去看我的老家。」佇足在夕照的碼頭，每一樣的事物都蒙上一層懷舊的餘暉，四月的微風裡海的腥味漫散著，強烈想家的念頭湧起。

車子從大馬路彎進巷道，喬木迎人的陰影裡，妳險些找不到回家的路；在記憶的岔徑，樹蔭遮著水渠，還有一層厚厚的霧，霧的背後升起老石碑的影子，穿插於陽光下的巷道，潺潺的水聲，猶似從洪荒末日的源頭流出，當屋宇、榕樹消失在黑暗中，青蛙開始叫了。

小溪被填平或成了地下排水溝，新的大樓取代了老石碑，妳老家矗立著一排五樓公寓，妳不記得妳家院子和門牌是在哪一棟屋子。

初始，妳只是靜靜地流著淚，他不知所措地想著該擁著妳或讓妳盡情地哭。終於他摟著妳靠向他的肩頭，決堤似的妳大哭。是那樣的情緒開始的吧，他的肩膀成了妳牢靠的城牆。

「今晚不是妳最忙的日子，怎麼有空傳簡訊？我還在辦公室。電聊？」他的簡訊像拋過來的藤，晃盪卻是現在唯一可以抓住的物體。

「我在家，有一件事讓我很震驚，心情很複雜。」妳飛快回了簡訊。

「我馬上過去！」他意識到妳出事了。

不知不覺中妳開始依賴他。四十歲，像女人的終點也是起點；十八歲走到這裡青春滴漏已盡，從這裡一步一步滑坡向老年。春天生日時他忽然問妳要不要生小孩，因為四十歲後要懷孕很困難，尤其是初孕者。妳覺得啼笑皆非，好像角色倒過來。在這之前，妳從未覺得有年老色衰的脅逼，以為手上還有一大把青春和體力可以揮霍。妳嚮往做為西蒙波娃，在現實生活中卻從未遇到沙特。妳追求愉悅的性愛，但妳並不想有任何依賴與承諾；他很篤定妳可以在沒有婚姻家庭的情況下撫養小孩，出於憐惜他希望妳有小孩，妳嗤之以鼻，母親絕不會是妳人生的角色之一，妳不想成為繁殖者！

「懷孕了嗎？」一進門他就攬妳在懷。

「啊！你那麼希望我懷孕？」妳推開他不知該哭還是該笑。

妳又坐回窗檯邊望著一〇一大樓，想起曾告訴他妳每日深夜都看著巨大的陽具睡覺，他大笑摟著妳的腰叫妳色女。

「男人的性器官，台語怎麼說？」妳望著一〇一大樓，轉頭問他。

「呵呵！想我喔。」他一臉饞相地摟著妳。

「很奇怪，同樣是男人的器官，國語叫陽具、叫睪丸，有人動不動說溜鳥或喊超屌，沒有人覺得不妥，台語說卵鳥卵芭就是粗俗，以後就用台語叫陽具、睪丸如何？」

「妳怎麼了？」他無法理解妳一連串無厘頭的話語。

「或許，我真該懷孕，這樣或許就能了解母親的心情。」妳不知該先說父親是同志的震驚，還是得知母親住所的沉重。

「發生什麼事？」他很不安地盯著妳異於往常的神情。

震驚和沉重擂鼓似的擊著妳的心。妳震驚的不是同志而是那個人竟是妳的父親，那個為愛情從青少年壓抑至中年，也因為B要訂婚兩人鬧情緒喝了酒跌入水圳溺斃。

那個年代坩仔仙就像瘟神。父親的B告訴妳那個年代台灣人叫男同性戀者是坩仔或坩仔仙，若被知道了會被活活打死。同樣的年代在任何地方都是如此吧。

父親的B問妳看過李安的《斷背山》嗎？妳搖搖頭，十年前妳回學校讀研究所時新女性主義的老師讓你們讀Annie Proulx〈Brokeback Mountain〉裡描述Eanes九歲時被父親強拉去看男同志死後的下場，「有人操了撬輪胎的鐵棍擊打他，抓著他老二拖著走，拖到老二斷掉，剩下一塊血糊糊的爛肉。他全身被撬輪胎鐵棍打得像烤焦的番茄……」文字穿透出血肉模糊的畫面讓妳難忘。

父親的B看了好幾次李安的《斷背山》，每次都哭得稀里嘩啦，幾乎半個戲院的人都知道他是老gay。

「這樣自在地宣洩情緒，沒人用異樣的眼光看你，真好。」他靦腆地笑著。

「有人知道你們的關係嗎？」妳同情父親和lover的處境，但妳更同情母親，只是「媽媽」妳喊不出口。

「妳媽媽後來知道，所以才離開的。」

母親也像其他人逃離瘟疫那樣走得遠遠的嗎？妳無法揣想當時母親的心情，是憤怒，是傷心，還是厭惡、害怕？母親在黑夜閣樓的背影在妳心裡迴盪。

父親的B說這輩子最愧對妳的母親和他的妻子；他和妳的父親都得和異性結婚、生子，都得嚴嚴收住自己的性向喜好。因為愧疚，對妻子特別好，但兩人關係十分冷淡，只有一個兒子在美國，去年結婚，上個月妻子去幫媳婦坐月子，聽說要留在那裡幫忙帶孫子。他的口氣帶著一點輕鬆，和妻子無法同眠的不自在隨著妻子遠滯美國而解脫了。年初他提前從電力公司退休，開始偷偷尋找妳的母親，一個多月前透過在戶政所的朋友幫忙，終於找到了，也和母親通過電話。

妳還是無法釋懷母親連一丁點兒帶妳走的意願都沒有。讓妳好多年在夢裡拚命想擠進母親的旅行箱。

父親的B告訴妳可以叫他歐吉尚或阿叔，也可以把他當成父親。兩年前在雜誌上看到妳的名字，但不敢聯絡妳。他淡淡地笑著說妳的名字是他取的；闕姓，國語或台語唸起來都像缺，父親希望妳的人生不缺，所以他就從豐沛滿盈裡取了妳的名字，他一直和妳阿公保持聯絡。妳想起從T鎮搬到台北，有個叔叔從頭到尾張羅著，阿公要妳叫他阿叔。望著他妳有一種錯覺，此刻，他是父親的妻，妳的母親。從頭至尾妳沒有喊他歐吉尚或阿叔，他是妳父親的B，母親跟父親生活了六年，他跟父親生活了近二十年，母親的六年，怎麼看都像露水姻緣。在妳心中他是B，父親情人的符碼。

B完全沉浸在回憶裡。初二那年愛上高他一屆的學長，刻意親近他，兩人成為好朋友。放棄就讀高中，跟著學長讀高工，退伍後也跟著考進電力公司，初始兩人和其他三個同事成為一組，南來北往、上山下海架設電線、栽電線桿，後來就只他們兩人一組，直到學長相親後才告白。學長是獨子必須結婚，B有兩個兄長，他知道最大的空間是可以晚婚而已。

B眼中閃過少男愛戀時澄亮的光采，他說就像《斷背山》恩尼斯和傑克一樣，妳父親和他也有一段非常甜美的時光。比恩尼斯和傑克幸運的是，因為工作關係，他們幾乎是朝夕相處。妳父親結婚那一晚，他把自己灌醉得像一攤爛泥。婚後妳父親因工作關係仍四處跑，和B相處的時間遠遠多於妻子。

「一開始妳媽以為妳爸在外面有女人，曾暗中到丈夫工作的地方查探，始終找不出女人的蹤跡或氣味。」不常在家裡的丈夫對妻子彬彬有禮，偶爾還會送衣服或面霜，卻怎麼都不碰觸她的身體，讓母親起疑，查探結果沒有女人的跡象。B說，或許是憑女人的直覺，認為妳父親所愛的可能是男人，盤問了妳父親，他誠實回答，兩個月後，妳母親就離開了。為了再婚還回過T鎮辦離婚手續，那一天妳在學校，她偷偷去看了妳。

母親在離開後第二年再嫁，第三年有了兒子，那一年妳父親溺斃。

像暴發戶，妳破舊的空屋突然強塞了傢俱，一件一件地添設；妳有了母親，還有弟妹，還有那個關注妳多年的B。

幾十年的故事像沒有剪輯的紀錄片，又長又沉又碎，分段、跳接、自述、旁白、彩色、黑白。黃昏悄悄展開，咖啡館的窗子，映著夕陽的光輝，窗檯臥著一隻棕色的波斯貓，扁扁的一張蟠桃臉卷在胸口沉睡，一盆藍花亞麻兀自開著紫藍色的花，Korsakov的〈印度之歌〉撒向每張桌子。妳彷如愛麗絲從奇幻夢境醒來。

「去看看妳媽媽，這是妳爸爸最後的心願。」妳沉甸甸地起身，B遞給妳一張紙條。這張紙條就像女媧手上的玉石，妳要補天也要補地。

「我沒事了，一下知道太多消化不良。要不要？」妳打開冰箱灌了一大口啤酒，晃著瓶子問他。

他像聽傳奇故事那樣目瞪口呆地望著妳。一整晚情緒像鼓脹的氣球，開了口後，氣逐漸消退，妳覺得渴了，胃也有了空間。

「妳沒吃晚餐對不對？要不要去吃宵夜？」他真了解妳，連妳的脾胃都懂。篤篤篤，從他口袋裡傳出手機震動聲。他拿出手機看了一眼再放回口袋。

「怎麼不接？」

「我老婆打的，回去跟她說和同事喝酒沒聽到。」

「回去吧，太晚了，你明天還要上班。」妳不想有麻煩，一向謹記第三者的戒條，不問他家裡的事，在不能聯絡的時間絕不打電話。妳自信絕不牽掛他不在妳身邊之後的事。

「後天一早我要去台中工廠，明天晚上就走，我來接妳？」他知道妳工作的作息，週報在完稿送去印刷廠後就可以喘息一兩天。

這是你們相處的模式，他抓住每一個可能跟妳在一起的機會。這不就是父親和B相處的方式嗎？他們也是見不得光的，你們棲息在黑暗處，都是社會輿論的譴責者。雖然現在小三張狂，經常理不直氣卻很壯，妳還是低調，成為第三者算是妳感情路上的失手。

妳想起奇特女性符號體系的中國「女書」，這種由上輩傳下輩，女人傳女人，一代一代傳下來，只有女人情誼，只有女人能懂的文字，這裡有不能外傳的悲歡，不能拓展的壯志，不足與男人道的情慾煎熬。

望著一〇一大樓，妳想像父親和B，他們也有一種專屬於他們密碼的「男書」吧，用來表達感情，抒發不能說的想念，無法見光的情愛。父親和B慣於拉電線、架電線桿的手並不擅於文字，他們的密碼是什麼，什麼樣的一種「男書」呢？

他算好情人，但應該不是好父親或丈夫。他說，妻子算賢淑，但無話可聊，兩個兒子正值青春期，和他不似幼兒時那麼親密。當兵時遭談了三年戀情的女友兵變，出社會為了拚事業，感情始終沒著落，三十歲那年在小公司當小主管，和會計一起加班。前方削瘦的肩和一頭長髮，在夜裡空蕩的辦公室顯得特別孤寂，同病相憐，沒有戀愛，吃了五次晚餐，看了三場電影，第一次牽她的手他就直接求婚，於是這個大他一歲的會計成了他的妻。妻子很傳統、很認命，盡心照顧他和小孩。婚後十二年外遇，他說實在是寂寞太久了。妳知道自己與他的妻是決然不同的女人，對他而言這是致命的吸引力。

妳很清楚，所有男人的外遇，都會有一個非常貼切的藉口。就像阿湘說的，男人要外遇可以編派一百個理由，女人外遇只有一個原因：寂寞。

大學的死黨，妳們自稱女人國，是百花仙子來投胎，所以必須書同文車同軌（一起行動），男友是輔臣，是面首。結果，大學都還沒畢業，男人攻城掠地，女人國崩塌瓦解。「你們一同出生，也將長相廝守。當死神的羽翼驅散了你們的生命，你們仍將同在。」阿梨嚷著《先知》中婚姻的宣言，大學畢業不到一年率先走進家庭，丈夫等不及到七年就有了外遇，阿梨呼天搶地跟妳們哭訴。

才結婚三年的艾瑪，丈夫性急，到大陸工作不到半年就急著包二奶，艾瑪毅然辭掉工作，帶著二歲的女兒萬里長征，殺到丈夫身邊，護衛大老婆的權益。思思成了女強人，丈夫長期沒工作，不甘不願當家庭煮夫。

「妳的童年受到創傷，去跟心理醫師說說也許可以解開妳的童年創傷症候群。」

妳的不婚艾瑪和阿湘最關切，阿湘還建議妳去看心理醫師。

「真有這種病症嗎？不過看心理醫師應該有效。」艾瑪附和著。

「我才不要像伍迪．艾倫一樣，躺在沙發上跟著陌生人說童年的故事。」妳並不認為自己有什麼創傷症候群，只是害怕生離死別，不投入、不靠岸就沒有這樣的問題。

自從妳成為介入別人家庭的第三者，只有阿湘還和妳保持聯絡。

妳問阿湘婚後寂寞嗎？她說兩年後就開始覺得和枕邊人除了做愛無話可說，有了小孩兩個人再度有了共同話題，隨著小孩成長，話題像報告，小孩的事列了表唸完也就鴉雀無聲，然後別無選擇似的坐在沙發看電視，同聲罵幾句沒營養的新聞。她還說很多男人回家後就躲進電腦裡說是處理公事或玩game，其實都是上網交朋友。

「寂寞得發慌。」結婚十三年，有一個小五的兒子。阿湘形容職業婦女的晚上生活，下班後到兒子上床睡覺的幾個小時像打仗，兒子就寢後，要丈夫陪她看電視，丈夫一邊看一邊打瞌睡，讓他到電腦前卻是生龍活虎一尾。阿湘索性也買了一台筆電，丈夫在書房玩game，她在臥房上網，初始只是上網購物，和朋友打打屁聊天，逐漸進入各種交友聊天的網站，和丈夫聊不來的都可以和網友聊，除了暱稱和身材的數字是假的，其他的事件都是真的，尤其內心的渴望更是赤裸裸地表達。聊著聊著竟聊出外遇來。

「網路上的曠男怨女真多，每個人都需要戀愛。」阿湘說再戀愛的感覺真好，覺得自己不是一條死魚。

「妳不會因此離婚吧？」妳聽說女人為愛而外遇，十匹馬拉都拉不回來。

「哪會，只想嘗嘗戀愛的感覺，還不至於把婚姻家庭都賠掉。」阿湘說性更是最大的吸引力，對身體的探索和慾望的開發竟是由外遇而展開。

其實，妳也清楚現今寂寞不是女人外遇的唯一因素，女人不一定都信奉因愛而性，網路只是提供了女人為性而性的一條管道，像阿湘這樣的情況也大有人在。女人對待自己身體的慾望可以有更多合情合理的方式。

父親一定很羡慕現在社會，同志可以公開出櫃，不必擔心被暴打，不會因此工作不保，也不會被歧視，還有大學也開了跨越性別的科系，性別可以選擇，它不是天生的。

有時，妳會將父親與他相比較，他沒父親長得好看，也不似父親壯碩，但他有一種穩定的氣質，還有他笑起來很燦爛，如春天的陽光。也許，父親的戀情讓他顯得陰鬱和神祕，連笑容都很飄忽，沒有自信。

連著兩代單傳，父親的婚姻顯得特別重要，阿公精挑細選。

在一次「各縣市籌備普渡觀摩聯誼」中阿公和外公認識，兩人一見如故，還說好讓兩人的子女相親。母親初中畢業那年外婆因病過世，沒有繼續升學，接手家務，照料哥哥和父親，也看管家裡經營的小雜貨店。阿公看上母親乖巧溫順，人也長得漂亮，承諾外公不會讓這個媳婦受委屈。外公在妳二歲時過世，阿公無法信守對好友的承諾，讓妳母親含恨離家出走。

幾乎沒情慾的母親如何度過五、六年的少婦生活？妳想像著母親以炊煮、刷掃灶面、地板，漿洗被巾、衣物，填滿白日分分秒秒的縫隙。無邊無盡的黑夜，母親守著漆黑的閣樓，懷著妳，妳漸漸充塞她的肚腹，一分一吋地長大，妳就在她的心下，情慾之上，這兩處空蕩陰暗，妳永遠伸展不到。妳記起大約四歲，一個雨天的午後，母親在鏡子前面不斷地換衣服，裸著的身體、著內衣的胸部、穿洋裝的腰身、穿長褲的臀腿……母親悠悠地看著鏡中一再變化的身體，褪下的衣服撒滿了六塊榻榻米，雨如豆粒嘩啦啦撒在鉛皮的屋頂。有時夜裡醒來，閣樓暗黑不見五指，然而就著月光妳仍清楚看見母親輕柔的雙手，由胸部往下，緩緩地滑動，輕微到只有躺在旁邊的妳才能聽到極微的呻吟聲。妳害怕，以為母親生病了，禁著尿不敢動，母親壓抑的一聲「啊」，妳也尿床了。

現在妳知道，夜裡的閣樓，母親有一部自己的「女書」，無以宣洩的情感和情慾在夜裡的閣樓流淌。在遠遠的山區架設著電線，陌草上的工寮，父親也有一部「男書」，不能說的愛情祕密，讓父親抱憾而死。妳有一個同志的父親，和沒有情慾生活的母親，妳是一部男書和女書孕育而成的。

四十歲的妳有了拼圖式的家族系譜，藉由B一塊一塊地拼湊出來。妳有不曾往來的舅舅一家人，還有阿公的養女──妳的姑姑──因為在父親過世後阿公將所有的財產歸給妳而斷絕相往。

現在，妳就剩下最重要的一塊未拼上去，女媧手上最後一塊玉石。

收驚去煞攏嘸代誌

四月算來日頭長，娘子今病子面黃黃；
君來問娘愛食什麼？愛食梅子烏樹梅。
五月算來龍船渡，娘子病子心頭悶；
君來問娘愛食什麼？愛食鹹菜煮豬肚。

——〈病子歌〉

阿音初期孕吐得很厲害，還有嚴重的暈眩，有時幾乎是半天躺在床上。經常不能幫忙開田種作，有時連煮飯、餵雞、餵豬都沒辦法起床。漸漸地阿卻開始不高興，又因為自己無法生養，對阿音這麼快就有身孕，原就充滿著嫉妒，而這一兩個月來阿音又常常躺在床上，什麼事也幫不忙，自己開田種菜累得半死，回來還得忙灶間的所有瑣碎事。阿卻火氣愈來愈大，常在灶間摔鍋敲鼎，來發洩自己的憤怒和不滿，吃飯時也擺著一張臭臉。阿火和阿南兄弟不知該如何排解，就當沒事默默扒著飯菜，吃完有時到田裡再工作一、二小個時，有時在門口納涼一陣子便各自回房睡覺。阿音常因這樣的氣氛躲在房裡哭泣，阿南也只能口頭安慰兩句，久了什麼也不說了，有時要阿音忍著多幫忙。

阿音想起少女做工時阿福嫂挺個大肚子邊栽菜苗邊哼著〈病子歌〉：「正月算來囉，桃花開。娘那病囝伊都無人知。君那問娘囉，愛食啥麼。愛食彼囉山東香水梨。愛食我來去買，啊你買乎我食，哎喲俺某喂……」從正月唱到懷胎十月。阿福嫂邊唱邊怨嘆「呷屎都無，要叨位看香水梨。」阿音不知這歌是誰編的，想必是有錢有閒的人家，像阿音這樣一無所有的人太多了，不要說吃豬肚，連豬肉都看不到，還得挺個大肚子下田，阿音終於能體會阿福嫂的心情。

過了一個月，阿音的孕吐情況已有好轉，也日日下田做事，阿卻才算有了笑容。燒火似的熱，教人受不了，偏這時又是割稻的時節。阿火和阿南繼續在興建的圳川搬石頭挖地，阿卻和阿音因為沒種稻，不必和人換工幫忙割稻，卻也不敢閒著，除了菜園的工作，還到處在稻田裡撿拾稻穗。阿卻說早冬沒趕上種稻，晚冬就種個四分地，一分地留著種菜。撿的這些稻穗若質等不錯就當做秧種，兩人奮力不懈地撿拾，期望能撿夠多的稻穗，不必花錢買穀子種。從田寮撿到賀田，雖然不再有嚴重的孕吐，但在毒辣的日頭下曝曬，每天都走上兩三個小時的路，阿音常有虛脫的感覺，但又怕阿卻不高興，強忍著不舒服，臉上冷汗和熱汗直流，胃口也變差，始終沒有孕婦的肥碩。這些看在阿南的眼中固然心疼，卻又無可奈何，只是一再叮嚀阿音要多吃些。

近一個月的收割期，阿卻和阿音撿了兩麻袋的稻種，曬乾後挑揀出半袋飽滿的做為稻種，存放在屋子最後的小倉庫，再過半個月就可以撒種了，淘汰的稻穀餵了雞鴨。

日本政府雖然要民眾遵從陽曆，民間仍偷偷過著農曆的生活。農曆七月初一拜過好兄弟，初七是七娘媽生，月中的七月半普渡和月底的關鬼門。整個農曆七月要殺掉四隻雞，飽了口福，阿卻卻心疼沒能換錢。

「阿音，下晡來去街仔買碰粉，新的面布，明仔日是七娘媽生。」阿卻一邊撿稻子一邊對阿音說。

阿音在鶯歌庄家裡也年年拜七娘媽，這是她在祭拜時最喜歡的儀式，阿母常藉此添購新的木梳、洗臉巾。

近午，阿卻和阿音備了七碗煮好的各種菜肉，擺在門口供桌上，長凳上擱了一盆水，上頭放一塊新的洗臉布，一塊新竹白粉，給七娘媽洗臉打扮，還特地放了針線，因為七娘媽得有針線才能縫繡衣被。阿音看著自己微凸的肚子，不知生兒子還是女兒，如果生女兒就像七娘那麼美吧，別像自己又黑又醜的。

七月半普渡整個宗族集中在田寮埕前，十來張桌子全都擺上牲禮、四果、油飯……每樣祭品都插上一枝香，由阿宗的阿公主祭。紙錢燒了一疊又一疊，煙灰遮去大半的天際。

七月普渡才過沒多久，就有人嚷著颱風要來了。

阿卻教阿音看天上雲的變化，黃昏時顏色變得奇特，颱著熱風。

「風篩來了，緊款款收收。」一日阿火和阿南做工提早回來，急促地跟阿卻阿音說風颱要來了，他們這間竹屋恐怕不保，田寮的人要他過去躲風颱。

「豬鴨仔、稻種咁愛提過？」阿卻擔心雞鴨和豬隻和那半麻袋的稻種。

「顧性命較要緊啦。」阿火要她們把雞鴨豬全趕進屋裡，稻種用幾片木板遮蓋再壓上幾塊大石頭，拉下屋頂的鐵索「地牛」勾緊在埕前。四人匆匆收拾幾件衣服和貴重的飾物藏在身上，冒著雨半跑到田寮堂親那兒避難去了。

田寮堂嬸家是這附近唯一的瓦房，為了颱風，瓦片上壓了許多大小石頭，穩住屋子的「地牛」也勾好了。屋裡聚集了鄰近幾戶土角厝、竹篙厝的人家躲颱風。

「番薯沫啦，嘸什麼好料，大家吃粗飽。」阿姆客氣地招呼大家不要見外，特別煮了一大鍋番薯粥請還沒吃過晚飯的人。

「賀田前日仔有人乎日本警察打死，聽講偷夯糖去賣。」

「夭壽喔，按呢都打死，人命嘸值錢，毋值一斤糖。」

「今年收成有較好一寡，風篩那來嘛是擱賠落去。」

天方暗下來，風雨很小，大家無事閒聊，從日本警察聊到誰家娶媳婦、生小孩。

「阿南啊，恁某當時要生？」

「過年時啦。」

「真好命，隨娶都這緊有，入門喜喔。」

幾個男人半取笑半羨慕地朝著阿南推。

女人們則在廚房內剝土豆、綠豆莢，一樣說笑，偶爾嘲弄某個人。颱風天倒像聚會，熱鬧氣氛去除了不安。

入夜風雨強勁，有如穿牆過壁法力的獅子、熊、豹、野牛、豺狼，牠們張牙舞爪，哮聲震天。初始大家人心惶惶、臉色凝重，不斷張望著外頭的風雨。也許人多壯膽，或是瓦屋比較堅固，聽慣了風雨聲倒也不是那麼害怕，睡不著的人繼續聊天。有人睏了，鋪了稻草躺在客廳的地上睡著了。

阿卻和阿音心裡惦著那間竹篙厝是否被颱風颳走了，雞鴨是不是全吹走了，稻種淋濕了？焦慮了一夜，半睡半醒。

翌晨，風雨稍停歇，趁尚未洄瀾，阿火和阿南急速跑回去看看。兩人回來時臉色非常難看。阿卻大概知道什麼情況，強忍著難過的心情，等颱風洄瀾的大雨過後，四人才回到家裡。竹篙蓋的屋子禁不起狂風暴雨，歪倒傾斜十五度，屋頂吹走了一半，廳堂濕漉漉，灶上全是水，雞鴨死了一半，兩隻豬病懨懨的，那一蔴袋的稻種也全濕透了，地面像個泥沼，床上被子枕頭水漉漉。面對這樣殘破不堪的家園，四人手腳發軟，不知該先搶救哪一項？

阿卻和阿音在附近找到幾隻死去的雞鴨，等晚上宰殺，拾些竹枝木條暫時圍成兩圈，一圈關豬，一圈圍雞鴨。田寮的堂兄弟也來幫忙，眾人傾力又綁又拉地耗了半天，總算扶正傾斜竹厝，敲敲釘釘的，到了晚上終於把屋牆都豎正了，屋頂就等第二日再修補了。擦乾了床上的水，已是深夜了，幸好是夏末，四人躺在床上看著天空，只有一絲絲雲，比平日更清淨，星星閃閃眨眨，下弦月黃澄澄的，四周泌散著濛濛的霧氣，完全不像經歷過一陣狂風暴雨。颱風過後天氣有些涼爽，也沒有蚊蚋，田蛙呱呱嘈叫個不停。阿南煩著修補屋頂得花些錢，那一袋的稻種恐怕有一半是泡水不能當種。阿卻阿音心疼死去的雞鴨不能賣錢，那兩隻病懨懨的豬不知能否活下來，四人心事重重，都可以聽到彼此的嘆息聲。

過了兩天，仍靠著田寮堂兄弟幫忙，終於把屋頂、雞舍、豬槽都蓋好，為了怕再一次的颱風損害，屋厝的修補都加強，卻也因為這樣多花些錢。阿卻分了半隻死豬肉給田寮的堂親，剩下的一部分醃成鹹豬肉。這時阿卻和阿音才有空閒到田裡察看菜園的情況，田裡的菜幾乎都被風雨打爛了，剩下的也得趕緊採收，這兩日的日頭曝曬，爛得更快。原本這一季打算會有些收成，多少賣些錢，這下子還得倒貼修補屋厝和買稻種的錢。

總算又有一間像樣的屋子，不過四人得更加努力，才能將損失的錢賺回來。逢到插秧時節，阿卻和阿音四處跟人換工，終於輪到自家插秧。一早六個鄰近換工的男人過來吃早餐，阿卻煎了豆腐，炒了幾盤青菜，特地煮了一鍋白飯。八人來到田裡，阿音剷秧苗，阿卻擔起秧苗，分給其他人插植進水田裡。過了三個小時，阿音回到家裡準備點心，昨晚做的米苔目，特別用香菇和蝦米炒香加了一大把的韭菜，煮了一大鍋米苔目湯，一頭是碗筷，一頭是米苔目湯，阿音挑向田裡。大家吃完點心又繼續插秧，阿音剷一會兒秧苗，挑著碗鍋回去準備午餐。當阿音挑著午餐到田裡時，日頭正好在頭頂上。吃完午餐大家坐在樹下納涼休息片刻，隨後又下田工作。

晚餐是阿卻準備；一盤白斬雞、一碟白切肉、韭菜花炒下水、一盤高麗菜、一大碗公的筍湯，阿火、阿南和六個換工的人吃個盤底朝天。阿卻在灶上留了兩塊雞肉和一小碗公的筍湯，她和阿音等插秧的人吃飽走了，才草草就著筍湯和雞肉吃完飯。兩天的插秧工作終於結束，隨後，阿卻和阿音在那一分地上鋤草、壟畦種菜。晚上沒有到田裡工作時，阿南會到溪圳撈魚蝦或到田溝、半乾涸的水堀抓田蛙加菜。阿音肚子一日一日大了起來，不過工作卻也沒少做。終於把活過來的四隻豬賣掉，換了一些錢還分到五斤的三層肉。幾隻雞鴨也都陸續賣了，再買雞鴨仔回來養，這次養的比以前多，阿卻說有一部分是要給阿音坐月子的。

農曆十月半，田寮的土地公廟祭拜，還演歌仔戲，阿卻和阿音也準備了牲禮，擺在土地公廟前長長的供桌上。廟旁搭了戲檯，扮仙的戲子莊嚴地唱著官話演著《天官賜福》，北管的曲調高昂地迴盪著。上百枝的香燒得煙霧迷漫，漫逸飛飄的煙霧宛如仙境。阿音對著土地公祈求著順產，生個兒子更好，頭胎是兒子，心裡會篤定些。

這次的歌仔戲演出是地方上有力人士奔走，特地從宜蘭請來劇團。扮仙戲結束後，鑼鼓點起頭、鐃、殼仔弦響起，戲檯上開始演出《陳三五娘》。

天氣逐漸轉涼，挺著大肚，阿音費力地跪在田裡除草，下腹經常浸著冰冷的田水，有時她安慰自己，肚裡的孩子出生後應該不怕冷。

晚冬割稻，也是和插秧一樣和鄰近的種田人換工。門前埕阿音一早便清掃乾淨，等著曬稻穀。埕上稻穀分成一壟一壟，每一個小時扒開一次，讓穀粒可以均勻曬到，三天的曝曬稻穀終於曬乾了，用風鼓吹去蕪雜，用麻袋一包包地裝好，好送到農業合作社交稅。這一季收成算是很好，又少了田租，所以交完穀稅剩下的大概可以有兩個多月的白飯，阿卻阿音非常高興，以後不用每餐都吃番薯簽飯了，可以奢侈地吃一、二個月的白米飯，稻草也堆成四個大草垛，可以修繕屋頂、綁掃帚、搓草繩，還可當柴火燒。

「屘冬收好啊，過年要到，種寡菜頭、芥菜通好曬菜脯佮鹹菜。」阿卻心情愉快地對著阿音說。

「是啊，明早要犁田呢，阿添伊講牛會借咱，我即過去牽。」阿音按著隆起的大肚子，心裡十分喜悅，若照這樣工作下去，過個三、五年房子可以翻新換成木造的，或許就不必再擔心風颱和大雨。雖然挺個大肚子工作很辛苦，阿音想到未來，再苦也咬著牙忍下去。

吃過冬至湯圓，天氣愈來愈冷，趁著難得幾天的日頭，阿卻趕緊曬菜頭和芥菜，一甕一甕地封嚴起來，鹹菜也壓裝在大桶子裡，過年圍爐可以煮個鹹菜鴨了。阿卻如此盤算著。

除夕前要蒸粿煮雞鴨，乾稻不耐燒，熱度也不夠，炊粿不方便。阿音跟阿卻說想去山上撿拾柴枝。

「汝大身大命，我來去啦。」看著阿音隆起肚子，阿卻還是覺得不忍。

「無要緊啦，我擔較少都好。」阿音和其他農婦沒兩樣，從孕吐後，犁田、擔柴、挑水樣樣來。

次日清早，阿卻阿音荷著扁擔、攜著小鋸子和草繩，走了一個多小時來到臨近的吉野山上。山腳下蘆葦、菅芒花一穗穗像灰白的頭髮，迎風搖晃，寒風刺骨，兩人緊縮著身子。爬到山腰竟是汗涔涔。幾棵野橘子樹結實纍纍，橙亮亮的。兩人高興地摘了一堆，用本島衫圍綁在肚腹上。

枯的樹枝不少，粗的細的都有，很快就一擔了。一日下來，來回走了四趟，後院堆了一垛高高的柴枝。

用糖和餅酥送灶神後，阿卻和阿音忙著磨米攪年糕，清掃家裡，接著做菜頭粿、發粿，準備祭拜的牲禮。兩個妯娌像陀螺一樣轉個不停，除夕一早阿卻燒水準備殺雞鴨，阿音突然一陣劇痛從腹下湧了上來，她猜想可能是要生了。聽說頭一胎沒有這麼快，阿音咬著牙忍著痛繼續殺雞鴨、拔毛、燙熟。過了中午，她疼得再也無法忍耐。

「大姆，我可能會生啊，麻煩汝叫產婆。」阿音連說話都乏力，拔了一半的雞，在眼前不斷碩大像一頭牛，羽毛一根根地抽長，長成一片的菅芒。

「汝痛外久啊？」阿卻沒經驗，但也聽說初產會痛很久。

「早起痛到今嘛，應該是要生啊。」阿音額上斗大的汗水一顆顆像玻璃珠般，臉頰青白無血色，刀割肉似的痛，一刀又一刀規律地劃著，整個人癱坐在地上。

阿卻匆匆放下手邊的工作，奔跑到二里路外的產婆家。產婆交代她回家燒開水，她隨後會過來。

「騙人毋識生過，叫佮這款，那去乎人剖著。當時不生，偏偏揀二九暝才來生，凌遲人才按呢。」阿卻有些煩亂，阿音在房裡痛得慘叫，隨時要喪命似的，不覺嘀咕著，一股莫名的妒意在心裡翻攪著。

產婆到來時日頭已西斜，阿卻燒好熱水，轉身又忙著準備要祭拜的食品。只聽得阿音一陣一陣的號叫，叫得阿卻心煩，險些燙傷。

終於聽到一聲洪亮的嬰兒哭聲，阿音生了。

「啊喲，真好命，是查甫啦。這個紅嬰真大漢喔，後擺壯才喔。」產婆抱著嬰兒，要阿卻倒熱水調溫，要給嬰兒洗澡。

阿卻看到男嬰，紅通通的身軀，臉上皺巴巴的，像個小老頭，這樣的小孩怎會是壯才呢？阿音虛弱地躺在床上，不過臉上是快樂的。

產婆把嬰兒洗好，料理一下阿音，拿了阿卻塞的紅包，吃碗麻油雞湯便走了。阿卻端碗麻油雞給阿音吃，看著躺在阿音身邊的嬰兒，心情非常複雜，一股渴望抱抱小孩的慾望驅使著，另一股隱隱的妒意同時纏鬥著。冬日天色很快暗了下來，日本政府改用陽曆，除夕日阿火阿南一樣得做工，阿卻惦記著也該回來了吧，要拜祖先呢。

終於，阿火和阿南回來了。路過田寮，阿南已聽說阿音生個兒子，一進門便衝進房裡，喜孜孜地看著新生兒和阿音。阿南抱著嬰兒和兄嫂祭拜公媽，阿音因產後有惡露不能祭拜，連圍爐的晚餐也是在房裡吃。阿南顯得特別高興，終於有了孩子，而且是兒子，整個晚上樂暈暈的。阿火也替阿南高興，不過看到阿卻有些複雜的臉色，心情十分複雜，高興的神情很快在臉上消失。

二九暝不能早睡，阿南不時往房裡跑，看看嬰兒。阿火、阿南和阿卻在廳堂守歲閒談時，阿南提起要給兒子取名字，徵詢兄長的意思。

「號做騰達好莫？輝煌騰達，後攏大漢發展會好命。」阿火想了很久，終於說出來一個令人覺得大氣又好聽的名字。這是兩個月前，和做工的阿祿閒聊時談起的，阿祿說，以後若娶妻生子，頭生叫輝煌，第二個叫騰達。阿祿還沒娶妻，當然沒有孩子，阿火想輝煌這個名字還是保留給阿祿的原創者，騰達這個名字就先用先贏了。

「好啊，真好！就叫做騰達，真好的名呢，阿兄汝真賢號呢。我隨來佮阿音講，伊一定真歡喜。」阿南說著立即跑進房間對阿音說。阿音也很高興兒子有個這麼好命的名字。

正月休歇到初五，這幾天阿卻倒也十分盡心照料著阿音的月子，每餐總有一小碗的麻油雞湯讓阿音滋補身子，產婆也沒歇息，天天來幫嬰兒洗澡和清理阿音的惡露。過完年，阿火和阿南開始做工，阿卻既要忙家務又得到田裡巡田水、整理菜園，還得餵養豬鴨的，愈做愈不甘心，也心疼雞隻的宰殺不能賣錢。見阿音的身子好像並不虛弱，胃口極好，奶水也足，於是不再天天有麻油雞，有時改以麻油炒紅菜。

「阿音，雞仔剩無幾隻，要留來打種生蛋，無法度逐日攏有雞酒，紅菜炒麻油酒，人講是散赤人的麻油雞，吃了嘛嘸卡輸。」一端上麻油紅鳳菜，阿卻不慍不火地說，說得阿音趕緊客氣地回話。

「大姆，真好啊，紅菜是真好的菜啊，阮阿母嘛識講過，麻油紅菜是補月內呢。」阿音心裡卻是想著：一隻麻油雞分成四天吃，經常腿或翅膀還少了幾塊呢，不知誰吃得比較多，那些雞隻自己也有養到，當初還說得好聽是要給她坐月子的，連同過年不過吃個十多天就捨不得。心裡雖是埋怨著，臉上堆滿著笑臉。

再往後的幾天，餐餐不是紅菜就是萵菜，偶爾是菠薐菜，所幸還都是白米飯。阿南心疼阿音月子吃得不好沒有奶水餵兒子，卻礙於長嫂不敢造次，想到自己也是拚命地做工，工錢如數交給大哥發落，卻連妻子坐月子都不能如願，心裡不無牢騷和不滿。

元宵那日，阿音收到大哥寄來的信、紅包和兩個小金戒指，是阿爸、兄嫂、大舅給小孩的。阿音見了眼淚簌簌地流，離得這麼遠，娘家人連來探望都困難。在這荒郊野外，無厝無邊，連節日都顯得淒涼。少女時元宵節還為了嫁個好丈夫到菜園裡摘蔥，應景台灣諺語中的「踏菜股娶好某，偷挽蔥嫁好尪。」不到一年自己從少女成為人婦人母，為了阿南她安分地守著這個家，為了身旁紅紅幼幼的嬰兒，她認命在此生根湠延子孫。

月子做了十天，阿音開始料理家務，也端起衣服到溪裡清洗。

滿月前一日，阿卻和阿音燜炒了一大鍋的油飯，分送給田寮仔的親晟，以回報他們贈送的嬰兒衫褲和一點小紅包。一過滿月阿音一刻都不敢擔誤，一早揹起小孩搶著做家事，隨即跟著阿卻到田裡工作。田裡已長出矮小的稗草和一些雜草，是除草的時日。阿音要阿南編只竹籃子，日頭若大些或小雨天，便把騰達擺在籃子裡放在樹蔭下用斗笠遮著，才放心下田做事。孩子餓了、哭了就在樹下餵奶、換尿布，順手在溪水裡沖洗，掛在樹枝上晾乾。

立春，卻仍是冬日的天氣，不是陰就是雨。阿音裁破舊被單做成八塊尿布，根本不夠用，騰達奶吃愈多，尿得也愈勤，屁股老浸在濕尿布裡，一片紅疹不退。阿音只得晚上洗好，披在倒扣的大竹籠上，底下生著小火烘乾，雨天的廳堂老是瀰漫著煙霧似的蒸氣，屋子都快被濕氣溶掉似的。望著一塊塊的尿布，阿音啞然失笑，冬天洗月事帶不也如此，只是不能公然晾在客廳，晾在房裡，冬季雨天晚上洗乾淨，到了第二天早上仍是潮的，也只能將就著用。從懷孕至今都沒有月信來，阿音覺得很輕鬆，省卻很多麻煩。

得照顧小孩，裡裡外外的事阿音也都和阿卻分著做，常常一沾枕便睡沉了，卻也總嫌睡不夠，但是看到騰達臉上一日一日地長肉，皺皺的嬰兒臉不見了，臉色也白皙，沒那麼紅了，頭上的癬疥逐漸退去，五官愈看愈像阿音，阿音打從心底歡喜，也就沒那麼怨嘆了。只是阿卻對騰達十分冷淡，讓阿南和阿音心生不快，好歹也是侄兒，還是林家的第一個孫子。阿火倒十分疼愛這個侄兒，偶爾逗弄他，看在阿卻眼裡更不是滋味，接下來便是一整日的緘默不語，像是誰欠了她什麼的。

隔年清明節前，阿音產下第二個兒子。第二胎十分順產，近中午正跪在田裡除草，阿音覺得一股羊水湧出，知道將要生產了，要阿卻去通知產婆，自己趕緊抱起騰達飛快跑回家燒熱水準備生產。

「第二胎那雞仔生蛋，噗一下都落來，真緊真順利。第三胎擱卡緊，那未赴時汝都要家己轉臍咧。」產婆趕到時，小孩剛落地，產婆俐落地將臍帶剪好、洗好。

阿音想還好自己反應和動作夠快，不然得生在路上了。

這個小孩，阿南取名為騰雲，和騰達一樣也希望平步青雲或一步登天。月子比第一胎更簡省，除了前三天有麻油雞外，都是青菜，阿音吃紅菜吃到膩煩得想吐，產後五天阿音就自己洗衣。不知是得帶大的又得照顧小的，也沒太足的奶水，騰雲十分難帶，日夜哭啼，長得清瘦，三個月了也不見長肉。然而三天兩頭的生病，青草藥怎麼吃也吃不好，偶爾拿錢到中藥店抓藥還得看阿卻的臉色。

「阿音啊，騰雲昨暝擱哭歸暗是否？」對於日夜哭啼的騰雲，不只阿音吃不消，連在隔房睡的阿卻也聽到。

「是啊，毋知按怎，日亦哭，暝亦哭。」

「咁是著驚？那嘸去收驚婆彼收驚看嘛。聽講王母娘娘邊有收驚的。」阿卻淺眠，有時也被吵得睡不好。

阿音聽了阿卻的話，想來也有道理，母親曾說過：「嘸收驚過的囡仔飼未大。」娘家四個小侄子侄女都去收驚過，回到家還真一夜睡到天亮。

隔天，雨淅瀝瀝地下著，不能去田裡工作，正好可以帶騰雲去收驚。把騰達託阿卻照顧，阿音揹著騰雲帶著米和騰雲的衣服，披了簑衣走了一個多小時到收驚婆那裡。

收驚婆的家就在廟旁的一棵木造屋，廳堂供奉著神明，神案前擺了供桌，桌上一件稚兒衣服覆蓋著，應是米碗。供桌擱了兩條長板凳，各坐了一對母子，收驚婆正替一位兩歲大的男孩唸唸有詞收驚。

阿音揹著騰雲在門口觀望著，收驚婆應有四、五十歲了，頭髮盤得十分俐落，全神貫注，半闔眼，手持香在小男孩前不斷來回比劃，口唸收驚文。

「汝个囝仔是按怎？」收驚婆打量著騰雲。

「日亦哭暝亦號，毋知是不是著驚？拜託替伊收驚。」收驚婆打量騰雲的架勢讓阿音覺得很威嚴，彷彿找到救星，誠惶誠恐地求著收驚婆。

「面色青筍筍，咁有剉青屎？」

「嘸啦，咁擔哭，嘸愛呷奶。」

收驚婆問了騰雲的姓名、出生時辰後，將阿音帶來的米放在供桌上的碗裡，輕輕地覆上騰雲的上衣，點燃六枝清香，對著神案禱詞請神。然後將三枝香插在香爐，緊握著米碗和三枝香，在騰雲面前比畫，騰雲或者嚇傻了，安安靜靜盯著收驚婆，不哭也不動。

「香煙通法界，拜請收魂祖神降雲來，四大金剛降雲來，天催催，地催催，金童玉女扶同歸，收到東西南北方，收到中央土地神公，本師來收驚，毋收別人魂，毋討別人魄，收你弟子騰雲魂魄回，備辦魂衫魂米，拜請列位尊神助吾來收魂。三魂歸做一路轉，七魄歸做一路回……吾奉太上老君勅，神兵神將火急如律令，急急如律令，急急如律。」收驚婆唸完一長串的收驚文後，把香和米碗放回供桌上，小心謹慎地掀開覆在米碗上的衣服，仔細地查看著碗上的米粒。

「呼邪神纏身，我畫符了擱唸咒語……」收驚婆凝重地一面說一面提筆沾墨畫起押煞罡符，然後唸起咒語。

「**要收一點，東方甲乙木，木神木煞，飛土飛煞，東方土神青面陳貴仙，土煞周信，犯著青面煞神，犯著飛土土煞星君，二點到南方，南方丙丁火……三十六天罡七十二地煞，總共一〇八煞，收收清氣，攏無代誌，無燒熱，無飽氣，食飽飯，睏飽眠，百病順手消除好離離。**」收驚婆燒了符入水碗讓騰雲沾唇，並以神指沾水，在騰雲額上、胸和背上畫符，最後把水、米往外潑出門口。

不知是收驚的法事太長久，騰雲累得呼呼大睡，彷彿印證了收驚婆的神力。阿音付了收驚錢，歡天喜地地揹著騰雲回家。回家後的騰雲確實好睡也好帶一點，但仍舊不太長肉，臉色略微青白。

騰雲甫滿兩歲，阿音又懷有身孕。一日阿南難得不用做工，帶著兩個兒子到田寮堂親走走，在堂嬸的稻埕來了剛從宜蘭來的一個遠親。他一看到騰雲，臉色凝重地左相右覷的，然後問阿南騰雲何日何時出生。阿南說了騰雲的出生年月日，那人問什麼時出生，阿南說是午時。那人聽完低首沉思一會兒，從身上的衣袋翻出一本褐黃色的冊子，看得臉色凝重。然後拉阿南到稻埕另一頭小聲地說：「汝這個後生命硬，上好過乎別人。不是恁無福氣等伊有孝，都是伊無福氣做恁的囝。」

阿南一聽如雷轟頂，不知所措，竟脫口罵出：「算命嘴胡纇纇！」

「我無共人算命，是有興趣研究，略知面相佮八字，堂仔汝要放在心底，緊過乎人。」那個遠親有些尷尬笑笑地說。

原本是帶兒子來給堂嬸看看，一腔熱情一下子被那個會看相的遠房堂親給潑熄了，阿南帶著兒子如落難般匆匆離去，留下稻埕前那群人一臉錯愕，見阿南走遠開始交頭接耳地論說起來。

阿南臉色難看地走回到家裡的稻埕，阿音正在劈柴枝和綑乾草束當柴薪。

「汝是在氣啥，一個面若土公咧。」阿音看阿南眉頭緊鎖，兩眼滿是怒光，以為他有些魯莽的個性又跟人吵架。

「汝入來，我有話會佮汝講。」阿南要三歲的騰達看好弟弟，和阿音進到房裡。

「是什麼要緊的代誌，需要這神祕，要在房間內講？」

「愈想愈氣，講咱騰雲要過乎別人，若無都無法做父子。」

「是誰講的，這呢啊失德？汝是叨位聽的？」

「啊都，田寮仔彼呢宜蘭來的晟親，伊講會看相嘛會看八字。」

「汝哪會無代無誌將騰雲的八字乎人看？」

「是伊一直相雲仔，然後問我，我也無想彼濟。汝咁會信這？」阿南像做錯事，心虛地看著阿音。

「我要按那信，一個無識無悉的人，請裁講講的，就要我將囝乎別人，要乎人笑死是否？囝是我生的，講給人就給人，都不是物件這隨便。」

「我嘛是無愛信，但是聽著心內礙著，感覺怪怪，一路轉來時愈想愈不對，才會問汝啊。」

「按呢啦，荳蘭土地公廟邊不是有一個算命，汝將騰雲的八字乎伊看，若是共款再打算，若無上好。這個代誌暫時莫給大姆知，以免四界去講。」

「我明日仔下晡落工了再去那。」

躺在床上，阿音翻來覆去，心情起起落落，無論如何她都不願相信騰雲是這樣的命。她也擔心害怕萬一是真的，她真的捨得給人嗎？騰雲是沒有騰達好帶，常生病，脾氣也壞拗起來，魯起來誰也拿他沒辦法，才兩歲大就常常惹得阿南用細竹枝打他。乖不乖都是她懷胎十月生的，好歹都是自己生養的孩子，又不是養不起，再苦她也不會將孩子送給別人，阿音輕拍熟睡在身旁的騰雲的背，好像再也沒有機會如此。

阿南知道阿音煩惱，卻也不知該如何啟口說些安慰的話。兩人的心情彷彿明天一早就得將騰雲送給別人似的。

傍晚阿南比阿火晚回約莫一個小時，臉色凝重得連阿火都察覺。晚飯間阿南食不知味的樣子，看在阿音的眼底自是十分難過。

「恁尪某是不是有啥麼代誌，面色這歹看，外頭有發生代誌是否？」阿南性格雖魯莽，脾氣一來難免與人爭執，常勞這個做大哥的出面解決，可也沒見過他這麼沉的臉色，阿火想必然發生什麼事。

「無代誌啦，我去洗腳手。」阿南放下碗筷起身往浴間去。

「我去舀燒水乎伊。」阿音把碗筷擱在桌上，舀了熱水和冷水在桶子裡，拿進浴間給阿南，然後端了碗筷到溪裡清洗。

「恁這是在變啥百戲，一個比一個走佮緊。」阿火有些生氣，扯著大嗓門朝浴間喊著。

「無要講是否？好啊，等到代誌大條時，莫來找我解決，恁爸無要睬汝。」阿火吃飽了，生氣地放下碗筷，到埕仔納涼。兩個小孩見大人不高興，識趣地扒完飯，騰達牽著搖搖晃晃的弟弟到埕仔玩耍了。

阿南洗完澡一直躲在房裡唉聲嘆氣。阿音洗好碗筷，兩個小孩也洗完澡，一切弄妥才得空回到房裡，兩個小孩剛睡著。

「土地公廟的算命仙嘛是按呢講是否？」從阿南進門的臉色，阿音已猜到結果，終於有機會問阿南證實，心裡卻希望是自己猜錯。

「同款啦，騰達嘛順勢算，伊真好啦，後擺一陣囝孫。騰雲尚好過乎別人，才會好命，不過算命嘛有講，過乎自己的親晟就準算，吃一下水米，戶口免拆嘛可以，無一定要送予人食。」

「照汝按呢講，過予親晟就算是過乎人，吃水米嘛算，都親像認契父嘛。」

「算命講認的無算，要用過的才有算。我有想過，本來吃飯時想要講，但是想先佮汝參詳過才決定。」

「汝想到什麼？緊講啦！」阿音一聽好像有解決的方法，如找到一根救命索似的興奮。

「我想阿兄亦無生半個囝，阿嫂嫁來阮厝亦將近十年，可能未生啊。橫直騰雲要過予人，不如就過予阿兄咁嘸是真好，家己的人嘛疼較入心，汝想按怎？」

「好是好，不過我看大姆親像無愛咱的囝仔，尤其是騰雲，連看都無愛看，那有仇恨同款。」阿音也覺得這個方式很好，這樣即使是過繼給兄嫂，仍可以天天看到，甚至還是自己照顧。可是一想到阿卻對兩個孩子都不親，對騰雲的愛哭鬧更是看不順眼，對他連正眼都不一瞧一眼，阿卻會答應騰雲過繼給她當兒子嗎？

「應該是不會啦，那過予伊就是伊的囝，當然就會惜啊。明仔暗咱即佮阿兄參詳。」阿南怎麼想都是親兄弟，除了這樣的安排再也沒有比這個更周詳的方式了。

兩人總算心稍放寬，阿音也認為阿南說得沒錯，明日這個困擾的問題應該就可以解決了，於是安穩地睡著了。

風篩勢在摧毀

命運是樂於重複、變奏和均衡的。

——波赫士（Jorge Luis Borges）

發月給了。初妹拿去付了房租，第一次見到厝頭家娘美珠，淨白的臉跟初妹年紀相仿，和丈夫都是河洛人，是松濤的同事，知道初妹不會河洛話，用日語交談，她說生了三個女兒和一個兒子。房子是娘家的，美珠十歲時，父母親帶著她和弟弟從台中州來花蓮生活，十六歲父親過世，隔年她出嫁，弟弟到台北讀師範。十年前在台北廳教書的弟弟把母親接去奉養，房子留給美珠，出租過幾次都被倒租。這次美珠只知是租給丈夫同事的妹妹，知道初妹的處境十分同情，她告訴初妹自己和母親也是孤兒寡母的，生活非常困苦，她很能體會那樣的情形，她跟初妹說只收兩圓就好。初妹感激得不知如何表達謝意，直握著美珠的手致謝。

雖然房租少付了一圓，然而捏著剩下薄薄的紙鈔，買了一斗米、油、鹽等日用品，所剩無幾還得跟素敏過一個月。初妹心裡暗暗發愁，這樣過日子，不到兩年自己的積蓄大概要花光了，想去幫人洗衣服，可是沒有人是下午洗衣的，做工開田也都是一早的事，而魚罐頭廠的收入雖然十分微薄但穩定，不做可惜。

幾天前收到三妹寄來的信，問她生活上若有困難得說出來，他們可以想辦法幫忙，或者回三叉，不要太苦了自己，還特別交代明年得讓素敏讀書。現在她只能寄望再多養些雞鴨，多賣些錢。

屋後的雞鴨咯咯聲吵個不停，初妹驚覺又得去割草掘蚯蚓餵雞餵鴨。午後，天色烏黑暗沉下來，灰鐵色的雲厚厚地罩著，她趕緊在雞寮蓋上鉛皮，要素敏留在家，她戴上斗笠，攜了鋤頭鐮刀和鉛桶，過溪岸割草掘蚯蚓。她想傍晚若能雨停，就可拾些蝸牛餵鴨了。

才割了幾綑草和挖一團蚯蚓便下起雨來，背上一下子全濕了。從溪岸回來，把青草和蚯蚓丟入鴨寮內，進到灶間，發現素敏已洗好米，正努力地燒燃灶裡的柴火。初妹心頭酸了起來，這一個多月素敏跟著舅母學了不少的家事，離鄉背井，遠別父母，讓五歲多的素敏早熟，和在三叉庄家裡的天真任性完全兩樣，如果不是算命說她得有兩對父母，現在應在三妹的懷中撒嬌，在一個溫暖的家中享受她該有的生活。

「卡將，火點冇起來。」素敏抬起被煙薰得灰黑的臉，露出稚氣的笑臉。

「莫要緊，偃來，佢去洗面仔。」初妹摸著素敏的臉，輕聲地說著。把火點著，添水進洗好的米裡，蓋上鍋蓋，坐在餐桌前挑菜。粗大的雨陣似乎一時不會停下來，房子內十分陰暗，灶裡的火焰烘映著一些亮度，灶的另一頭廚房的後門關著，因為黑暗而顯得空洞，像深黑不見出口的隧道。一個多月來的遷移生活塵土紛飛，這場大雨彷彿壓熄了騷動不安的情緒，也把身心都滌漱潔淨。菜圃裡的菜蔬全都冒出一吋餘的嫩綠身姿，歡愉地沐在雨水中。過幾天回信給三妹，這裡很好，決定定居下來。那日把信約略說給素敏聽，她肅穆的神情，初妹當然知道她想父母想姊姊，想三叉那個舒適溫暖的家。自己何嘗不是，合該是命吧，兩人才會飄泊到此落地生根。

「卡將，飯焦掉了！」素敏的提醒，讓初妹從悠悠思緒中飄回。果然聞到一絲飯燒焦的味道。

入夜雨歇停，雲飛也似的散得極快，一輪明月湧上來，月橘籬笆閃著濕亮，菜圃霧氣蒸騰，淡淡焚燃樹枝的香脂味道，蟲籟聲此起彼落地呼應著。本準備入寢，站在窗邊的初妹被這樣的景色給迷住了。腦中浮現「更深月色半人家，北斗闌干南斗斜。今夜偏知春氣暖，蟲聲新透綠窗紗。」這是在一次清明節過後的晚上和阿賢在後院坐著，阿賢唸給她聽的，還解釋詩裡的意境，只是現在怎麼想都記不起是誰的詩了。年幼讀漢塾時漢文仙教的是《昔時賢文》，古詩詞教得不多，倒是阿賢常唸古詩詞給她聽，解析也比漢文仙有趣多了。然而這些年把阿賢教的古詩都忘得差不多了。

突然想到什麼。初妹要素敏先睡，自己提了鉛桶從屋外拿根木棍往溪邊走。邊走邊用木棍撥開莾草，一隻隻蝸牛匍匐在泥地上，後頭拉著一條細細閃著銀亮潮濕的線絲，初妹一個個拾起往桶子裡丟，沒多久桶子就快滿了。初妹喜悅地提著沉甸甸的桶子走回鴨寮，將桶子倒扣，上頭壓著一塊大石頭，明日一早剁碎餵鴨，這一桶可以餵二、三天了。鴨子有蚯蚓和蝸牛可餵養，長得極肥，雞沒有什麼特別好的食物可餵食，長得精瘦。貴妹說拿一些粗米糠來餵，雞長得快。米糠雖便宜終究要錢買，現在還不到割稻季節，還有稻穗可以撿。

「田底仔彼邊今置收番薯，去撿一寡返來吃亦是飼雞啊。」魚罐頭廠裡的阿米告訴她田底那裡有好幾甲的番薯田最近採收，採收後的田裡都會有被遺漏的番薯可以撿。日日聽著河洛話，兩個月下來初妹已聽得五、六分。初妹決定明日下午帶著素敏到田底去撿番薯。

隔天午後，從魚罐頭廠回來後初妹匆匆扒光碗裡的冷飯，用扁擔挑了兩只桶子，帶了素敏往田底出發。往西北方向走了約莫一個小時，終於看到一大片被採收過的番薯田，不遠處隔著圳溝還有幾隻牛拖著犁正在犁田翻收番薯。這邊的番薯田已有幾個婦人和小孩在撿拾漏掉的番薯。初妹趕緊下田，也要素敏幫忙撿拾。

田裡遺漏的番薯大都被犁斷了，成了半截或一小塊的番薯塊，有的還半截埋在土裡，初妹用手扒開田土，把斷在土裡的番薯給挖出來，最初素敏不知什麼是番薯，幾次辨認後也幫忙撿拾了不少。田裡的婦人都占領一個地盤似的，各撿各的並不交談，大概是怕談話時漏了撿拾。

午後的日頭毒熱得很，撿了一個多鐘頭，初妹怕不習慣在烈日下曝曬的素敏中暑，要她到田埂邊的樹下休息，順便要她看著一桶已盛滿番薯塊的桶子和扁擔。日頭逐漸傾西，另一桶也差不多滿了，初妹提著桶子來到樹下，發現素敏趴在草地上睡著了。

雖然只是兩桶的番薯，挑了一段路下來，肩膀痠疼得如火灼燙般，想多休息，卻見日頭直往山裡頭墜落，咬著牙盡量不多做休息，早些回到家。

「卡將，足按痛，走不動啦。」素敏邊走邊喊腳痛，有時停下來哭叫。

「就快到屋家咧，乖乖，轉去分佢食糖。」初妹無力揹她，一路上只好不斷地安撫著。

比去的路途更長更遠，彷彿痛到沒有感覺，終於到家了。放下擔子，初妹和素敏先洗了半桶番薯放入鍋裡煮，撥空到菜圃裡澆水，剁碎蝸牛餵鴨，要素敏顧著灶火不讓它熄掉，她竟趴在柴堆上睡著了。

初妹挑了四個比較大而完整的熟番薯放在盤子上當成晚餐，其餘攪碎餵雞。並不常吃番薯的素敏還高興得很，直說很好吃。洗身時初妹發現兩肩全都起了水泡，部分還破了皮，本來有些麻木的感覺又再度痛了起來，有些擔心明日下午還能不能再挑個兩桶回來。入睡前初妹拿出上次裁舊衣剩下的碎布截，縫了兩塊厚實的墊子，明日就墊在肩上，這樣就可以減輕疼痛了。

白日忙得像隻陀螺，似乎也不覺得苦，可是每到夜晚，初妹望著屋外暗黑色的四周，就像她走的路，就像心底撥不開的烏雲，前塵往事如千隻螞蟻囓咬在心上，而她能做的似乎也只是等待天明，等待一個無法預知的未來。望著鏡子，放下烏黑的長髮，剛洗的髮沁著淡淡的柚子香，她的青春如髮藏得密實，在斗笠花布巾下，牢牢地包裹著。多年來的愁容，兩條法令紋從鼻翼往下移。三十五歲的她，竟然有人叫她阿婆，她嚴肅的生命，黑色的青春，如夜般沉睡著。

撿了四天的番薯，初妹心裡踏實多了，十來日雞隻不必愁食物欠缺。素敏也被訓練得愈來愈會走路，沒有再喊累喊痛。

五月節，貴妹要初妹不必包粽子，粿粄粽、鹹粽和肉粽各給了初妹幾個。沒有公媽可以拜，也不能祭拜阿賢，初妹覺得真正孤魂野鬼的是自己。

六月火燒埔，整片天、整塊地彷彿多了十幾個日頭，有些野草、樹枝都曬得焦黃，初妹覺得身上像是綁了火爐，中午從魚罐頭廠回來，人烤焦了一層皮似的。唯一值得欣慰的是早冬稻穀開始收割；午後，初妹帶著素敏到鄰近的稻田撿拾遺落的稻穗，雖然半天下來不過腰身般大的兩綑，這些穀粒卻是餵雞最好的食料，如果能再拾多些，送到碾穀廠碾淨，也有兩三天的米飯了。

今日特別燥熱，樹葉文風不動，眼前熱氣蒸騰，所有的景象如在水中浮動、曲繞，小路像一尾抖動身軀的蛇，路旁的莽草舞弄著葉莖，再遠些就像一條溪河了，潺潺流著熱浪。

初妹伸直彎曲已久的腰身，又是落日時分。

「卡將，極靚兮的雲，茄仔色咧。」素敏被眼前的黃昏景色懾住了，天邊不知何時罩著厚厚一大片紫藍色和金黃色的雲層，整個天彷彿將要傾斜下來，低矮得觸手可摸似的。這樣瑰麗的雲彩已有二、三天，今天特別顯得妖魅詭異。

「啊，風篩天囉，風篩要來了。」這三天來和初妹一起撿拾稻穗的罔腰，看著瑰麗炫奇的雲層帶自言自語地說著。

「台風は非常に恐ろしですか（這裡的颱風，敢會真恐怖）？」初妹用日語問罔腰，颱風

曾見識過，只不知花蓮的會厲害到什麼程度。前日在魚罐頭廠的阿杏告訴她說看天色藍得怪異，颱風要來了。黃昏的雲彩藍紫得令人心慌，紫得如此地妖魅，風妖是這樣的顏色嗎？讀公學校時曾聽過老師提起日本雪季，嚴寒的風雪中有雪姬長髮魅眼，媚惑著受凍疲憊的旅人，哄他如睡在溫暖的被窩，一旦闔眼也就長眠於雪地中了。想像中的雪姬如雪的白，颱風的風妖會是紫色的嗎？

「是啊，厝頂會吹走喔，轉去要記得料地牛，那無，厝會飛去喔！」罔腰用河洛話回她，神情肅穆，看來不是誇張的樣子，兩三個月來，初妹努力聽和學河洛話，從罔腰的神色，初妹大概知道風颱的威力了。只是不懂什麼是「料地牛」，住的那個房子是不是有「料地牛」，回去問大哥應該就知道了。

回到家天色幾乎全黑了，青紫的雲仍透些金橙色的光束，開始颳著一陣陣涼涼的風，還夾著白日的暖熱，顯得有些詭異的氣氛。這時初妹看到松濤急忙地跑來。

「風颱天囉，急急料地牛，門木條及窗板。」松濤走到門前的中央，撥開草叢、泥土，露出一個粗大的鐵勾環。

「嘛該兮料地牛哪？」初妹突然想起浴間旁有幾扇木條釘的板子，一直不知是什麼，以為是多餘的門及窗戶，她想大概就是門窗板了。

「屋前係鐵勾，就係地牛，屋頂有一條帶環係鐵索，佢幫佢用。」松濤要初妹拿出長凳，站在凳上從屋頂拉下一條粗巨如嬰兒手般的帶環的鐵索，松濤使盡力氣將鐵環與鐵勾串結在一起，告訴初妹這就是花蓮港的料地牛，「料」就是河洛人的綁。他說花蓮港的屋厝大部分都有這樣的設備緊緊綑壓著屋頂，以避免屋頂被強勁的颱風掀走。接著要初妹搬出門條和窗板，將整片窗板橫門在木窗外，整扇窗戶便不再透光了。再將三條門條板半門插在門內，交代初妹，如果今夜颱風來時務必將門條全門插上，這樣一來強勁的風才不會將門颳起來。門門條板時要初妹將雞鴨抓進屋裡，免得被風吹走，菜圃裡的菜多拔些，風雨會打爛菜葉。臨走前又再叮嚀不知會不會淹水，怕淋濕的東西就往桌上擺。

把雞鴨趕進浴間後的小倉庫，初妹快速摘了好幾把的菜蔬，才進屋雨便下了起來，滴滴答答打在鐵皮的屋頂上，初妹急速衝到屋後將柴薪抱進來，雨滴愈來愈大，急促的、催命似的落下來，終於把柴薪都搬了進來，灶間頓時塞得滿滿的，幾乎連走路的空隙都沒有。米飯已熟了，初妹從灶裡端出，然後放上大水壺燒水。後灶的水已熱了，全身濕透了，初妹要素敏顧著灶火，她快速沖洗身軀，再讓素敏洗浴。

暴雨打在屋頂，落石似的，敲得初妹驚心，風勢強勁，搧震著木窗和門，像是要破門而入，如果門窗沒有門上木條，恐怕這場狂風暴雨果真會把屋子給拆翻了。油燈一閃一閃著，初妹收拾好碗筷，察看一下四周，三扇窗被木板封嚴了，屋子像是囚室般，不過這樣在風雨勁颳的颱風夜，卻有安全踏實的感覺。

和素敏在房間內，初妹縫補著衫褲，初始素敏哼著鄰居小木匠豐富教她的〈屋簷鳥子愛講話〉：「**屋簷鳥子愛講話，七早八早嘰嘰喳喳，屋簷鳥姆看到就罵，捉蟲子係，尋穀食係，講**

麼介話。屋簷鳥子冇聽到……。」哼乞了改成反日本童歌〈桃太郎〉、〈紅蜻蜓〉，這是三妹教她的，素敏和她母親一樣都愛哼歌，也都有一付好歌喉。

「卡將，講太羅桑《桃太郎》分佢聽，好莫？」素敏大概哼膩了，要初妹說桃太郎的故事。這是三妹和安敏常說給她聽的日本童話故事，即使聽了好多遍，素敏仍不厭倦。

「按久按久以前，在日本有一對老公公老婆婆冇半個麻賴仔及妹仔，恁極想有一只賴仔，可惜按多年過去，冇生係半子哪。有一日，阿婆去係溪邊洗衫，遠遠漂來一個按大係桃仔，阿婆心肝歡喜那係桃看來極好食，伊趕去抱係大桃仔轉去。阿公看到嘛親歡喜，極好食桃仔。拿了刀劈開，哎喔，出來一只賴仔，阿公阿婆驚到……」說到桃太郎日漸長大、如何乖巧孝順，素敏聽著聽著便睡著了。

初妹想到自己失去的孩子，以及再也不能生育，和那對老公婆有什麼兩樣。素敏不也是像個桃太郎，也算是上天送給她的吧，在這個荒野陌地陪著她。

哐噹，幾聲巨響從屋頂發出，把素敏從夢中驚醒，嚇得大哭，窗戶搖震著，彷若有一群人齊推要衝進來似的，雨水從窗縫滲了進來，初妹趕緊挪開放在窗下的櫃子，一陣強風夾著雨勢撲拍著木窗，初妹嚇得往後退。閂住大門的木條喀喀作響，好像將撐不住地叫喊著。整棟屋子搖動著，彷彿就要被連根拔起，油燈閃得厲害，險些熄滅。

「莫驚，莫驚，就風颱咩，過退就好。」素敏害怕得哭得更大聲，初妹摟著她，自己其實也害怕得很，在三叉雖偶有大風大雨，卻未曾像今晚這般恐怖。

然後，風聲膨脹、爆開似的，雨水以攫占姿態，碎石般劈啪作響，擊落在一片片的樹葉上、屋頂上，廚房的雞鴨驚嚇得咯咯呱呱叫著，屎尿滿地。

再一聲哐噹！這次像是撞擊在灶間的木窗，驚得雞鴨鳴叫起來。屋外一直有樹枝折斷劈啪的聲音。初妹走到廳堂，木桌上一大灘水，上方梁柱水滴滴落下，地上濕了一大片，成了泥淖，她要素敏小心走著，到灶間拿水桶盛接。不只是廳堂，灶間、房間開始一處一處地漏著水。三個桶子、兩個盆子和水瓢全都用上了，叮叮咚咚，盆子盛滿了水，成了擊悶鼓的聲音。叮叮咚咚、喀喀篤篤的水滴聲在屋子的四周如擊鼓敲鑼似的擊奏著。

大門搖晃得很厲害，宛如十頭牛拉扯、就要往外爆破似的，初妹把三條木條再壓緊些，屋頂不斷有東西撞擊、滑過的聲音。木屋彷如狂風暴雨唯一要攻擊的目標，勢在摧毀，一波又一波不達目的不罷休！

初妹開始擔心，這間小木屋不知能否抵擋這個颱風，如果屋頂被吹走了，或是門被掀起，她們母女兩人能躲到哪兒？

初妹不敢闔眼，一直坐在廳堂望著大門，素敏終於睏得不知害怕地又睡著了。初妹把素敏抱回床上，幸好房間只有牆壁滲水，床是乾爽的。不知過了多久，風似乎稍弱些，不過仍間隔一陣一陣地吹颳著，雨則愈來愈粗大，如水布傾匹倒下，一遍一遍沖激著。雨勢愈大，漏水的情況則愈嚴重。滴喀滴喀愈來愈急促，如馬奔跑，後有人追趕而狂奔。瓢子淺，沒多久便盛滿了水，初妹往浴間倒掉，再盛接漏水。

來來回回接水倒水，夜走了一大半，風雨逐漸減弱，初妹終於稍放下懸著的心，也睏得不知不覺睡著了。

從封住的窗板的隙縫，透出些許的光線，天亮了吧，初妹睜開眼睛，屋外靜悄悄的，沒有風聲，屋頂也沒有雨落的聲音，漏水的滴喀聲也緩了許多。颱風過去了嗎？初妹下床察看，大門沒有被颳走，除了嚴重漏水，屋子還完好的。這時聽到急促的敲門聲。初妹費力費時拔下木條再打開大門，是大哥戴著斗笠穿著蓑衣，進來便問她有沒有什麼災害，初妹指著多處的漏水。

「偓屑係嘛同樣，一遇風颱及大雨就會漏水。今日莫去罐頭廠，風颱天放假一日，在屋家莫出去，等一下風颱會洄湳，雨會下得極大，佢要小心，過係中午若有日頭出來風颱就係過去。偓轉去囉，佢自家細心，莫出來，等冇落雨出日仔方可出門，知莫。」松濤察看初妹的住屋沒什麼損毀放心許多，轉身又回去了。

初妹不知道洄湳是什麼，照大哥的意思是等一下就會有大雨的樣子，初妹把門條再度閂上，回到灶間生火煮飯。大灶靠著牆處被滲進來的水渥濕了一半，雞鴨窩在灶下的小空間，地上雨水和雞鴨屎尿混成一片泥沼，部分的柴枝也淋濕，初妹點了半天才把灶火燒旺起來。突然雨勢大了起來，沒什麼風，一下子雨水如海浪潑倒在屋頂，鐵皮屋頂上爆竹炸開似的，初妹心情亦如那急雨擂打著屋頂，無法靜下來。這場洄湳的雨勢不知是否如昨夜那般狂勁，漏水處愈來愈多，除了吃飯的碗，能盛接水的器皿全都用上了。

雨如石子打在屋上，整個早上初妹和素敏來回不斷地倒掉大碗和瓢杓裡的水。由大雨到小雨，大概下了近二個多小時，終於雨勢慢慢減弱，最後奇蹟似的停了。幾束光線從窗縫射進來。初妹猜想這大概就像大哥說的：風颱過去了！

打開大門，把雞鴨趕到後院，屋外亮晃晃的，日頭半隱在灰濛的雲層曖昧似的照著，菜圃一片狼藉，葉菜全泡在水裡，門前散亂的樹枝、鉛皮、小木片，竹枝等。初妹到屋後，心裡涼了半截，雞舍被吹得一乾二淨，完全看不出一丁點兒的痕跡。

「卡將，菜園冇咧。鴨寮毋見喔。」素敏看著樹枝雜物零亂的院子，目瞪口呆。

「小心，莫被樹枝刺到。」初妹先將屋前的大樹枝拖到旁邊，盤算著先從哪裡整理。雖然鴨寮沒了，菜圃裡的菜除了番薯也全吹爛了，不遠處即將成熟的龍眼果子和拳頭大小的柚子被吹落了一地，但總算屋子還在，人畜也平安。

午後，日頭終於突破雲層露臉了。鄰近人家也紛紛出來收拾被吹得零亂的屋前屋後。來得狂，去得急，這就是颱風，初妹終於了解為什麼山前的人這麼畏懼。聽說更強烈的颱風，連綁了地牛的屋頂一樣颳走，人若閃避不及是要受傷或死亡的。

別處吹來的樹枝、木片、木頭、一大塊鉛皮，剛好用來重建鴨寮，落葉就用來鋪鴨寮的地面。初妹要素敏拿鉛桶撿掉落的柚子和龍眼，柚子皮可以拿來洗頭，八分熟的龍眼仍可以食用。

躲過颱風，初妹有著死裡逃生的感覺，有一種欣慰，但也有一種隱憂交纏著，這一生還會再遇到多少的暴風雨？

第三個所在

從黑漆漆呈液態的第一個所在前來，置身於空氣和光線構成的第二個所在，我寫就了下列的紀錄——兼有細節、真相和真相的回憶，且永遠導向以神話為起點的第三個所在。

——珍奈・法蘭姆（Janet Frame）

妳無所遁逃。

妳想起母親。那個年代，離開原生家庭嫁到任何地方都算迢迢長路。離開T鎮後，花蓮是母親的第三個所在？母親的子宮和閣樓都是妳第一個所在，黑漆漆的，充滿著羊水和淚水，爾後，妳就流離失所了。阿嬤和阿公離開人世之後，母親是這世上唯一和妳有牽連的人，妳們各握著臍帶的兩端。

然而，母親竟然走得如此遠，彷彿要和T鎮斷然隔絕。

從斗櫃的最底下，妳翻出母親的照片，褪了色的彩色照片，染上一層黃昏的色調，照片中的人物顯得迷離。

新娘的母親，濃妝的臉顯得羞赧，微微拉開嘴角，顯然是被攝影師要求，所以有點僵硬，和眼睛各做各的表情，像貼錯卻又勉強密合的拼圖，父親看不出有任何表情，彷彿兩人第一次見面。第二張週歲的妳戴著水黃色小布帽，穿著水黃色的小洋裝，被父親抱在胸前，圓圓的臉像柿子，圓而大的眼睛張望著，看來是從母親的方向被強迫拉到相機的方向，還沒弄懂怎麼一回事，攝影師就按了快門，母親和父親並肩輕輕靠著，感覺不出親暱，卻也不陌生，母親素淨的臉沒有微笑，平靜地注視著比相機更遠的前方，而父親的臉是愉悅的。第三張，母親穿著淡青色的無袖洋裝，白色的高跟鞋，面帶微笑地牽著妳，妳穿白色上衣、淡紫色的吊帶褲，活像個洋娃娃，貼著母親的腿，妳的右手向上伸得長長的，拉住母親垂下的手，左手拿著棒棒糖，背景是個空曠的地方，後方有樹有山，山上有模糊的廟影像，你們在山腳下。拍照的人應該是父親。

妳反覆看了三張有母親的照片，五歲前母親的印象卻愈來愈模糊，清晰的卻是背影，尤其是黝黑閣樓中的背影，清麗少婦的母親如同照片中褪色了般暈著一層神祕的色彩。

現在，母親有六十歲了，當了阿嬤，妳無法記得二十六歲時離去的母親，同樣，妳也無法想像六十歲的母親。那個當年妳擠不進去也出不來的行李箱早被妳丟棄了，妳把自己當成了行李箱，在感情中流浪，不想向家的港灣靠航。

母親在花蓮，那個遙遠而陌生的地方，那個妳曾以觀光客、記者身分去過的地方，就像相機一樣喀嚓幾聲，花蓮是一張張的相片，是事件的發生地點；也許妳曾與母親擦肩而過，也許母親曾是妳受訪的對象，也許母親是妳問路的人，也許……妳在腦海裡搜索，是否有母親的圖像，腦袋的儲存格閃過幾張陌生的臉孔，年齡或者性別都不會是她，電腦的相片檔裡的數百張新聞事件的受訪人物，時間、地點看來都不符合妳對母親的想像。不過其中有一組照片很特別，那是十年前，妳和同事到花蓮採訪有關立委的選舉。午後，妳在田間看到一老婆婆在菜田裡拔草，那位老婆婆看起來有八、九十了吧。於是你們跟老婆婆聊天，老婆婆九十一歲。老婆婆說閒著很無聊，所以天天來菜園種菜。妳拍了幾張照片，老婆婆要你們到家裡喝茶，指了就在菜園邊的洋房。

老婆婆的媳婦在客廳看電視、挑菜。

「素敏啊，有人客泡茶。」老婆婆一踏進屋就嚷了起來。

老婆婆和她六十多歲的媳婦都很健談，說兩人分別從鶯歌與苗栗來花蓮，老婆婆十八歲、媳婦五歲時到花蓮。她們談了如何搭船與車千里迢迢從前山到後山。

對於這個有趣的邂逅，同事寫了六百字的報導，標題是：九十二歲的老婆婆還種菜。妳想或者更早，甫出社會和男友到花蓮旅遊，但那些照片早軼失了，去了哪些地方，印象模糊，甚至全忘了。

手上握著女媧最後一塊玉石，妳卻膽怯。妳無法像電視劇裡女兒尋母那樣地激情，甚至不熱切。尋母，古老悠遠的名詞，妳覺得只有在古裝劇裡才有（雖然妳的同事告訴妳，現在八點檔電視劇以及韓劇流行父不詳、母不詳、子不詳，不斷尋來尋去）。應該說是，妳對於不確定的感情，妳一向閃躲或者冷眼觀看，對於母親，妳站在回憶的背後，彷彿旁觀者。因為，妳不確定母親是否也曾尋過妳。

「跟妳媽媽聯絡了嗎？」讓妳和母親見面或者團圓，大概是B現今最迫切的願望，跟他見過面的兩週後他打電話來詢問。

「沒有……」忙、找不到人？都不是！妳不想找藉口。其實在妳腦海裡，妳撥了無數次的電話，母親那頭的各種回應和情緒，妳都想像過。

「要不要我幫忙？」

「不用，不用！我會聯絡的。」

「如果有什麼問題，再問我……」

「好，謝謝！」

此刻，B像父親般殷殷切切，妳卻像叛逆的小孩想逃離壓力；壓力如弓箭，妳拉緊了弦，總有一天妳會彈射出去。

望著鏡子，一向自以為富足的妳，突然覺得虛空，整個人像透明般，風和光線完全穿透似；原來，妳一無所有，沒有愛情，沒有家庭，沒有親人，只有一份顫顫巍巍的工作。一株隨波的水草，四十歲才要落地生根。

傍晚，會議室的電視聲音突然變得大聲。

「受梅姬颱風外圍環流帶來大豪雨影響，蘇花公路從蘇澳至南澳四公里路段柔腸寸斷，據傳造成十多個陸客旅遊團，三、四十車，數百人受困，部分旅遊團完全失聯……」雜誌才剛出刊，辦公室裡不到三個人。阿靖大聲地嚷著。

「大新聞、大新聞，蘇花公路崩山，可能有車被埋，死傷很慘重……」

電視新聞的跑馬燈，不斷地跑出有關蘇花公路崩塌字幕，螢幕上還沒有畫面，以乾稿播出。妳連跳了幾個新聞台都一樣，心裡有一股無法言明的情愫，一絲看不見的情感牽繫著。

「阿靖，聯絡採訪組，看誰到蘇澳去，還有蘇澳、花蓮的特約記者，請他們供稿。明天準備有關蘇花公路的相關資料、歷史、地理環境等等，以前做過有關蘇花公路的環評也都找出來，我們做特輯。」離下期出刊時間上算很充裕，可以很周詳地做特輯。

忙亂了兩三天，所有有關蘇花公路的歷史脈絡、地理環境、未來的可能狀況全都放入特輯報導。妳驚心地看著一張張路基頹壞、土石崩落到山崖底下、大石小石和沙土四處飛散的照片，腦子裡竟然浮現「家園殘破」這四個字。初始，妳像家屬般關心著事故者的名單，確認沒有母親的名字，一顆懸吊的心終於放下來。

夜裡即時新聞聲嚷嚷著，已過下班時間，原本打算離開的人，全又聚在電視機前。

「蘇花公路坍方意外事件，讓許多花蓮人跳出來，要求建蘇花高，給他們一條平安回家的路！現在有五千多位花蓮鄉親集結在花蓮火車站，要北上來抗議，甚至還有爸媽幫小孩請假，就是希望多一個人多一份力，而台鐵也加開四班夜車，送他們到羅東，再由遊覽車把人送到自由廣場。」

另一台新聞也類似是同樣的畫面。

妳看著畫面上，花蓮火車站裡群聚著人，話語聲音沸騰，妳的眼睛像游標，上下、左右，搜尋著中老年婦人。母親，妳會在那裡嗎？撞進這個奇異的念頭像閃電般，讓妳從恍惚中醒過來。

「花蓮人要來台北抗議了，阿盈妳看看是阿靖或承惠去採訪……」老總看著即將送印刷廠的大樣，抬起頭對著妳說。

「我也去，或許可以寫一篇特稿或短評。」

「妳有興趣？好，妳一向反對蘇花高，花蓮人多半是贊成的，別激怒他們，先聽他們怎麼說。要天宇照片拍得有爆發力一點，像早期的街頭運動，不然沒看頭。」

自由廣場上席坐著上千的花蓮人，以壯、老年人居多，有人也許趕夜車沒睡好，坐著打起盹了，幾個小孩像是來旅遊般快樂地嬉戲，說是抗議，並不見激烈的情緒。

妳的目光尋向五、六十歲的女人。宛如尋親般，妳的眼光如觸鬚四處探測，心裡彷彿花樹的枝椏生長，不斷地延伸攀高，如此莫名的心情，讓妳覺得荒唐，妳是來採訪，不是來認親。

「妳是林春淑嗎？」

「妳是林春淑嗎？」

「妳是林春淑嗎？」

每看到一個和母親年紀相仿的女人，妳總有一股衝動想問她「妳是林春淑嗎？」

「我們不想再當次等公民！給我們一條安全回家的路！」電子媒體的記者跳下ＳＮＧ車進入廣場，廣場的人從打盹中醒了過來，在縣長的帶領下喊著，愈喊愈生氣，音量不斷地提高。

「不讓我們建蘇花高，就像你們北部西部人吃膩了大魚大肉，卻要來阻止我們從沒有嚐過魚肉滋味的花蓮人，說是會得膽固醇。你們北部、西部直的橫的十多條高速公路，我們一條也沒有！」妳擠到阿靖身邊，他正訪問一個中年男人。

「花蓮不是北部人的後花園，最注重生態環保的這些名人坐著飛機來花蓮，卻要我們排隊買很難買到的火車票，出門和回家買票像乞丐……」

「恁西部高速公路滿滿是，阮一條就嘸，幹，花蓮人都較衰小……」

「我們要生存、要就業，所以支持蘇花高！贊成東發條例！」媒體記愈來愈多，帶頭的縣長愈是情緒激動，群眾鼓譟著。

林春淑，妳沒有話說嗎？

「是欲死外濟人，才會當予阮一條方便佮安全的路？」一個婦人扯著喉嚨。

妳仔細地看著這個五、六十歲的婦人，紅色鑲著晶亮的金蔥長袖上衣，黑色長褲，波浪型的中長頭髮用暗紅色的沙魚夾挽在後腦杓，面容矍鑠，隨著高昂的說話聲，臉上豐腴的肉顫動著。

妳異想天開地期望著那個男記者問她貴姓，妳想知道她是不是林春淑。

這些花蓮人的聲音早在幾年前妳都聽過了。那時，興建蘇花高的聲浪愈來愈響，然而，極力保護生態環境和環評委員的聲音顯然更高亢，被媒體日夜傳誦。妳也深信反對蘇花高是花蓮人之福，甚至為此妳還寫了〈慢活、生態與花蓮〉極力讚揚永續保護花蓮、台東成為台灣的桃花源，不被污染的最後聖地。妳的確羨慕花蓮慢和緩的氛圍，峻秀的峽谷，遼闊的海洋。妳實在無法理解花蓮人為何要一條巨蟒當作交通要道。妳也引用諸多國內外的理論，更是附議「發展不等於開發」、「合作性經濟模式」解決部分花蓮的開發問題。

然而，林春淑妳要一條蘇花高嗎？

近中午從自由廣場回到辦公室，妳的心裡一直騷動著。坐在電腦前，妳一個字也寫不下去，無意識地用指甲剔著另一隻指甲縫，窗戶外，城市在航行著，隆隆作響，對街屋頂上盤結的九重葛開著燦亮的桃紅花朵。妳覺得自己像一隻迷了路的貓，伸了無數次的懶腰，終於放棄，關了電腦。

對於林春淑，妳完全沒轍，猶似頭上縛著緊箍動彈不得，沒有家的潑猴，母親竟是妳的罩門。記憶穿過幾道牆，發出跌跌撞撞的聲響，妳瞥見從母親離開那天，妳就戴著這一匝的緊箍。

新聞事件隆隆重重、熱熱鬧鬧地炒了好些天，就像張愛玲說報紙是「助威的鑼鼓」，戲曲裡鑼鼓向來打得太響，往往淹沒了主角的大段唱詞。建不建蘇花高、蘇花改、蘇花替成了檯面下政治人物的協商、角力，花蓮人和環評者又回到無奈、無能的狀況。現在這兩者的對峙，就像妳的左手和右手的猜拳。

「妳要去花蓮跟妳媽媽見面嗎？」忙碌了好多天，他忍不住跑來纏妳。

「嗯，下個月吧，我想休年假，去花蓮看看。」從他身上滑下來，妳披上浴袍靠著床頭。自從知道父親和母親的事情之後，所有的事情都讓妳顯得沒勁，一點也不暢快。

「妳的人生像戲劇，一個又一個的故事，我的人生只有和妳在一起才有高潮。」他似乎察覺到妳的低頹。

「哇哩咧，從哪個電視劇還是電影的對白中抄來的，少噁了。」

「在一起四年了，多少也學會一點文藝氣息吧。不過說真的，妳找到妳媽我比較放心。」

「放心什麼？我又不是七歲走失的小孩。」

「覺得這個世上妳不再是孤伶伶一個人。妳有了家，有了弟妹。」

妳當然清楚他的說法；血脈是如何也斷不了的，何況妳知悉母親離去的原因。阿公對妳再好，總是殘缺的家，和阿公相依的日子像是築在水上的家屋，航行不到大海也上不了岸。

「對婚姻家庭我必須負責，對妳我很難給妳一個名分。」

「老套的對白。我若要名分早就結婚了。像我爸我媽那樣的名分又怎樣？如果不是我發現我爸是gay，怎麼等待都沒用，她們那輩的女人會一直守下去，直到丈夫倦鳥歸巢。」

「或許她們認為那樣最有安全感。」

妳無法揣想母親離去的決心。對於丈夫外遇，母親那輩的女人用無限期的等待，等待丈夫病老殘疾回到身邊，即使死亡了，名分上仍是未亡人，守住神主牌就是守住婚姻和家庭。

母親大概清楚，她可能戰勝另一個女人，但她絕對無法贏得另一個男人，那是一場連戰場都沒有就註定失敗的戰爭。態勢如此明朗，掙扎無益，只有離開才能開創另一個人生。

自從知道母親離去的真正原因，妳開始詳視對待感情的態度；妳意識到自己以入侵者的姿態站在戰爭的場域，而四年來妳毫無感覺（對方也沒感覺嗎？），妳不認為自己介入別人的婚姻家庭，妳只是在談一場戀愛！現在妳知道了，對方也在戰場上，但是始終沒有出手，她在等待什麼？

「你老婆也許知道我們在一起了？」

「怎麼會？她沒有懷疑我，也都沒說什麼啊。怎麼啦，她有打電話給妳嗎？還是妳有接到什麼怪電話？」

「沒有，感覺啦。」

「ㄘㄟˋ，想太多了。」

她在等待什麼？難道她也是母親那輩的女人？對她從不好奇的妳突然很想知道她是怎樣的女人。

因為母親，妳心裡竟然有微微的不安夾雜著愧疚。

「如果你老婆發現我們的關係，會怎樣？」四年來妳從不擔心這個問題，妳的想法和做法都傾向「就分手」，像是離職或跟某個朋友不往來，今天和明天就可以切割得清楚。四年是妳談的最長的戀愛，有依賴也夠深刻，能說分就分嗎？

「不知道，說真的不知道怎麼辦，怎麼突然會問這些問題？」他嚴肅地看著妳。

「去吃晚飯啦，肚子餓死了。」妳很難去說清楚這些時日心情的變化，頓時妳也明白，他的任何答案都不適當，妳懊惱怎麼會提出這個蠢問題。

妳有了母親，猶如解開身世之謎般，妳可以擁有家庭，可以有年夜飯，以後妳還可以有娘家可回。

父親過世那年的除夕晚膳，阿嬤依舊擺了一雙碗筷在餐桌上，也因為擺了那雙碗筷，餐桌上的氣氛更加凝結，像厚厚一層冰霜，阿嬤眼淚不斷地從冰層流下，然後結成更厚的冰炭，阿公食不知味，妳扒著飯一粒一粒地送入嘴裡。爾後每個除夕晚都會擺上一雙碗筷，揚起被壓抑一年的傷痛，然後是兩雙碗筷，年夜飯妳和阿公靜默地吃著，桌上空著位子的兩雙碗筷，好像等待隨時晚歸的主人，一直到妳讀大學，阿公說不必再擺了。

「阿盈，明仔載妳叔伯阿伯會來請公媽。」清明節才剛過，阿公過世前請堂宗親的侄兒來把祖先牌位請回宗祠。

「是按怎欲請公媽？」

「妳帶著公媽是欲按怎嫁人？」

「我毋嫁啊！」

「憨孫，講笑虧，查某囝仔哪通毋嫁，都毋是欲留起來做姑婆。」

雖然妳不能認同單身女子就不能獨自祭拜祖先，但終究太年輕，妳沒有堅持，家裡的公媽就被請回宗祖的祠堂。

那年，除夕早上妳到山上的靈骨塔祭拜阿公阿嬤還有父親，山上冷冽的風如錐刺鑽入妳的皮膚、妳的骨頭，妳著實羨慕阿公跟阿嬤和父親團圓了。年夜飯，沒有公媽可以拜，妳擺上三雙碗筷，妳想天上或者靈骨塔裡的阿公阿嬤和父親是不是圍桌吃著團圓飯？一口飯也沒吃，妳走出家門，巷弄裡十分寧靜，多半的住家燈都是暗的，沒有車輛和機車往來，猶如空巷，大馬路車輛也異常地少，店面幾乎都關門歇業，妳彷彿站在一座空城。

妳在東區忠孝東路走了一個晚上，這裡人潮洶湧，好像整座城不想吃年夜飯，不能吃年夜飯的人都來到這裡。妳胡亂地逛著，從地攤到商店，還看了一場電影，到了凌晨兩三點人潮才散去。

後來，每到過年妳都到國外，選擇一個城市，在東京、布拉格、維也納、巴黎、倫敦……躲過年。有一年，妳在日本富士山下湖邊的小旅館住下來，旅館的旁邊是湖，除了湖中央，四周全積了好幾公分的雪，整個小鎮靄靄一片。

中年淨白清麗的老闆娘說這樣寒冬的天氣很少客人會來的。老闆娘年輕時是台灣的留學生，結婚後跟著日本丈夫回家鄉接手家裡的民宿。她問妳為什麼一個人來這裡？妳說沒有家人，來這裡躲過年。那個晚上妳和她的家人一起吃晚飯，妳赫然看到餐桌上擺著一盤白斬雞、一大尾乾煎魚、一小鍋的紅燒肉和一碟煎得焦香的菜頭粿。

「來這裡二十多年，我堅持一定要過台灣的農曆年，盡可能準備幾道台灣過年的菜。」老闆娘說日本人過國曆一月一日的新年，她則會再過一次農曆年，這裡的食材和台灣不太一樣，但每次都會想盡辦法保有這幾道菜。

「我阿公的年菜也一定有這幾道菜，還得有煎菜頭粿。」淚水在妳的眼眶打轉。

那晚妳堅持買了幾瓶清酒，溫熱清甜的酒讓妳一杯接著一杯，帶著濃濃的醉意和溫暖入睡。兩天妳都待在旅館，在迴廊上擺著一小盆炭火，妳望著被雪覆蓋的小鎮，湖邊的雪地列著一長排鳥類走過的足跡，從湖邊走入森林。

爾後，妳再也沒如老闆娘的期望回去，只在過年旅途上寄張明信片給她。妳害怕溫暖的家，妳不想面對母親。

現在，妳要去花蓮，去見母親，忐忑的心一日濃似一日。妳試著回想母親的臉，二十六、七歲的臉比妳現在還年輕，母親想妳的臉也是五歲或者八歲她到學校偷看到的妳。

妳不想搭飛機，妳開車的技術不夠好，沒有把握走蘇花公路，搭火車也許最符合花蓮人的心情。然而妳沒想到火車票竟是如此難訂，假日的車票上網路訂票是秒殺，為此妳更改兩次請假時間，最後妳選擇一個沒有假日的時段，妳也決定坐莒光號，旅途時間的拉長，妳想延緩也是一種美吧，當然，妳想多一點體會當年沒有北迴鐵路時母親迢迢逃離的心情。

車票和飯店都訂妥，妳仍沒有打電話給母親，見不見得到母親，妳交給上天決定！

呷米水認契父

嬰仔嬰嬰睏，一暝大一寸；嬰仔嬰嬰惜，一暝大一尺，搖子日落山，抱子金金看，你是我心肝，驚你受風寒。

——〈搖囝歌〉

冬天日頭下山得早，下工回家的路上天色已灰黑，東北季風如冰刀，冷冽地刮刺著薄薄的夾衣。阿火和阿南弓縮著身子，鄰近的住家已點起油燈，昏黃的燈光透著些許溫暖。然而，阿南冰刀削過似的眉目，罩著陰日的雲層，暮色中如一尊石塑。阿火不時盯著阿南，想探知他有何煩惱。

「汝是不是有代誌要講？有什麼代誌要我替汝解決？」幾日下來，阿火已按捺不住，終於開口問阿南。

「阿兄，有一件代誌想要佮汝參商，是因為騰雲算命講伊要過乎別人，那無歹飼。我想汝亦無後生，那無過予汝，汝想什款？」阿南想先向阿兄說，只要阿兄答應，阿嫂那兒就容易多了。

「汝是聽誰講，咁有準？這兩日汝就是為這在煩惱？那真是按呢，我是無問題啦，嘸擱嘛要問阿卻，伊那肯就無問題。」阿火有些欣喜，一直苦無後嗣，騰雲是自己的侄子，也都是親血脈，和阿卻老了有人奉養，死了也有子嗣捧斗。可是阿卻好像不怎麼喜歡那個侄子，總得跟她商量再決定。

阿火的一番話讓阿南心情整個輕鬆起來，似乎煩惱都沒了，展開緊縮的雙眉。

晚膳時，阿火向阿卻提起阿南的建議，原本想阿卻大概會同意。沒想到阿卻冷冷地說：「我嘸同意啦，要囝仔我不曉家己生，過一個會剋父剋母的囝仔來，生雞蛋無放雞屎有，甭什麼歹事都要塞位這來。」阿卻一臉寒霜，完全出乎阿火和阿南夫妻的意料，阿卻如此惡言惡語透露此事的絕對不可行。阿南和阿音噤口不再說話，阿火一臉尷尬，但素知阿卻一向做事謹慎，如此激烈反對必有因由。

「幹恁娘，當時輪到汝這個查某人做主，問汝是講予汝知，汝以為是予汝做決定？」阿火一時面子掛不住，破口大罵來挽回尊嚴。

阿卻一言不語，重重地放下碗筷走回房間。阿火仍繼續咆哮著，不過聲音隨著阿卻進房愈來愈小，好像是罵給自己聽。

兩個小孩完全不知大人發生什麼事，吃完飯兩人用筷子當刀劍打來玩去。

「死囝仔咧，不知死活擱在這玩，還不緊去洗腳手面去睏。」阿南見狀斥喝兩個小孩。阿音把碗筷收好，舀了水在木盆裡，要兩個小孩洗手腳然後進去房間。快速收拾著廚房、洗碗筷。

阿南和阿音陸續入房裡，留下阿火一個人孤坐在椅子上。

阿卻回到房裡愈想愈生氣。昨日就覺得不對勁，今早在溪邊洗衣，村尾阿滿跑來跟她說田寮那邊有關騰雲的傳言，虛心假意地安慰她。阿卻心裡十分不爽阿南夫妻這麼大的一件事也不事先知會她，害得讓外人來告知她。整日阿音也不說，也無徵求她的意見，似乎三個人商量好的，只是通知她而已。對於自己一直沒有生育已十分在意，而且一向看不慣阿音寵膩小孩，騰達雖然她不疼愛，至少也乖乖鎮日笑嘻嘻的，至於騰雲那個孩子，和自己就是不對盤。阿卻老覺得騰雲常冷冷地看著她，那種冷眼瞧視讓她不舒服，彷彿她是壞人、心腸狠毒的女人。有時還真想狠狠地摑他一個巴掌，或是掐他一把，若不是阿音在，或許她真的會做。

想得美，想用小孩來奪財產，到頭來想讓她和阿火一無所有，會生又如何？阿卻愈想愈不甘心。這時阿火進來房裡，阿卻嚶嚶哭泣著。原想再發個脾氣做做姿態的阿火，一時被妻子哭得有些心軟。

「汝是按怎啦，過一個囝仔，擱是家己的小弟那有要緊，有啥好生氣，咁有這委屈？」阿火嘆口氣，聲調柔和無奈。

「咁無委屈？恁咁有佮我參商？汝以為過囝予咱是好代誌是否？汝的頭殼歹去啦，想乎清楚，騰雲是會剋父剋母呢，伊過予咱咁未去予伊剋著？擱再講囝仔按那講亦是伊生伊飼的，大漢咁會有孝咱，最後咱的財產都要予伊呢？」阿卻一口氣把心裡的想法全說出來。

「但是咱無囝仔，最後的財產亦嘸是攏予阿南？無定咱飼騰雲大漢伊要有孝，老啊以後才有靠啊。」阿卻這番話倒提醒阿火，不過轉念又想自己膝下無子，過繼騰雲並不完全是壞的打算。

「咱可以去抱一個來飼，找一個不會剋父剋母、好命的囝不是真好，上個月阿銀講璞石閣有囝仔要分人，阿銀問我要去看否？三歲外佮達仔同年，免掠屎掠尿，嘛未尚大漢疼未入心，汝想按怎？」阿卻本來對抱別人的孩子來養並不熱心，不知是否妒嫉阿音會生，對小孩有一股反感。現在若不去抱個來養，說不定就得養阿音的小孩，且又是個會剋父剋母的，怎麼算都不合，於是靈機一動說服阿火去抱一個來養。

一想到剋父剋母，阿火確實有些不舒服起來，阿伯論起來如同父親，或多或少也會剋到，但是如何對阿南說呢。他為難地對阿卻說該如何對阿南夫妻交代。

「這我來講汝免出面，亦擱有兩家順續分分的，阿音一兩年生一個，賺較濟嘛無夠恁彼濟頭嘴哺，早晚會吃到空空。」阿卻見丈夫被自己說動了，一不做二不休地提出分家，免得被阿音他們吃光。

「汝這個查某人嘛是在番，今嘛是在講分囝，汝續來講要分家伙。」

「我講汝心腸軟，會曉算不曉除，汝想看覓咱兩個人做得要死，恁四個嘴在吃，阿音擱有身，騰雲一工到晚破病，吃藥草中藥嘛是愛錢，仙賺嘛不會好額，不如兄弟分分較頭路直。伊今嘛想要將囝過予咱，咁講單純只是為著騰雲設想，嘸定是為了財產。」

「咱今嘛哪有什麼財產好分？」

「哪嘸？五分地佮這間厝，亦有汝手頭的現金。」

「五分地是政府的地，這間厝是租的，現金有是有，但是是要買厝的。」

「汝是憨到不會扒癢喲，五分地雖然是政府的，但是是荒地免租年期地，做久就會放領，租時是用汝的名去租當然嘛是咱的。這間厝就予阿南，咱用汝手頭的現金去買一間厝。」

「現金嘛有阿南賺的，伊交予我掌手頭，總袂當一仙五零嘛無予伊。」阿火究竟還會念到親兄弟，有些不忍妻子如此做絕。

「咱替恁飼兩個囝咁無開錢？這間厝留乎恁已經真好，汝料準恁咁嘸積私家？阿音賣菜的錢咁有攏拿出來？平時汝嘛是有拿錢乎阿南做所費，按呢咁嘸夠？」

「人不好做上絕，按怎講阿南嘛是我的親小弟，我想佮伊參商，厝留予伊，咱去買亦是租攏好，但是現金要留一寡乎伊，清理圳川的工已經要完工，以後無一定有這種工好做，所以留一條路予伊退。」阿火知道要阻止阿卻難，就看怎麼做不傷到兄弟感情。

本來只是為了過繼小孩的問題，卻演變成兄弟要分家，這讓阿南夫妻怎麼也沒想到有這麼大的變化。

抱養孩子，阿卻是偷偷進行，阿卻坐了兩個小時的火車到璞石閣找到那個等待被抱養的小孩，算命的說「一世人好命，免做就有好呷。」阿卻想到不用做就有飯吃，這個小孩以後不是做官就是大生意人，想必是福氣來了，才有今天這樣的安排。

阿火則利用空閒四處看房子，直到一切妥當才告訴阿南。阿南初始非常生氣，但一想到兄長夾在他和大嫂間也很為難，點頭答應阿火的安排。阿南分到這四年來還掉債務後存的四百多圓中的一百圓，五分地中的一分地。擇好日期，阿火請了公媽搬離曠野到田寮村裡的一棟木房子，也是租的。

阿音知道一分地即使全部種稻子，繳了穀租，所剩不到一麻袋的稻穀，現在她又有身孕了，一家四、五口不到十天就吃光了。再則實在不想再見到阿卻，所以連那一分地都回掉了。她要阿南再去找找看有沒有荒地免租年期地，阿南說附近這樣的地大都被租光了，得到下港才有，但阿南的工作在這裡，搬家似乎不划算。也許可以跟地主租田來做，不過稻租較多，如遇欠收大概連吃飯都不夠。阿音想有田總比沒有的好，若遇豐收還可積存些米糧或錢財。她要阿南盡快去問看看。

終於租到鄰近田主的五分地，一切重頭開始。阿音一個人做五分地確實辛苦，想到又多一張嘴要吃飯，阿音的心緊了起來。一個人忙裡忙外，無日無夜地做，不知是不是時運不濟，自分家後，一下小孩生病，一下阿南受傷在家休養數日，少了好幾天的工資，又得繳房租、吃穿，沒有得雞瘟的雞鴨拿去賣錢，年節過得十分寒傖，一隻雞一小塊豬肉過一個年，小孩吃不飽，祖先公媽也挨餓。

當初分得的一百圓一年多就全花光了。衣服縫了縫、補了補和乞丐沒兩樣。阿南白日做工，回來吃過晚飯，便到田裡工作兩個多小時才回家。這三年來颱風來得頻繁，蟲害嚴重，所有的收成幾乎減半，付了穀租常常只剩幾包稻穀，於是阿音開始在米飯中加上大量的番薯簽，愈接近收成前番薯加得愈多，原吃慣白米飯的騰達、騰雲哇哇叫，老三有田沒享受這樣的時光倒還好，阿音吃得不好，常常沒有奶水餵老四有森，只好磨米麩調水煮熟餵食，有森長得皮包骨，看得阿音心疼，卻也束手無策。終於在一次受寒中，四個月大的有森夭折。阿音疲憊得竟然哭不出來，兩眼直直地望著有森乾癟、只有皮沒有肉的臉，嘆口氣要有森去投胎有錢人家。

一日阿南回來告訴阿音沒工可以做了，他得全心在田裡工作，這樣阿音也才有時間兼顧家裡，又挺著大肚的阿音雖然心疼少了一份固定的收入，但阿南全心耕作，或者可以有更好的收成，多種些菜也可以賣些錢，她可以有時間養多些豬和雞鴨，也有較多的時間料理家務和照顧孩子。

人算不如天算。一切稍穩定下來後，騰雲開始經常發燒生病，什麼青草藥都沒有起色，病懨懨只剩一口氣，阿音猜想他有一天像有森般走了。唯有到街上的西醫看診才能治好。幾趟下來又負債欠錢。田裡的種作又不像阿南做工可以預期領到工資。阿音不得已拿出首飾一點一點地變賣換錢度日。

一日午後，騰雲大病初癒，坐在屋簷下看著哥哥和弟弟們玩泥巴，五歲的他瘦弱矮小還不如三歲的有田。這時從小徑的那頭走來一個陌生男人。四個小孩停下嬉玩，好奇又害怕地看著這個陌生男子朝家裡走過來。男子走進時，小孩全嚇得往後退開；男子個子矮小，一雙大如牛眼的眼睛微露凶氣，暴突的嘴似猴樣，手上拿著一個包袱，看起來竟覺得滑稽。他問著最大的騰達：「這是不是阿南的厝？」

騰達嚇得只敢點頭，一句話也說不出來。

騰雲機警地喊著在灶間煮豬菜的母親：「卡將，有人來找多桑！」

阿音放下正在攪拌的鍋鏟從灶間走出來。

「阿嫂是否？我是朝貴啦，阿南的小弟朝貴。」男子有些靦腆，搓著包袱不安地說著。

「喔，是阿叔仔，當時來花蓮港？這難得入來坐啦，阿南在田裡。達仔緊走去田裡叫多桑轉來，講是中庄个的阿叔。緊，緊去。」其實對阿南的親戚阿音並不太熟悉，但都聽說過，所以知道朝貴是阿南三叔的獨子，阿南的三叔也早早過世，三嬸接著跟人跑了，留下獨子給大伯養育。聽阿南說從小他和朝貴比起其他堂兄弟要來得親。朝貴自小無父無母，長得醜陋，阿嬤又不疼，多虧阿南的阿姆照顧，或許也是這樣和阿南較親。

「阿嫂，歹勢佮恁攪擾，汝無閒做汝去，我坐這等阿南都好。」

「歹勢，灶腳當在滾豬菜，汝等下留在這吃飯，歹勢我去看火一下，阿南稍等就轉來，飲滾水啦，無茶好請汝，歹勢喔。」阿音端了一杯開水給阿南，灶間正忙著，只好轉到後院在雞舍摸出三顆雞蛋。

朝貴環視著廳堂，除了神桌外，都顯得髒亂，他坐的這張竹椅把手有些油膩，給灰塵遮蓋不知多久，黑濛濛的，看不出竹子的顏色。牆壁也都燻成棕黑色，從門口投射進來的光束打在廳堂的正方，左方更顯烏暗，朝貴動了一下身子，竹椅吱嘎吱嘎地響個不停，騰雲從屋簷下往裡望，身影拉得細細長長，頭影的部分正好罩在朝貴的臉上。

「汝叫啥名？幾歲？」朝貴移動頭部閃開騰雲的影子。

「騰雲，五歲。」騰雲背光的身軀，像個幽靈似的對著朝貴回答。

「外口是汝的哥哥？」

「達仔是阮阿兄，有田佮有財是阮小弟啦！」

「汝那無去佮恁玩？」

「我破病人無爽快，卡將講要坐著休睏。」

朝貴發現這個小孩很篤定，只不過五歲的小孩看起來顯得瘦小像是三、四歲，五官倒是和阿南小時候幾乎一模一樣。

屋裡愈來愈暗，灶間傳來炒菜聲和爆蒜頭的香味。朝貴坐了半天的車，中午省錢不敢多吃，現在真是覺得餓了，不自覺吞了口水，喝光杯裡的開水，站起身走到屋外看著小孩嬉戲。

阿南從遠處荷著鋤頭跑著回來，後頭跟著騰達。

「阿貴，是汝喔，汝當時到，亦無先通知我嘛可以去接汝。」阿南跑得氣喘吁吁地嚷著。

「二兄，篤啊到啦，免麻煩，問一下嘛知影汝住在叨位，有先去田寮彼，阿嬸報路真好找。」

「歹所在，先入內坐一下，等一下好吃飯，阿音仔，煮佮好吃請阿貴。」阿南朝灶間喊了一下。

「二兄不要客氣，家己人請裁都好。汝好命這濟後生。」

「啥好命，濟囝餓死爸。拖命在做，頭嘴這濟咁擔吃飯就驚死人喔。」阿南點亮油燈，喊兒子進來。油燈有些晃動，幾個小孩進來，搖動的影子如皮影戲般。

「攏過來，叫阿叔。這個是大後生騰達六歲、這個是第二騰雲五歲、這個是第三有田四歲、第五有財二歲，第四無去啊。阿音腹肚內擱一個。」阿南把四個兒排成一排站在朝貴的前面介紹。四個小孩害羞地摀著嘴，偷偷地笑著，不自在、小聲地喊著：「阿叔。」

「歹勢，亦無帶啥物件，這有一包柑仔糖，予恁去分來吃。」朝貴從包袱裡掏出一小包的糖果交給阿南。阿南半推後分給四個小孩一人一顆，剩下的要騰達拿去灶間給阿音收起來下次再吃。四個小孩如獲至寶小心翼翼地撕開黏住糖果的薄紙塞進嘴裡，有滋有味地含起來，四個人擠成一團吃吃地笑。

「今嘛山前亦是歹過是否？」阿南關心地問著阿貴。

「是啊，咱亦嘸田好做，要引工來做嘛真困難，聽講恁置這還算未歹，所以想講過來看看，那可以就留落來，阿兄汝想啥款。」朝貴有些為難自己沒有事先知會，看到阿南現在的情形，似乎和自己的想像不太相同。

「餓未死、吃未飽，度日子，如果汝那要留落來嘛可以，我有租五分地的田，一個是做不來，亦無佮我同齊做好否？吃住是無問題，看汝的方便啦。」阿南想若朝貴願意留下來，多一個人種作也許會好些。

「好啊，有田好做上好，咁真正會當留落來？」朝貴很興奮，雖然是租的田，總比替人做還好，又有地方可落腳，再好也不過。

「汝咁有去阮大兄彼？」

「有啊，大兄無在，大嫂冷冷啊，我想不要叨擾，所以才來汝這。」

阿南大概也猜得到大嫂是不會留朝貫的。

「是啊，恁過了較快活，頭嘴少。」阿南不想多說，朝貴大概也明白一些，便不再細問。

「阿叔仔、阿南好吃飯啊。」阿音從灶間探頭喊了吃飯。

桌上果然很澎湃，都是平日見不到的。一盤韭菜炒蛋、一尾小鹹魚、冬瓜湯和三碟青菜。阿南領朝貴上桌，四個小孩擠在灶間門口眼睛發亮地看著難得一見的炒蛋和鹹魚。

「二嫂同齊來，囝仔嘛做陣吃較鬧熱。」朝貴看著桌上豐富的菜色十分感動，對自己這樣的羅漢腳有人熱情招待和看重，心裡暖烘烘的。

「阿音啊，叫囝仔同齊吃啦，家己的人，亦不是外人。達仔叫小弟坐乎好同齊吃飯，阿音汝好未？嘛同齊來。」阿南看著桌上的菜色，心裡高興阿音懂事又有肚量，愉快地如富翁般指揮著大家吃飯。

「阿叔仔歹勢啦，臨時嘸啥好物件通請汝，免客氣盡量用。」阿音一面坐下，一面客氣地寒暄著，順手挾了一箸鹹魚肉往朝貴的碗裡放。再挾些分給四個小孩。

席間阿南提出讓朝貴留下來幫忙的事，阿音也覺得很適當，這樣多一個人做事，田裡也許就可以忙得過來。

這時騰雲又一臉潮紅，還咳了起來。

「騰雲是身體無爽快是否？」朝貴關心地問了起來。

「這個囝出世到今嘛攏是按呢？常常破病，算命講的無定有準。」阿音若有所感地說出。

「算命講啥？」朝貴好奇地問。

「算命講要過予人做囝，阮不甘過予別人，阿兄甘願去抱別人的囝嘛嘸愛咱騰雲。」阿音發牢騷似的也不忌諱朝貴剛來，脫口說了出來。

「過去都過去了啊，講這要創啥？騰雲只是常破病，亦嘸是活佮好好。」阿南制止阿音再說下去。

朝貴小聲地再問阿南來龍去脈，終於知道騰雲為什麼顯得這麼瘦弱。

「二兄二嫂，恁那嘸棄嫌，嘸就將騰雲過乎我，吃一下米水，騰雲亦是恁的，無定按呢騰雲就會過運，恁想什款？」

朝貴的出現彷彿是阿南夫妻的救命恩人般，二人高興地直點頭。說好了擇個好日子吃過米水、叩頭，算是給朝貴當兒子。

朝貴在山前曾娶過妻子，也不知怎的沒多久妻子跑了，村人一直傳說朝貴不能人道，朝貴從未辯解，似乎也從此不再近女色。朝貴想自己若終身未娶，大概就是跟定了阿南一家，現在有了這層關係，似乎就更親如一家人了。

阿南夫妻總算放下心中一塊大石頭，騰雲雖說是過繼給朝貴，只是形式上，算命的說連戶口都可以不必遷移，騰雲還是可以留在身邊。朝貴也無妻子，看來也不會再娶，不必擔心以後有個後母苦毒，如果騰雲因此過運，她等於撿回一個兒子，況且自己這麼多兒子，有一個往後去養朝貴亦無妨。這個算盤怎麼打都合算，還有什麼比這更好、更圓滿的結果。

阿音想，或許他們就要出運了，就在他們一籌莫展時來了這麼一個貴人，雖然朝貴一無所有，只要兩個兄弟同心協力，日子總會好過的。

決定一起生活

湧出歡樂的那口井，通常也裝滿了你的淚水。

——紀伯倫（Kahlil Gibran）

年關到了，松濤要初妹到他那兒過除夕，這樣也比較熱鬧。受了三妹的影響，初妹養成十分愛乾淨的習慣。三妹在日本家庭幫傭過，常聽日本人嫌台灣人髒亂，不愛洗澡。三妹覺得難過，回家後堅持要全家人天天洗澡或擦澡，家裡的髒亂也從此不見。

這幾日初妹裡裡外外大清除，把屋牆刷得白蒼蒼，灶腳的油膩也都清洗得一塵不染。貴妹特別交代她不用做年糕，但是發糕初妹還是堅持自己做，一來方便，再來可以測試一下來年是否過得好。

除夕前一天一早，初妹在大哥家用石磨磨了在來米粉漿，加了糖和發粉，一碗一碗地放入蒸鍋，灶裡柴枝燃得火旺，大鍋裡冒著水氣和煙霧，米粉融合著糖的香氣從蒸籠冒出，瀰漫著年節的味道。發糕發得十分漂亮，兩條交叉線裂開如一朵綻放的花朵，初妹看了十分心喜，心想明年日子大概會好過些。雖然是在大哥家過年，也總要準備牲禮答謝兄嫂的照顧，明日要宰殺的雞鴨都先抓進屋裡，一早起來就可以工作。日前替素敏裁做的新衣，今晚再縫邊就可以完成了。

寒風呼嘯得聲如薄刀，切過樹枝，切過樹葉，切過牆壁，切進初妹的心裡。這是她第一次隻身除了素敏外沒有親人在旁的過年。縫著線，明顯感覺手指粗糙得會刮線，初妹攤開手掌厚厚的一層繭皮，指甲縫一絲絲分叉的皮，手背上盡是殺魚的傷口，這樣的手已不適合再裁繡任何嫁衣，連裁件衣衫都嫌粗！她到灶間抹一下豬油，讓手潤些不刮線縫起來順手。

「新年囉，過新年穿新衫囉。」素敏在床邊開心地看著她的新衣，嘴裡吃著軟嫩的發糕，彷彿天下最幸福的事也莫過於此。

縫好衣服，夜很深了。初妹吹熄油燈躺下，卻聽到屋外雞鴨咯咯叫個不停，似乎有人走過。初妹心裡一驚莫非有人要偷雞？重新點燃油燈。

「麻該人？做麻該？」初妹一面喊著一面從後間拿出扁擔，又到灶間抓了菜刀走到後門口。也許聽到初妹的聲音，屋外的人停止動作，又恢復寂靜。初妹正想轉身回房裡，屋外聲響又起，初妹再大聲喊叫，那人似乎不再理會，雞鴨如受到驚嚇四處竄、拍翅的聲音。這下初妹更肯定是有人想偷雞，拿著扁擔和菜刀，她不知該不該開門看個究竟？但不開門若雞鴨被偷如何過年？

壯起膽子，初妹一面喊著：「是不是賊仔？偃要報大人。」一面悄悄開了後門，那個賊似乎不在意初妹的威脅，一心一意要偷到雞鴨。一開了門，初妹看到一個人影就在雞舍旁正在抓雞，雞隻咯咯叫得急促。初妹揮起扁擔朝著那人打了過去，胡亂地嚷著。那人用手推開劈過來的扁擔，仍彎下身抓雞，初妹再揮打過去，和那人扭打起來，頭被重擊了一下，跌坐在地上，疼痛得叫了起來。素敏被嚇醒過來，站在門口又哭又叫。

「急去喊大舅，急，急，講有賊仔！」初妹機警地要素敏跑到隔壁大哥家搬救兵，奮力地起身和賊扭打。

素敏嚇呆了，竟不怕黑衝出門口往大舅家跑去。

雞鴨現在是初妹的命，不知哪來一股蠻力，死勁地咬了那賊的手腕，那賊痛得大叫，卻仍不捨那些雞鴨，未有撤退的打算。直聽到遠處有人聲傳來才放手，揹起麻布包裡的幾隻雞往後跑。

松濤手上拿著火把趕過來扶起跌在地上的初妹，素敏見初妹臉上有血跡嚇得大哭。文忠和文生及其他幾個壯丁拿著火把追趕那賊，一路喊著：「甭跑！死賊仔脯！」

初妹到浴間洗淨臉上的血跡，梳整一頭亂髮，臉上兩道被賊抓傷，額頭也被偷雞賊揮了兩拳紅腫著，初妹手腳顫抖著，突然還魂似的大哭起來。貴妹一邊拍撫初妹的肩背，一邊摟著素敏。未幾追賊的那些人回來，拎了一個麻布袋。

「人跑了，莫抓到，幸好雞隻討回來。」文忠說那賊最後丟了雞跑進竹林裡。

嘈嘈嚷嚷的一個夜裡總算安靜下來，文良留下來陪姑姑，其餘人回去休息。初妹驚嚇得再也睡不著，坐在床上等到天亮，素敏在夢裡哭喊了幾次，總算再安穩地睡去。

翌日早晨，文良幫忙把雞鴨抓到家裡讓母親宰殺，初妹把剩下的雞鴨關進屋子的小倉庫，鎖嚴門窗才到大哥家過除夕。

一桌豐盛的客家年夜菜初妹卻一點胃口都沒，心思沉沉地呆坐著。

「初妹，偓看妳一個婦人家帶著妹仔不係辦法，萬一再有賊來樣啥法囉？今日偓有想過，再強的婦人家莫敵賴仔。按都好昨日遇到一個朋友講伊係親人想續弦，那人出身當好，讀書人在看守所做事，不知妳想法？有男人照顧偓會放心喔，好莫？」松濤這近一年來一直勸說初妹找個伴，一來不用這麼辛苦養家，再來也有個伴。說歸說卻也沒有一個適當的，好不容易日昨有這麼一個訊息，加上昨夜的事件，讓松濤更篤定，初妹需要個男人照顧，他這個做大哥的才能真正放心。

初妹不是沒有想過再嫁，但一想到自己會剋夫的命，害怕舊事重演。但歷經昨夜的事件，初妹是有些動搖，只是大哥說的這個人不知是好是壞，如何冒然答應。

「過完年，偓先去探聽，如果親好係對象，就安排雙人相看，妳看好莫？」松濤見初妹始終不語，心想就直接替她安排好了。

初妹點頭還是不說一句話。來到花蓮港半年多，遠離家鄉所有的羈絆似乎也都斷離了，在三叉從未有過再嫁的念頭，昨夜的驚嚇還有這半年多來孤單以及想到素敏的未來，初妹捐棄了所有的執念。後來的日子總是文良留在那裡過夜，陪著初妹母女倆，以免再發生意外。

松濤探聽的結果，那人叫李安平，三十七歲初等科畢業，本來是宜蘭的大戶人家，年幼時家境闊綽還有過婢女和家僕，子弟們卻不爭氣幾乎敗光家產，兄弟早逝，李安平帶著僅剩的一點家產和母親來到花蓮港買了一棟房子重新生活，和童養媳的妻子感情不篤經常吵架，生了一個女兒後，李安平便到中國北京、上海遊歷半年多，看盡了中國的山水卻無法忍受當地的生活習性，回到花蓮，這段期間妻子外出工作和料理店的廚師有了曖昧關係，安平並沒有動怒，他很清楚是自己不愛這個妻子，兩人協議離婚。前妻和廚師到台北廳工作，女兒梅淑歸他，由母親照顧。回台灣不到兩年，在看守所覓得一份差事。

松濤十分積極，親自和李安平見面聊天，他認為李安平像個仕紳，雖然不再是大戶人家，有屋有公職，家裡人口也簡單，母親和女兒，會是初妹的好歸宿。

「阿妹，李先生有屋有食頭路，人當好像書生，佢同伊見見面好麼？」松濤兩邊撮合，終於讓兩人在家裡見面。

李安平濃眉大眼，人也長得高大，和阿賢唯一相似的就是清瘦。

初妹和李安平見面後，兩人都看對方順眼，決定在一起生活。初妹寫了信給三妹告知她的決定，母親和三妹都十分贊成，也放下心來。初妹和李安平彼此都有過嫁娶，所以不再張揚，在迎過媽祖婆後，初妹一年的房租也將到期，李安平找了一輛車把初妹母女和幾件簡單的傢俱載到十六股他的住家，但到戶政所辦戶口，卻是住在一起一年後的事。

「李家祖先，弟子安平擱娶曾氏為妻，請保庇阮全家平安順利。」入李安平家第一天早上，李安平的母親阿根婆領著全家五口人拿香祭祭祖拜公媽。

「勿會曉穿衫，俗。」阿根婆打量著甫進門的初妹，灰色的上衣和暗紅色的裙子，黑色紅碎花的繡花鞋，細聲地叨唸著。這是貴妹為了初妹再婚，特別選購，以去除她一身灰黑的寡婦相。

搬來十六股一年多，阿根婆仍很難適應，十年前沒有了婢女，還有童養媳服侍，童養媳和兒子離婚後，阿根婆實在做不來家事，找了洗衣煮飯的幫傭婦，仍要吃好穿好，錢如水嘩啦嘩啦地流走，債務愈堆愈高。而在這裡全都不順心，阿根婆的脾氣愈來愈壞。

再嫁之後，初妹辭退幫傭婦人，殺魚的工作也沒做了，專心料理家務，屋旁的園子和後院都很寬大，初妹依舊在屋旁種植菜蔬，園子大，初妹還搭了竹架栽了絲瓜、苦瓜和瓠瓜，又在後院養雞養鴨。李安平的月給其實夠一家人勉強過生活，但是安平的母親寅吃卯糧，雜貨店、親友債主經常到家裡來要錢。初妹拿到安平給的月給，先還掉部分雜貨店賒欠的債務，剩下的只能買一些白米，至於親友的借債，初妹偷典當了一點從三叉帶來的首飾，還了部分。於是，初妹分分角角都計較地過日子。

素敏和安平的女兒梅淑毫無扞格，半天下來有說有笑，愉快地玩在一起。唯一讓初妹不能適應的是安平的母親阿根婆只會說河洛話，一句日語都不說，初妹這一年來雖學會些河洛話，但說得腔調重且零零落落的，深奧些的完全聽不懂。和婆婆常常雞同鴨講的初妹，無法理解婆婆的真正意思，常讓初妹忙得團團轉，幸好有梅淑翻譯，雖然梅淑能說的日語不多，加上素敏協助，略知七、八分，總算稍能應付阿根婆。

阿根婆過慣大戶人家的生活，即使債台高築仍堅持過著氣派的生活模式，這對節省慣的初妹十分不認同，加上語言不通，阿根婆鎮日嘮叨不停，沒有鄰居可以訴苦，就坐在門廊叨叨地數落。

「客婆仔支煮个飯這歹呷，硬翹翹哺未落，要餓死我是不是？」生活不如意讓阿根婆脾氣愈來愈壞，一不順心便咒罵著。

「娶這個客婆仔亦擱一個對轎後个客婆囝仔。」看到素敏阿根婆也無好臉色。「歹心性的客婆猴，講話咿咿哦哦聽攏嘸，一定是詛懺我。」對於初妹的勤儉持家一點感激也無，還怪她不能讓她隨心花費、吃好的。也從不叫初妹的名字，屢屢以「客婆仔支」叫她。有好吃的東西總是偷偷塞給梅淑，梅淑是大氣的人，趁阿嬤不注意拿出來和素敏分享。

十六股靠近阿美族人的部落，素敏和梅淑每每在屋外玩，不遠處也有一群皮膚較黑的小孩嬉戲著。梅淑告訴素敏他們是番仔囝，也叫阿眉仔，他們也說日語。這裡漢人不多，當初李安平看上這裡房價較便宜也較寬大，環境也比街上清幽。但對阿根婆而言卻是痛苦的地方，去個雜貨店得走很遠，對纏腳的她很不方便，想找個談話的人不多，她又不屑和番仔交陪，鎮日只能和梅淑對看，心想娶的媳婦可以說說話，沒想到是個客家人，河洛話說得像番話，又這麼小氣寒傖得要命，讓她徹底地失望，既然不能聊天只好整日咒罵。

安平和阿賢相像的地方是兩人都是讀書人，雖然安平曾是紈褲子弟放浪過，倒是和初妹結婚後，每日上下班外，哪兒也不去，多半在房裡看書看報，或是和初妹在菜園裡種種菜，兩人似乎有聊不完的話。這讓阿根婆十分不解，那個浪蕩子怎會變得像另外一個人。安平敬重初妹知書達禮，克勤克儉、盡心持家，能和她談的事不少；梅淑的母親不識字，新婚時對他畏畏縮縮，想談心事的情緒被掃光，不知不覺流連在酒家茶店，夜半方歸引發懷有身孕的妻子暴怒、吵架，後來彼此不說話，即使梅淑出生也無法改變這樣的情況。

阿根婆每日在安平的耳邊搬弄是非，數落初妹的不是，甚至編派初妹偷藏食物、偷藏金條，安平當然知道家裡哪有多餘的食物和金條可藏，知道母親看不慣初妹，就由她去叨唸也不搭理，日久了母親也就懶得對他說，只好不斷地對初妹母女咒唸不休。

初妹在荒廢的屋旁鋤草種菜，她發現附近的阿眉仔婆頭上頂著籐籃在荒草地採摘什麼葉子往籃子裡丟。幾乎每日的午後，總有阿眉仔婆出來採摘野菜或野草。梅淑告訴她阿眉仔吃野草，好像什麼野草都吃。初始初妹對阿眉仔也十分警戒，出草的傳聞不時浮上腦海。日子久了初妹發現他們對漢人也戒備著，所懷的驚恐並不亞於漢人。漸漸地，有時初妹用日語和她們攀談幾句，她們最初是驚慌地看著她不言不語的，慢慢熟了之後，便會回答初妹的問題，也告訴初妹什麼野草是菜，怎麼吃，還告訴她山邊那條溪河有很多魚蝦。對於野菜初妹倒沒放在心上，不過聽到溪裡有魚蝦怦然心動。初妹聽說漢人大舉來花蓮之前，阿眉仔是靠海捕魚捉蝦的，漢人和日人一路追逼，他們逐漸靠山邊居住。

一日帶著素敏和梅淑提著木桶子到溪邊捉魚蝦。溪水清澈見底，果然幾隻透明的小蝦戲游，往上游走水草叢生，隱約見到不少巴掌大小的鯽魚，也不怕人，初妹用桶子一撈便是一兩尾，樂得兩個小女孩高興得很。

「卡將，魚仔真濟尾呢。」素敏來了一個月也無意間說起河洛話，說得一點腔都沒有，初妹驚訝小孩子學語言真快。

「卡將，咱後遍擱來好否？」梅淑個性節省，又孝順，聽初妹說魚蝦對父親和阿嬤的身體有幫助，樂得希望常來。

「汝知也幾尾否？」初妹突然問了梅淑。

「毋知，有幾尾？」

「七尾。」素敏數了一下桶子裡的魚，用客語回答。

初妹習慣三妹從很小教素敏哼唱〈十字歌〉讓素敏很自然學會數東西。看來阿根婆和安平都沒教梅淑。

梅淑問素敏怎麼會算，素敏很自然地哼起〈十字歌〉：

一一一，松樹尾上一管筆，
兩兩兩，兩子親家打巴掌，
三三三，脫去棉襖換單衫，

四四四，兩子親家打鬥敘，
五五五，五月十五好嫁女，
六六六，河背村莊火燒屋，
七七七，天空落水深過膝，
八八八，窮苦人家兜粥缽，
九九九，兩子親家飲老酒，
十十十，糬粑打來軟習習。

回家的路上，梅淑學著素敏哼著〈十字歌〉，完全不會客語的梅淑，怪腔怪調逗得素敏樂不可支。

初妹記得小時候，天暗下來時，母親會教她和銀妹哼著〈燈籠光〉：「**火焰蟲，唧唧蟲，楊梅樹下吊燈籠，燈籠光，照四方，燈籠暗，跌落崁，崁下一枚針，拈起繡觀音，觀音面前一叢禾，割一擔又一籮，分得佢來𠊎又冇。**」若不是素敏，她幾乎忘了這些家歌謠。

來了幾次溪邊，魚蝦漸漸少了，初妹卻發現有些溪段泥沙較多的地方有蜆仔，她知道這對肝臟很好，安平常常覺得疲憊，過去在阿賢家也略知一些簡單的病理。

「咱都不是乞食，一工到晚去討吃。敗壞門風。」有了這條溪，家裡多了一些河鮮，阿根婆雖吃得高興卻嫌初妹如乞丐婆。

「敗啥麼門風，咱有啥麼門風好予人敗？摸蜆捉魚哪會叫做敗門風。」安平覺得母親愈來愈不可理喻，狠狠地回嘴。

「不孝囝，某奴，真忤逆。」阿根婆跑進房裡哭天搶地，告祖先公媽說兒子不孝，只聽新婦的話，完全沒有老母的存在。安平不予理會，也不讓初妹進去安撫。阿根婆哭久了漸覺無趣，這一招既無效也就不敢再用，免得自取其辱。

素敏、梅淑漸漸和阿眉仔囝玩成一片，小孩沒有語言的籓籬，日語、河洛話摻雜著，溝通順暢。

「帶一隻驪馬來，趴趴走，歸工佮番仔囝做伙，教歹阿淑，客婆仔不成客婆仔，番婆不成番婆。」兩個女孩玩黑了皮膚，有時玩野了不免招來阿根婆的咒罵。

初妹卻認為兩個小孩只要玩得高興，又沒做什麼壞事就由著她們去玩，對於婆婆的咒唸不放在心上，免得又要氣上好幾天，日久了也知道她就是張嘴壞，倒也不是什麼惡婆婆。

「番仔是會殺人剝皮，死查某鬼仔嘸緊轉來。」阿根婆鎮日沒事坐在屋廊喝茶，兩眼卻也沒閒著，一會兒盯著兩個小女孩是否和番仔囝玩得太親近，一發現這個情況，拉開嗓門呼喊著。有時眼溜溜地瞄著初妹注意她在做什麼？有沒有背著她偷吃或偷藏什麼？但是常常坐著坐著打起盹來，一睜開眼又重複盯著四周，像好奇卻又嗜睡的貓，眼睛和腦袋不斷在爭辯纏鬥。

素敏和梅淑跟著阿眉仔囝兩個月玩下來，什麼植物、什麼河鮮幾乎都識得，有時也學他們從檳榔樹上摘下鮮嫩的菁仔直接塞進嘴裡，生澀多汁的口感初嚐並不覺得好吃，嚼得滿頭大汗，然而，吃久了竟也上癮，三不五時塞個菁仔喀嗤喀嗤地咬著，初妹以為她們吃的是野果，從未干涉。有時兩人滿口是龍葵籽紫黑色汁液，矖得黑紅的膚色，乍看還真以為是阿眉仔囝。尤其波珂和拉娃還會教她們烤蚱蜢、蝸牛、筍龜，香酥的炸蟲全成了解饞的野味，野莓、龍葵熟果、木虌子、拔蕺果，酸澀得嘴巴張不開，卻是解渴也解饞最好的漿果。

一日幾個女孩在檳榔林裡看見一個大大的腳印，九歲的哈娜嚇得臉色發白，叫嚷著米崙巨人來了，其他的小孩一聽也都嚇成一團。素敏和梅淑不知道什麼是米崙的巨人，哈娜說那是很久很久以前的事，是她的法易說的。

「法易是誰？也是巨人嗎？」素敏好奇地問著。

「法易就是卡將的卡將，你們漢人叫什麼？」拉娃急著替哈娜回答。

「外嬤！」

「我的法易說很久很久以前米崙山住了一群巨人，他們就叫阿里卡蓋，阿里卡蓋有法術喔，他們的手斷了會用樹木變成手臂，用刀砍用火燒都沒有用，後來有個大頭目馬拉葛夢見海神說要用蘆草做的婆羅箭去射就可以了……」

「射死嗎？」梅淑急得發問。

「死了啦，有的人就逃走了啦。」哈娜一付自己打勝戰的表情。

「這是巨人的大腳印嗎？」波珂指著地上不甚清楚的幾枚泥印問道。

「不知道，還是趕快回去吧，如果把我們吃掉怎麼辦？」哈娜一說，一群小孩一哄而散飛快地各自跑回家。

素敏和梅淑回到家跟初妹說有米崙山巨人的事情，初妹安慰她們不要去林子裡就不會碰到了。

「卡將，為什麼阿眉仔都是和外嬤住？」梅淑覺得波珂和拉娃都是和母親和外嬤在一起，不像她是阿嬤帶大，她沒見過外嬤。

「我是佮外嬤住這伙啊。我是阿眉仔番喔？」素敏被弄得糊塗。

「汝今嘛不是啦，汝是客人啦。」梅淑對人族關係比素敏清楚很多。

「阿知，去問您多桑。」初妹偶爾會用簡單的河洛話。對阿眉仔的生活習性她是完全不了解的，當然無法告訴梅淑阿眉仔是母系社會。

「莫趴趴走，那去乎鳳陽婆拐去恁都慘，乎魔神抓去亦擱較可憐，查某囝人一工到暗那野馬，做老母也未曉管教，實在了然。」阿根婆醒來，素敏正好站在她旁邊，她乘機用食指戳著素敏的額頭，指桑罵槐地遷怒初妹。初妹拉了兩個女孩入屋，趁著日頭還炎熱幫她們洗頭。

夏日到了，阿根婆躺在竹椅上打盹的時間愈來愈長。午後，日頭移到屋廊下，矮小的她弓著身子就像隻冬眠曬太陽的貓，直到初妹叫醒她吃飯，她才從沉沉的睡夢中醒來，彷彿從遙遠遙遠的地方，長久長久的過去走回來，一臉迷惘地看著初妹如陌生人般。有時，阿根婆睡得很少，凌晨即起床，到灶前掀開鍋鼎嚷著吃飯，把一家人從睡夢中吵醒方休。

「客婆仔毋予我呷飯，我自早起到今嘛攏嘸呷，腹肚足飫，歹心客婆支。」有一天阿根婆對著剛下班的兒子哭訴。

「どうしてするのですか？かあさん。」李安平覺得事有蹊蹺，早餐他是和母親一起吃粥的，於是問了初妹。

「伊三頓攏有呷，早起呷沫，中晝嘛有呷飯，哪會飫？」初妹不解，加上最近阿根婆的生活習性大大地改變，心底隱隱不安。

「阿嬤中晝有呷飯啊，是我盛飯啊。阿嬤，對否？汝呷兩碗飯。」梅淑轉身向阿根婆求證。

「嘸呷，嘸呷，攏嘸呷，腹肚飫緊乎我呷飯。」阿根婆像小孩似的把頭搖得像波浪鼓，坐在餐桌前嚷著。

安平和初妹都覺得阿根婆生病了，安平摸著母親的額頭也無發燒，一餐可以吃上兩大碗，胃口極好。

「または医者に診断してください！」初妹不安地看著安平，提議是否去看醫生。

「我明仔早問看嘛。」安平和初妹都不太相信沖煞之類，未往這方向想。

阿根婆的怪異行為愈來愈多，有時對初妹嚷著一個陌生的名字來跟她梳頭，也不再喊她客婆仔，代以各種不同的名字，這些名字初妹完全沒聽過。初妹憂心地將婆婆這種情況同安平說，安平說那些名字，有的是母親少婦時的婢女，有的是她的姊妹，還有的是安平早夭的妹妹。初妹有著不祥的感覺，她想婆婆老了，老到記不得現今，返老還童夢遊似的回到她的童年，她的青春，她風華的少婦，就是不願回到暗淡、困頓的晚年。

安平安慰初妹，醫院裡的朋友說有可能是失智，是老了的症狀。有時阿根婆會無理取鬧，非得吃什麼或要什麼東西，吃不到拿不到便厲言謾罵，甚至曾狠狠咬了初妹的手臂。

一日午後，初妹在屋旁除草抓蟲，兩個女孩在不遠處和阿眉仔的女子嬉戲，沒人注意到阿根婆一個人邁著小纏腳搖搖曳曳地走出家門。黃昏初妹和女孩們進屋準備晚膳，梅淑驚惶地喊著：阿嬤不見了。

初妹退出灶裡的柴火、澆了一點水，火速和兩個女孩奪門出去尋找阿根婆。阿根婆自幼纏腳，以往出門有婢女或梅淑的母親陪伴，來到這裡偶爾出去也有梅淑跟著，從未獨自外出。三人一路喊著，跑了一大段路後，素敏發現阿根婆偎著田裡的稻草垛睡著。

「恁是誰人？」被搖醒的阿根婆一臉茫然地看著初妹和兩個女孩。

「阿嬤，我是阿淑啦，汝未認咧我喔，伊是卡將，伊是素敏啊。」梅淑覺得不安，阿嬤不認得她，眼前這個無助的老人也讓她感到陌生。

「阿母，咱來轉。」初妹扶起阿根婆。

「查某倌，阮厝置什麼所在，汝知否？好心報我知。」阿根婆的惶恐和謙謙有禮讓初妹和兩個女孩不知所措。初妹猜想阿根婆真的失智了，不認得親人了。幸好阿根婆纏腳走不遠，否則到哪兒找人。

初妹心疼地扶著婆婆入屋，阿根婆如小女孩無依無助般跟著初妹。爾後，阿根婆愈來愈不能沒有初妹，只要一睜眼見不到初妹，開始胡亂地喊著不同的名字，像是迷路時找娘、找遺失的幼小子女般著急。偶爾清醒又開始詈罵不休，然而清醒過來的次數愈來愈少。安平跟初妹說母親的確失智了，要她多費點心看著，免得母親再度走失。

阿根婆在屋廊籐椅上半昏睡著，初妹縫補著破舊衫褲。摩挲著粗糙龜裂的手掌，不再殺魚好幾個月，手不再裂口出血，但粗糙依舊，以剔繡出名的初妹早已遠離了，現在這雙手從此安分於炊膳持家。初妹望著天邊橙紅色的雲彩，像極了鴛鴦的羽翼，遠處茂密的竹林葉子閃著黃澄澄的亮光，前方剛割完稻的田野密帶著黃褐色的稻頭，一群小孩包括素敏和梅淑在戲玩。初妹開始喜歡這樣實實在在、安安穩穩的生活，不像在三叉處空得如一只被風吹脹的布袋，得攀附著什麼才能安穩。初妹盤算著過兩年存一點錢帶素敏回三叉。

收到兩張入學的通知單，初妹對梅淑和素敏說，再一個月就要讀書了，不可以像阿眉仔那樣貪玩了，還有都七歲了，女孩子該學學家事。每日晨起，初妹要兩個女孩墊著小凳子站在大灶前淘米燒火熬粥，素敏有些經驗，很快學會了，梅淑燻了黑頭烏臉，終也學會了，兩個女孩認分地負責早粥的炊煮。初妹經常天濛濛亮就起來拔了鮮蔬或撿幾個雞鴨蛋到早市兜售賺錢還債，偶爾換些許魚肉或豆腐給婆婆享用，也補補安平略嫌精瘦的身子。

有時，初妹會特意帶著河蝦和醃漬的蜆仔到大嫂家，聽說琴珠有對象了，是河洛人，碾米店的兒子。

「阿嫂按歡喜喔，琴珠覓得好對象，佢係好命喔。」

「係啊，過幾年佢係同樣，素敏當靚，按多少年要來提親哪。」

在花蓮港大哥大嫂家就真的是初妹的外家了，真能替她著想也只有他們了。

初妹從菜市場回到家，安平正要出門上班，卻聽到阿根婆扯著嗓門叫罵著。

「歹心毒性，後母苦毒前人囡。」阿根婆時好時壞，清醒時看到梅淑在灶前煮粥，又數落著。

第一日上學，兩個小女孩互相看著對方的穿著，比過新年還新奇，興奮得吱吱喳喳地笑個不停。說好由安平送她們到學校，安平再拐到看守所上班，這幾天中午下課還是由安平去接她們回來，熟了她們就得自己走上一個多小時的路回來。身上藍色連身裙白色方領新的制服，像朗朗晴日，兩個小女孩子旋身，散發著布料的香味。揹起初妹為她們縫製的布包，腳上穿上的也是初妹縫納的布鞋，鈴鈴的笑聲充塞整個門口埕前。

梅淑和素敏一前一後坐在安平的自轉車上開心得如旅遊般，初妹愉悅地站在門口送著父女三人離去，這樣溫馨的畫面，卻讓她隱隱感到不安，不安幸福的生活會被天妒，不安這樣的生活會不會只是一場短暫的夢。身旁的阿根婆輕拉著她的衣角。

「好，好。咱入內去呷飯。」初妹把視線從路的盡頭拉回來，是啊，退回童年的阿根婆等著她餵粥呢。

和魔神仔交手

思想起　甘蔗好吃伊嘟雙頭甜
大某那娶了啊伊嘟娶細姨嗳喲喂
細姨仔娶來人人愛嗳喲喂
嗳喲放捨大某那上可憐啊伊嘟嗳喲喂

——〈思想起〉

接連生了大女兒秀菊、有財、有木後，阿音整日在家忙得團團轉，田裡的工作多半交由阿南和朝貴發落，到田裡的時日不多，騰達、騰雲幾個較大的孩子也都須在放學後幫忙下田工作；騰雲幾次的鬼門關回來，自吃了朝貴的米水之後，竟也一日壯似一日，身軀逐漸抽高，和騰達不相上下，三個兄弟陸續入學，走一個多小時到鄰近的田浦公學校讀書。

每次經過離家很近專門給日本孩子念書的吉野國民學校，騰雲很羨慕日本小孩不必走老遠的路，又穿著乾淨漂亮的制服，還有書包，不像他和騰達只能用一塊舊布包著書本綁在腰際。

日本小孩有鞋子穿，有人還坐人力車上學或坐在父親的自轉車，他和兄弟們只有一雙木屐，還只是過年才能穿，衣褲都是補丁，一塊又一塊。卡將說飯都沒得吃了，哪有什麼新衣或鞋子。

「會通讀冊識字已經是萬幸了，總比青暝牛佮好。」一兩年一個小孩，阿音忙著生產，忙著顧料嬰兒、家務和農事，背上幾乎永遠揹著嬰孩，一個放下來，一個揹上去。

讓騰雲困擾的還有帶便當，他聽說日本小孩的便當不但是白米飯有肉有蛋，這些只有過年和一年只有幾次的拜拜才有，每日的便當通常是番薯簽飯和幾根連炒都沒炒過、只是洗淨的蘿蔔乾，有時阿音會鹽炒花生，這是騰雲最喜歡的菜色，尤其若配著白米飯十分香甜。可是帶炒花生的風險是會被下村老師拿去；騰雲永遠記得第一次帶炒花生便當，一早就期待著午飯，掀開便當，取出母親另外包著一小撮的炒花生，也許是香氣引來下村老師的注意。

「誰帶了炒花生？可不可以給我一些？」下村老師環視著全班學生。

「是騰雲啦，我拿去給老師。」騰雲的鄰座昌發最愛拍老師的馬屁，立即搶了騰雲的炒花生。

「騰雲君，とても香ばしいピーナッツですね。」下村老師朝騰雲讚美母親炒的花生很香。

一個早上的期待突然落空，騰雲望著只有米飯的便當，心情跌落谷底，扒著米飯眼淚一顆一顆地滴下來。爾後，只要是帶炒花生，總是被昌發拿去給下村老師。

「卡將，予我兩包炒豆好否？先生攏佮我的土豆拿去，我無菜通配啦。」騰雲要求母親給他準備兩份的炒花生，這樣他就可以保留一份。

「哪有這濟土豆，你佮達仔、有田擱恁多桑、朝貴叔攏愛帶中晝飯，分嘸夠啦。」阿音也很想多給騰雲花生，只是家裡人口眾多，炒花生是阿南的最愛，她都捨不得多給，哪能每次都給騰雲兩份。幾次下來騰雲寧可帶蘿蔔乾也不想帶花生。

看著小孩一個個出生長大，阿音一則喜一則憂，喜的是小孩帶給她未來的希望，憂的是小孩多日子卻愈過愈苦，再怎麼辛苦種田，田裡長出的稻菜永遠無法餵飽家人，跟雜貨店賒欠的帳，還了去年，今年又欠了。

九年多來，阿音只回去鶯歌三次，第一次是和阿南帶騰達回中庄做度晬，再來是阿南的大姆過世，然後是阿爸走了。明年妹妹阿葉將送訂，阿音想再回去，阿母年歲大了，一身病痛，不知哪一天會走，能看幾次算幾次。

第一次回中庄、鶯歌庄，心情興奮不已，雖然阿南一再叮嚀前晚要睡好，否則會暈車，阿音還是幾乎徹夜未眠。一早起床，阿音用一塊舊褲子裁成揹巾將騰達揹在背上，阿南提著藺草籃，坐上往蘇澳的自動車，阿音將騰達從背上解下來懷抱在手臂上，滿足地盯著兒子。才剛通車半年的臨海公路，讓阿音這次不用再搭船，可以坐車回娘家了。一路上暈車又得餵奶的阿音無心觀看沿途景致，幾乎是半暈半醒到了蘇澳，然後是半虛脫地坐上火車回到大溪中庄。

阿南的大姆熱情地接過阿音手中的騰達直誇長得福相將才，塞了一個小金鎖片和一套新的嬰兒衣。隔天，阿音替騰達換上新的衣服，阿南的大姆準備了牲禮、米香、紅龜粿等，因為騰達沒有做收涎，阿音遵照姆婆的交代，從收涎到掛頸（戴上金鎖片）一項一項補齊，幫騰達做度晬，也特地到寫真館拍下騰達週歲以及三人全家福的照片。

吃過午飯，阿南和阿音帶著騰達回鶯歌庄娘家。下了自動車。走在田徑上遠遠望見那個遠離兩年多的屋頂，阿音的眼淚簌簌流下來，激動地緊摟著騰達，淚水瀞瀞滴在騰達的臉上。在廳堂見了阿爸阿母，阿音雙腳跪下，母女抱頭痛哭，彷彿歷劫歸來。在家住了四天，阿音心裡升起一絲的悔意，很想就此留下來，再也不要回到花蓮港，如果不是抱著騰達，如果不是阿南來接她，阿音幾乎要忘了那個令她艱辛、苦不堪言的土角厝了。

阿音很高興的不只是見到父母兄嫂，阿葉去公學校讀書了，查某囡仔伴阿盆挺著八個月的身孕也來看阿音，她就嫁給鶯歌同庄的做田人。侄兒侄女兩年不見都長高了，二嫂又有身孕了。

「若是艱苦，就返來嘸要緊。」一回去前，阿母又偷偷塞些錢給阿音。

四天彷如天堂，阿音眷戀著，卻也無法久留，女兒是潑出去的水，阿音深深地感受到，潑出去的水匯著海水、河水到遙遠的花蓮港了。

阿爸在過世前一年初夏和阿母來花蓮港看過她，兩老看到幾個外孫雖然高興，但是看著阿音日夜操勞，烏黑、滿布皺紋的臉，乾瘦的身子，阿母直淌眼淚。

「汝喔看起來比恁大嫂較老，吃不成吃，睏不成睏，曝到人哪火炭，住這裡荒郊野外，無親無晟，無朋無友，做到當時才會出脫？實在⋯⋯」阿音的母親唸著唸著又再度掉淚。

「阿母，抉啦，最近有儉一寡錢，按算擱二、三個月要搬去吉野較大間的厝，到時會有厝邊頭尾。近來收成有較好，囡仔那大漢以後都較快活。」

「是會當快活啥？囡仔這大陣，一個田佃仔是會當外快活？做到要死亦不是攏納租納了去。」阿爸嘆氣搖頭，懊悔當初若讓阿音在鶯歌隨便嫁個人也不至於如此。

隔年秋天，阿爸過世，阿音接到明耀的電報，將小孩託朝貴照顧，第二天和阿南帶著最小的有木立即奔回鶯歌。入夜才抵達娘家，從遠遠的村頭阿音遵照查某囡哭頭路，一路跪爬哭喊著阿爸，阿音哭得肝腸寸斷，她抱憾著幾年才見得到阿爸一面，如今再也見不著了。

阿葉幾年不見長成亭亭玉立的少女，公學校畢業後到台北大稻埕的雜貨店當店員。兩個哥哥又各增添了小孩，侄兒女們也長得讓她都認不得了。阿音不無感觸，嫁出去的女兒真的是潑出去的水，現在她是花蓮港人，她的子女要在花蓮成長或成家立業，她會終老在花蓮港，鶯歌庄離她愈來愈遠了。莫怪古早人說是「後頭厝」，只能做客，回不去的家了。

阿火阿南兄弟分家後，阿火偶爾也接濟阿南，阿卻再怎麼不高興，終究是手足。阿卻在璞石閣領養了阿登，三、四歲白白壯壯的孩子，到了阿卻手裡竟是一日比一日消瘦，病痛不斷。隔兩年阿卻打如意算盤，又領養一個童養媳。

一日阿火來找阿南，說日本政府在吉野村畫出一區給本島人居住，房子蓋得不錯，租金不貴，還有稻田可租種，這種措施說是要善待本島人，也藉著跟日本人比鄰居住讓本島人有學習對象，可以早日皇民化。阿火和阿南各租了一間，相距不遠。

搬到吉野村內是在阿爸過世之後。房子大了些，有田、有財跟著朝貴睡一間，騰達、騰雲和秀菊擠一張小床，有木和阿音、阿南睡。而阿音又再有身孕。

搬到吉野，阿音見識到許多新奇的東西，兩排十幾戶人家共用一大座自來水池，扭開水龍頭就有水了，只要挑一小段路就可到家，方便很多。日本政府鼓勵大家飲用自來水，說是比較衛生。洗衣服則仍在溪邊，這裡的溪水比較大，聚集的洗衣婦女也多，邊洗邊聊是非的確有趣多了。家裡也租了電燈，十瓦電力的燈泡安裝在廳堂，黃昏開始供電到夜裡九點，比油燈明亮也方便很多。

「多桑，這都是電火喔，足光呢。」

「嘸油燈仔火个臭味。」

「轉一下都有光，真好耍。」

幾個小孩圍在客廳的圓桌上望著光亮的燈泡吱吱喳喳讚嘆不停。騰雲最是高興，晚上可以看書寫功課。阿音也樂於可以利用晚上縫補衣服，不必另外在房裡點油燈。

最讓阿音心喜的是，終於有了可以說體己話的厝邊，她也因此迷上串門子，經常揹著有木到雞屎嫂家聊天，讓秀菊照顧有財。

雞屎嫂一家比阿南早來五年，生活較安穩。雞屎嫂生育了兩個兒子後便不能再生，人口簡單，吃食少了幾張嘴，日子也過得寬裕些。雞屎嫂說她是苦過來的人。本名許素花，從小送給人當養女，後來被養母賣到板橋的查某間，遇到羅漢腳的雞屎，兩人真心意愛，素花賣掉積存好多年的幾件金子，和雞屎來到沒人認識的花蓮港，洗盡鉛華重新過日子，日間替人做工，晚間租田開墾，原本白嫩的身子，終日操勞，雖看來壯碩黝黑，也常是這痛那痛的，日日煎草藥吃服用。十五年下來終於熬出頭，吃飯不是問題，雞屎嫂也不必如前日夜操作，兩個兒子小學畢業後都下田工作，她只須照料家務。

雞屎嫂認為和阿音有緣也談得很投機，連自己從不向人提及做過賺食查某都讓阿音知道。雞屎嫂也常安慰阿音再過幾年等孩子大些能幫忙，日子就好過多了。

阿音有了說話的對象，阿南很是高興，雖然阿音愈來愈不愛煮飯做家事，甚至讓七歲的秀菊胡亂煮食，阿南也沒太說話。他想這些年來，阿音吃了不少苦，沒朋沒友，田寮的親戚因大嫂的饒舌，讓他們對阿音有所誤解，致使阿音畏懼去那兒。

騰達和騰雲都十來歲了，田裡的事幫了不少忙，朝貴也很認分地種作，一家十口總算偶爾有白米飯可吃，阿南覺得總算對得起死去的丈人。

有了厝邊，不只阿音有伴可以說說話，阿南的心也變野了。一直忙著帶小孩、生小孩和串門子的阿音並未察覺。

阿音生有福時，雞屎嫂幫了不少忙，而秀菊更像個小大人，乖巧地照料著一家大小。幾年來沒有過稱心坐月子，這次因著雞屎嫂和秀菊的關係，阿音終於再有坐月子的享受。有福不甚吵鬧，阿音盡情地吃睡，有木有秀菊照顧她很放心。午睡正酣，秀菊掀開布簾，又嚷又叫的。

「卡將，緊起來啦，阿木無去啦，不知走到去，找歸下晡攏嘸看到人。」

「汝講誰無去，是阿木不見了？」阿音睡夢中驚醒，心臟咚咚地跳個不停，十月天有些涼冷，阿音披件衣服走出房簾跟著秀菊四處喊有木的名字。

「木仔，汝是置叨啦，緊轉來！」阿音愈喊愈心驚，有木才三歲多，能走多遠？她要秀菊跑去田裡叫阿南和朝貴回來幫忙找。

傍晚連幾個大男孩放學都加入尋找的行列，幾個小時過去了，從附近找到山腳下，橫直好幾十里，就是沒看到有木。入夜，阿南和朝貴，加上雞屎和鄰居阿旺、阿標五個大男人拿著火把往河邊、草叢再尋找一遍，依舊不見有木的人影。

夜裡又黑又冷，阿音想到有木一定又冷又餓，禁不住哭得死去活來。阿旺嫂擔心是不是被鳳陽婆帶走了，那個專門誘拐小孩的老婆婆，誰也沒見過。秀菊十分自責沒看好有木，雞屎嫂安慰她不是她的錯，如果鳳陽婆要帶走，誰也沒法阻攔，聽說她會法術，讓小孩乖乖地跟著走。

第二天一早阿南和朝貴甚至到賀田去找。雞屎分析有木才三歲，不可能走了幾十公里到賀田去，最有可能的是被拐走。阿南也到派出所報案，巡佐和警察都來問過，也派人去打聽，全都沒有小孩走失被發現的消息回報。

阿音哭得雙眼如杏桃又紅又腫，聲音沙啞，幾度昏厥，雞屎嫂不時抓捏她的沙筋才讓她醒過來。

「阿音仔想乎開啦，無定阿木好命予好額人帶去過好命的生活，甭免隨咱吃苦，既然找未到，就表示伊亦擱活著，心情放乎輕鬆，汝亦擱有幼嬰要飼呢。」雞屎嫂的一番話讓阿音稍稍放下心來，終也吃了幾口的飯。

第三天，阿南幾乎已放棄尋找，和朝貴到田裡工作，才下田沒多久，看到山腳的一戶人家王阿樹跑著過來喊他。

「找到啊，阿南兄恁囝找到啊！」

阿南和朝貴丟下鋤頭，狂奔地跟著阿樹往山腳下跑去。

在阿樹家的稻埕圍了幾個人，阿南衝入人籬看到有木躺在地上，嘴唇都是泥土，奄奄一息、半睡半昏。阿樹的妻子揉捏著他的鼻根希望他能甦醒過來。

「木仔，精神啦，汝是安怎？」阿南見兒子面如槁灰失了方寸，使勁地搖著有木。

「阿南你不要佮搖啦，伊去予魔神仔掟去，緊找道姑來佮伊收驚。」阿樹的妻子抱起有木放在屋簷下的竹椅上。

「阿南你看，恁囝歸嘴攏是草螟仔、土猴、青草佮土，魔神仔佮飼的啦，恁囝去予魔神掟去凌遲，這呢濟工看起來真危險，不知度得過否？」阿樹看著有木的臉色知道大事不妙。

阿樹的妻子將有木嘴裡的泥沙清理乾淨，臉上的污泥也抹乾淨，然後強灌一碗水進有木的嘴裡，大半都倒出來，有木仍只有極微弱的呼吸而已。

這時阿音由雞屎嫂攙扶著走過來，看著有木這個樣子阿音嘶啞地哭喊著，把兒子摟在懷中。

收驚婆終於來了，水、米、衣服、香枝灰爐全擺齊。

「**香煙即起通世界，三魂七魄收轉來，收魂三師三童子，收魂三師三童郎，勿食黃泉一點水，萬里收魂亦著歸，三魂歸路轉，七魄茫茫歸路回，魂歸身，身自在，魂歸人，人清采，收你有木三魂七魄歸來……急急如律令。**」收驚婆嘴裡唸著收驚除魔詞語，香枝比來畫去，煙霧繚繞，搖鈴叮叮噹噹，收驚婆斥喝魔神的厲聲，讓有木稍稍動了一下，隨即又昏睡過去。隨即她燒了一些符灰丟入碗水裡讓有木沾唇，又給了阿音幾張符要她放在有木身上和貼在門上。阿南奉上紅包，抱起有木回家，一路照著收驚婆交代唸著：「有木轉來喔，魂魄緊轉來喔，無驚無狠，轉來厝咧，歹的走去，毋通交纏……有木仔到厝，小心橫過戶證，到房間，倒了好好睏……」

回到家裡，阿音將有木身子用溫水拭淨，再用符水全身抹擦周匀，換上乾淨的衫褲。入夜，阿南和阿音不敢闔眼，睜眼守著有木，只要過了今晚有木就有救了。有木始終是昏睡著，臉色青白，偶爾顫慄一下身子，復又昏沉若睡。阿音到神案前焚香禱祈神明祖先讓有木平安度過今晚。騰達、騰雲幾個孩子驚畏地看著母親舉止，秀菊哭得眼睛紅腫，騰達不斷地安慰她。

半夜，阿南家傳來淒厲的哭喊聲，有木終是沒活過來。

有木走了近一個月，阿音才彷彿醒過來。二個月大的有福終日因沒有足夠的奶水哭鬧，都是騰達或騰雲磨米麩，秀菊加水熬成米漿，一小匙一小匙餵進有福的嘴裡。雞屎嫂不時前來幫忙。

「阿音仔，就要放乎開，妳也有幼嬰要飼，走都走去啊，無定伊好命投胎做好額人的囝，無緣佮妳做母仔囝。」雞屎嫂送來簡單的吃食，勸著鎮日失神提不起勁的阿音。

「是啊，阿音，囝仔有囝仔的命，顧生不顧死。厝內歸大陣要汝照顧，汝一個失神歸間厝橫交雜滯，家嘸成家，亦可憐秀菊這細漢要理家。囝仔飼佮那猴咧，汝看到咁未嘸甘？」阿南終也忍不住趁勢勸慰著阿音。

有福營養不良，常生病發高燒，到了一歲半還不會走路也不會說話，眼神經常呆滯，阿南說頭殼燒壞了。

沒有串門子時，阿音有時帶著有福到田裡幫忙摘菜除草，朝貴和幾個放假的小孩都在田裡做事，唯獨沒看到阿南。

「阿南呢？哪嘸置田做事。達仔惦多桑去叨位？」

「毋知，來田个一下啊就嘸看。」

「朝貴，汝咁知恁阿兄去叨？」

「毋知，最近常常下晡嘸看人，要收工才返來。」

阿音一聽阿南常常不在田裡，也不知忙什麼，心裡覺得怪異。她知道問小孩或朝貴也問不出答案。

阿音知道到溪邊洗衣就可以嗅出一點線索，任何街頭巷尾的大小瑣碎事情，都逃不過洗衣婦的眼耳。阿音這半年來多半由著秀菊到溪邊洗衣，必然錯過很多事。

隔天吃過早餐，阿音要秀菊照顧有福，自己端著木盆到溪邊洗衣。

遠遠地阿音就聽到說話和笑聲。阿音辨識出說話的人是阿旺嫂。溪邊地勢較低，洗衣婦又背著路面，阿音走來她們全然不知，阿音也不走下溪底，就在樹下靜聽。

「見笑死，亦毋驚人看見，當頭白日就置厝內。」阿音不太熟的聲音，像是歌仔戲三花的聲調嚷著。

「汝咁有親目睭看到？」阿旺嫂的聲音。

「昨下晡即看到，位後尾門仔入去，嘛是透中晝去。」

「阿土一下嘸置厝，阿惜就那爛梨仔，一堆胡蠅翼翼飛。」

「是講我哪是恁尪我嘛會選阿惜啊，嘸嘛較肥軟。」好像是阿添嫂。

女人的直覺，阿音覺得好像在說和自己有關的事，她知道繼續聽下去，可以聽出一些端倪。

「是講阿南嫂生這濟囡仔，同款黑乾黑乾，一个哪柴枯，抱起來嘛嘸感覺。」又是那個三花揚著聲音。洗衣婦們哈哈大笑。阿音想果然說到我了。

「聽講伊做查某囡時是真做肉，是生囝了才變按呢。人是愈生愈肥軟，伊是愈生愈乾瘦，莫怪喔恁阿……」阿旺嫂的話說了一半。

「阿音啊汝罕行，來洗衫，阿菊呢？」雞屎嫂端著衣服走來，見到阿音覺得驚訝，久未來溪邊洗衣，今天竟然出現。

洗衣的婦女聽到雞屎嫂的聲音，全都噤了口不再出聲，低著頭奮力用木棒槌著衣服。

「真久嘸來，今仔較閒來洗衫。」阿音有些慌亂，一來是聽到有關阿南的事，雖然只有幾句，拼湊出來大概猜到阿南和阿惜必有曖昧。再來是雞屎嫂的招呼讓她嚇了一跳，待會兒下到溪底洗衣如何面對她們。

雞屎嫂不知緣故，覺得今日洗衣婦女特別安靜，只有溪水和槌洗衣服的聲音，尤其是阿音，緊繃著臉，和衣服作對似的，槌得特別用力、特別大聲。

「阿南嫂，真久嘸來洗衫。」三花的聲音軟弱了許多，阿音知道她是阿惜厝邊憨坤的妻子。

「是啊，顧囡仔佮嘸閒，真無彩趣味个代誌攏嘸聽到。」阿音覺得心中有一股怨氣想爆出，說出來的話卻酸酸軟軟。

「逐工來，啥麼代誌嘛攏知。」憨坤的妻子討好似的回了阿音。

因為阿音，洗衣婦女心裡有鬼似的有一搭沒一搭地聊著不痛不癢的話題。阿音只想早點離開，急促地洗著衣服。

晾好衣服，交代秀菊午餐煮什麼後，阿音揹著有福到雞屎嫂家直接穿入廚房。

「素花，無采咱是好姊妹，這重要的代誌汝亦嘸佮我講。」阿音放下有福，坐上長凳上開始發牢騷。

「我亦嘸親目看過，是要按怎講。」雞屎嫂洗得比較晚，阿音走後，幾個洗衣婦告知她阿音可能都聽到她們的對話。她知道阿音會來找她，也不想裝不知道避開。

「上嘸汝亦要報我知，乎我斟酌一下。」阿音早就沒有奶水了，有福還是習慣在阿音胸部磨磨蹭蹭，阿音解開衣襟讓有福吸過癮。

「我是有聽人講啦，彼時陣恁木仔嘟死無外久，無想要予汝艱苦，擱講無證無據，講出來害恁尪某冤家，嘛毋好。咱查某人有時稍放目一下……」雞屎嫂有些為難，整個溪邊洗衣的婦女都在傳，也有人親眼見過，以她和阿音的交情，反而讓她陷入說與不說的兩難。

「是要按怎放目，我隨伊來花蓮港吃苦，做死做活，呷毋成呷，今嘛較好過有飯通呷而已，亦擱欠人錢，伊都田放乎囡仔做去隨查某，咁對？」阿音想到初到花蓮港的艱苦，不禁哽咽。

「好啦，毋通艱苦，返去好好講，阿南兄亦不是毋知好歹的人，伊會聽。」雞屎嫂除了安撫阿音，也無從著力，夫妻間的事旁人如何也插不了手。

阿音詳細問了素花阿惜家在哪一間，心裡有了打算。

中午，阿音特地挑了午餐到田裡，一起吃飯也留下來。今天不是學校放假日，田裡只有阿南和朝貴。午飯後兩個男人躺在樹下午寐。沒一會兒便都睡得沉沉。

連著幾日，阿音十分勤勞，都送了午飯來。不必回家吃午飯，朝貴是喜歡的，至少不用來回走那麼一大段路，樹蔭下午睡反而比家裡涼快。

「汝不免顧囡仔是否？亦毋返去款暗頓？」三天的下午被綁在田裡，阿南有些不耐煩。

「福仔有秀菊顧，暗頓等下返去款都會赴。嘸閂趕是會按怎赴晚仔冬？」阿音心知肚明，冷冷地回答。以前的人說：「甘願擔蔥賣菜，嘛嘸要佮人共家庭婿。」無論如何家是要捍衛的。

阿南知道下午是動彈不了，他立即改成早上開溜。這是阿音在幾天後才發現的。早上忙完家事，阿音料準阿南正要動身，她直接來到阿惜家。

「彼敢是阿南个某？阿惜慘啊！」

「死啊，來抓猴囉。」

「這聲害啊，有戲通看。」

阿惜鄰居憨坤的妻子正在晾衣服，和前面屋厝的婦人細聲吱吱喳喳說個沒完。

「阿惜啊，阿南佃某來相找囉。」阿音走到門口，大門半掩著，正準備進入。有個婦人終究好心，刻意提高嗓門知會。

只聽裡面腳步慌亂的聲音，後門碰地一聲，阿音正好看到阿南的背影從後門跑了，邊跑邊拉著褲頭扭綁褲繩。

「毋成查某，卸世卸眾，別人的尪汝亦會愛，欠人……」阿音揪了阿惜的頭髮，一個巴掌打過去，把出生至今聽到罵女人的最粗魯的話全出籠，一長串流利得讓她自己也驚訝。

鄰居婦女幾個人也衝進門，分別半拉半推地費了一番功夫才將兩個糾纏在一起的女人拉開。原本衣衫有些不整的阿惜，上半身的衣服全被拉開，貼身衣半露，白皙豐腴的胸部一覽無遺。

「亦嘸看到，毋通按呢。」有個婦人拉開阿音，半勸著說。

「好好講，毋通起腳動手啦。」

「汝亦嘸看到恁阿南，憑啥麼侵門踏戶。恁阿南置叨位？」阿惜本來驚慌，還任由阿音揪打，一聽到旁邊婦人的話，回神過來，狠狠推了阿音一把。

「汝亦敢大聲，汝想講我嘸看到？捉奸嘸在床，今仔日就準煞，攏毋通予我遇到，我就看汝阿土按怎講？」撂了狠話，阿音氣沖沖跑回家，阿南坐在廳堂的椅子上。「田放底荒，一工到暗像猶豬哥，亦毋驚人剁腳筋……」阿音想到委曲，也覺得屈辱，一把眼淚一把鼻涕，邊哭邊罵。

「駛恁娘，汝毋款中晝，哭飫啥？」阿南本來還有些心虛不安，看著阿音的哭罵也有些心軟，然而秀菊牽著有福站在門口，一時面子掛不住，以譙罵反擊壯膽。

朝貴等不到午飯，回到家裡見狀，約略知道阿南東窗事發，不想淌這個渾水轉入廚房。

「阿菊佮恁小弟來吃飯。」秀菊飯剛煮好，菜洗切好擱在灶上，朝貴添了飯，從碗櫥內取出早上的醬菜。

「阿叔仔，我隨來炒青菜。」阿音擦乾眼淚，進入廚房快速炒了兩道青菜。

自此，阿音日日給阿南臉色，更時時刻刻盯著阿南。只要阿南不見，她立即殺到阿惜家，卻從未撞見阿南。後來阿音聽說阿南跑到隔壁村去，阿音也不辭辛勞抓猴去，可惜都徒勞無功。阿音的抓猴聲名遠播，有一陣子大家在背後叫她「抓猴音」。

有一天傍晚，三個男人手拿棍棒鐮刀，殺氣騰騰到家裡來。

「阿南，出來！敢睏人的某就敢擔當，恁爸絕對要了汝的腳筋斷到離離。」一個男人舉著鐮刀直接進人屋內。

阿音大概知道怎麼回事，但是阿南再壞也還是丈夫，也還是孩子的父親。於是哈腰賠不是，一面使眼色要秀菊到田裡通知阿南快躲起來。秀菊機靈地從後門跑到田裡通知阿南。

三個男人在屋裡屋外找不到人，推倒了桌椅，摔了幾只碗洩恨，跑到田裡逮人，阿南早躲起來了。

連著幾日，阿南不敢回家，躲在山下的草寮，日裡是秀菊送飯，夜裡是騰達帶飯過去。好些天過去，那群男人沒再來家裡譽罵，阿南才放心回家。經過這個事件，阿南總算安分些專心在田裡工作。

騰達公學校畢業了，秀菊耽誤了兩年也入公學校讀書，一家的生活總算回到正常。

看著小孩一個一個長大，騰達像個小大人，公學校一畢業就認分下田工作，接下來就是騰雲。再過幾年，孩子都從學校畢業幫忙做田，日子應該會好過些。看著像粽串一樣的小孩也讓阿音怨嘆，有時也會向雞屎嫂發發牢騷。

這時，阿音又有了身孕。

「素花，真欣羨你喔，兩個囝仔，日子過得輕靠，無像阮，唉濟囝餓死爸喔，一大堆頭嘴，呷都呷乾。」

「音仔，不通按呢講，妳甘無聽古早人在講，濟囝濟福氣，到老汝都知，囝孫滿堂，福壽齊全。我是無法度，那會當我是真想要加生幾個，彼是我歹命未生。」

「講是按呢講，現此時，阮阿南就拖老命，做到死就驚吃未著。汝看阮大姆，好命叮噹，今嘛媳婦仔大漢會當替腳替手，厝大間，田擱濟，厝內就三、四頭嘴，按怎過嘛快活。」

「無一定喔，妳咁無聽，伊分彼個後生阿登仔，佮恁阿達平濟歲喔，一個破病丁仔，稍碰到就破病看醫生，小學都嘸法度讀畢業。伊彼個媳婦仔一日到晚嘛在煎藥。」

「報應啦，當初時就嫌阮騰雲剋父剋母、身體底質無好，家己兄弟連鬥相共都嘸肯，結果呢，分一個比阮雲仔擱佮慘死。阮雲仔不是飼這勇壯，總共一句，無量都無福氣啦。」阿音其實早知道阿卻抱養來的阿登自過門後身體就不好，總找不出可以一吐怨氣的機會，經雞屎嫂這麼一說，阿音尋到出口似的傾洩她心裡多年的積怨。

「是啊，真想嘸那，家己的兄弟那有啥通好計較。不過伊分彼個媳婦仔真媠款，肉媠肉媠，尻川斗肥肥圓圓，一看都知後擺真會生喔。」

「伊會生咁有效，破病丁仔那未生，一個人是要生啥？進前伊嘛對外人講我那豬母一生就一串，歿死阮阿南。伊喔，未生才在怨人大尻川。」阿音臉上浮著一絲的快意，想著日後阿卻孤苦無依的樣子，自己兒孫滿堂的圓滿情況，有著一些曖昧難以形容的愉悅神色。

阿卻自抱養阿登後，想到不如再抱一個媳婦仔回來，一來長大後送做堆，可以省些討新婦的錢，再來自己養大的也比較貼心，會真正孝順。媳婦仔稍長還可以幫自己做些家事，這樣不必到年老就可以享清福。於是在隔年，在賀田找到嗜賭的阿海，每次賭輸就一個女兒一個女兒地賣掉。小阿登兩歲的月嬌就在這樣的情形下賣給阿卻。怯生生、單薄瘦弱的月嬌，來到阿卻家，不出幾年長得白胖的模樣，益發讓阿卻覺得這個做法是非常值得的，唯一讓她遺憾的是阿登身骨虛弱、單薄，看著白胖的月嬌有時也不免嘟嚷著：「豬嘸肥，肥去狗。」

儘管嘴裡嘲諷著，阿音究竟還是羨慕阿卻過的日子。十一歲的月嬌能幹得很，三餐料理得十分順手，又會幫忙照顧阿登，讓阿卻輕鬆許多，老是對人說她等著做嬤。

這幾年來，阿火和阿南兄弟倒還時常往來，有時阿火也會偷偷接濟借錢給阿南，讓阿南度過難關。阿卻和阿音兩個妯娌除了過年過節的祭拜外，平素鮮少互相串門。自從阿嬌攬去家務事和分擔農田的工作，阿卻的日子過著一派悠閒，黝黑的皮膚變得白皙，穿著也體面些，看來竟比阿音年輕，著實讓阿音羨慕又嫉妒。看來萬事都好的阿卻，心裡卻有一絲不暢快，就是養子阿登的健康，一個月裡總有十來天躺臥在床上，廚房裡經年累月瀰漫著中藥味道。三不五時，阿卻到廟裡祈求神明保佑阿登健康，像騰達那樣最好。阿登如果健康狀況好些，阿卻想過兩年後讓他和阿嬌送做堆，這樣她就可以比阿音早一點做阿嬤了。

騰達長得壯實憨厚，整日臉上漾著笑意，和騰雲的鬱鬱寡歡形成對比，這也讓阿音心底隱隱憂慮著。

騰雲確知大哥不再繼續讀書後，一則憂一則喜，憂的是自己是否也得如同大哥一樣一畢業就得下田工作；喜的是，哥哥不讀，或者自己有機會繼續讀下去。幾個兄弟中也只有騰雲愛讀書，而且成績優異。一直疼愛他的日本老師優子一直鼓勵他得繼續讀高等科，這樣以後才有成就。看著父親和叔父日夜勞累，結果連一家溫飽都難照顧到，然而當老師或到會社做事，月給卻是父親近半年的收穫。不管當老師或到會社做事，最少都得高等科以上。他不希望自己以後像父親如牛拖磨一輩子，還得負債，毫無餘地可提供兒子讀書。

一想到自己將來有可能如父親般，騰雲愈發不愛農事，在田裡時常恍惚慢手慢腳，經常惹得阿南好幾字經破口大罵，幾次下來，騰雲厭煩得頂回幾句，阿南怒得操起扁擔便是一頓狠抽猛打。幾次下來，騰雲覺得自己並沒有錯，只要阿南操起扁擔或鋤頭，騰雲立即飛奔逃走，跑到吉野驛站，沿著鐵軌走很長一段路，然後踅回，或是在鐵路貨運代辦站旁的鳳凰樹下看著工人搬運著貨物，騰雲很清楚當搬貨工人都比種田強太多。耗到天色昏暗，騰雲才踱著緩慢的步伐回家，他知道母親會在灶上幫他留晚飯，父親火灰似的個性也早已氣消了。他立志一定要進入鐵路局工作，當築修鐵路工人或搬運貨物工都好。

父子關係愈益緊張火爆，阿音得時時驚心兩父子的衝突。

「囝仔人較未曉想，汝嘛毋好振動著夯扁擔，有話好好講，伊巧巧咁未聽？」不捨兒子被丈夫毒打，阿音三不五時勸勸阿南。

「幹恁娘！巧？讀冊讀去腳脊後去啦，亦無想恁爸做佮要死，一日到晚想要樂逃，讀冊是有效是否？」

「雲仔，我知也汝愛讀書，不過汝嘛知厝內的情形，毋通動不動就惹恁多桑生氣，佮骨力鬥做事頭，無定著恁多桑會想辦法鬪錢乎汝去讀高等科。汝亦大漢啦，要佮會曉想，知否？汝佮恁多桑同款，歹性地，恁多桑火灰性，罵罵都好，甭佮伊應嘴應舌就無代誌。」夾在丈夫和兒子之間，阿音左右為難。阿音認為讀了六年的書識得字就很不錯了，多一個人可以多租一點田，家裡的經濟一定會愈來愈好。她想不透為何騰雲不愛種田。

阿音很清楚騰雲的性子就和阿南一樣，兩父子面貌相似，個性相同，卻是互不相容，難道當年說他剋父是這種相剋嗎？

來到花蓮港十五年多了，阿音像地母般淚延了子嗣，粗糙龜裂的雙足像樹根深扎在土地上。阿音希望自己是棵大樹，如粽串的孩子在樹蔭下茁壯成長。期盼兒子一個一個拉拔大後，下田耕作，娶個新婦，生養一堆孫子，田地愈來愈大，餐餐吃白米飯，如果能蓋個瓦房更好，這十幾年來的辛苦開墾就沒有白費，父母親在天上也可以放心了。

看著騰達、騰雲、有田、有財長得健壯，秀菊乖巧，阿音不免編織未來的美景。雖然有福特別魯鈍，但上有幾個哥哥照顧，往後也不至於餓死。撫著圓突的肚子，阿音很希望這胎是女生，像秀菊那樣懂事、貼心的女兒。

從此不再漂流

石頭落在那裡，路也就伸到那裡。

——卡夫卡（Franz Kafka）

安平送素敏和梅淑進到西浦公學校找到班級，交代她們放學後在校門口等他，又要她們乖乖聽話之類的叮嚀，便到看守所上班去了。素敏和梅淑兩人害怕地坐在教室內，沒有其他認識的人，幸好兩人作伴，壯膽了些。陸續進來幾個學生，大家異常地安靜，有人低頭不知想什麼，有人好奇東張西望，大半的人害羞而靜默。素敏注意到總共只有五個女孩子，只有一個女孩是綁著辮子，另兩個跟她和梅淑一樣剪著短短齊耳像柚子皮倒扣在頭上的髮型。一陣搖鈴的聲響，皮膚白皙年輕的女老師要大家安靜坐好，那是本島老師，說著河洛話，然後再用日語說一遍。

年輕女老師穿著淡青色洋裝，長鬈髮及肩，素敏覺得像阿姆買的《婦友》雜誌走下來的。老師一個個唸出大家的名字，也是先用河洛話再重複日語，告訴大家以後都用日語的名字。接著要按照高矮坐位置，但是女生坐前排。素敏記下另外三個女生的名字：菊子、春子、雪子，年輕女老師的名字叫：綺子。

下課前老師告訴大家便所在哪裡，哪裡有大桶的開水可喝。短短的下課時間，大半的人還是乖乖坐在位子上，只有個男孩跑去便所，然後笑嘻嘻地回來說學校的便所好好看。素敏想便所有什麼好看的，不都是又臭又髒的糞坑，到處爬滿了令人作嘔白胖的蛆。男孩們又說學校有「水道水」，一轉開蓋子就有水跑出來。說得大家好奇得很，很想跑去看，可惜，又有搖鈴聲，大家知道上課了。

綺子老師進來帶了一個大瓶子，一進教室便放在桌上，將瓶子裡的白色水倒在一個杯子裡，告訴大家這是「牛奶」，並問大家知不知道什麼是牛奶，有沒有人喝過？只有雪子和一個男孩子說喝過。女老師說這是很有營養的東西，對身體很好，是牛的奶，大家聽了都竊竊地笑了起來，彷彿真有一頭牛站在前面一樣。說完，要大家排隊輪流到前面喝一杯牛奶。有人一口氣喝完，舔舔嘴還意猶未盡的樣子，有人皺著眉如喝什麼苦藥似的。素敏覺得很好喝，她想起阿爸給她的日本糖果就是這種味道，梅淑覺得有一點腥味，不過還是很好喝。綺子老師交代大家明日起每人要帶鋼杯來，每天都有牛奶喝，還有每人要一個水壺裡面裝開水，可以在學校喝。

第二節下課，大家一等綺子老師離開便跑去便所看個究竟。一排是讓男孩站著尿尿，一排六間有門的是讓女孩尿尿，裡面和家裡的糞坑一樣，只是看不到糞池，是一條像水溝似的。上不上便所的都好奇地研究著。有幾個高年級的學生斥喝他們離開，嚇得他們趕緊跑開，接著在老師辦公室前看到一個石檯子，果然如男孩說的一樣，扭轉鐵灰色的東西，就有水跑出來。

這時搖鈴聲又再響起，他們看到一個年輕的男子手上拿著一個小小的像廟裡的倒鐘，來回地搖著，噹噹的聲響輕脆如愉快的笑聲。

這節課綺子老師抱了一疊簿子，發給每個人一本，發完後，指定敏郎和雪子為班長和副班長，也就是可以幫老師做事以及管管其他同學。素敏想敏郎和雪子會當班長和副班長大概是他們喝過牛奶吧。

然後綺子老師在黑板上寫著日語片假名的前五個字，告訴大家唸「啊、伊、屋、耶、噢」，要大家記起來，一次又一次地重複，還叫著同學站起來唸，直到大家都會為止，搖鈴聲又響了。綺子老師要大家把簿子收到背袋裡，上面有五行這五個字，回家要寫完。宣布放學，要大家回家。

在走到校門口途中，梅淑問素敏班上共有幾個人，素敏說不清楚，好像十幾個，她沒有算過。

在校門口等了一會兒，安平便騎著自轉車出現了。兩個女孩迫不及待，妳一語我一語地向安平說著上課的事，還有喝牛奶、水道水、漂亮的便所等等。安平愉悅而滿足地聽著。一直以來，安平擔心著梅淑沒有母親照顧，現在看著她快樂地上學，由衷地感謝初妹的無私。都快中秋了，日頭還是炎熱，一路上也不見著樹葉搖動。一絲風都沒有，乾熱得彷彿烘著火爐。安平雖然戴著帽遮日，斗大的汗珠還是流了一臉和脖子。兩個興奮的女孩嘎嘎地笑個不停，並沒有注意到父親臉色慘白。

終於回到家，素敏和梅淑搶著和初妹說話，安平看來極疲憊，完全無法加入兩個女兒的話題。

「你是不是逼著？臉色青恂恂，それにうんざり？」初妹看到安平臉青白，夾雜著河洛話、日語問著，心裡十分擔憂。

「沒什麼，是熱了些，洗個面就好了，我吃過飯就得緊轉去看守所上班。」安平脫下帽子掛在牆上，拿起扇子搧了幾下。初妹已拎了濕毛巾出來遞給安平擦拭，隨即要大家吃飯。

「食飽睏一下再去上班？」雖洗過臉，安平臉色已好許多，但初妹仍不安地詢問著。

「用不著，吃飽得出門了，卡將呢？」安平用日語回答讓初妹不必辛苦地想著河洛話。

「早早就喊餓，讓伊吃了睡午覺了。開飯了。吃飯不可多話，吃飽再說！」初妹看兩個女孩放背袋和帽子出來，說著開飯了。兩個女孩又重頭再向初妹說著學校的事。

「可愛い子供たちね，讓她們說吧，可愛呢。」安平一臉幸福地看著兩個女孩，允許她們邊說邊吃。

不過兩個女孩在初妹之前的制止下，倒是乖巧地不敢造次，拿著眼睛看著父親再看著母親，最後決定吃飽飯再說。

安平回去上班後，兩個女孩和初妹躺在榻榻米上午睡，吱吱喳喳如樹上的晚冬雀鳥，同初妹說著學校的一切，一點細節都不放過。只是初妹似心事重重，並不如安平般熱切地聽著，漫不經心地應答，女孩說著說著也累得睡著了。

一陣午後雷聲把母女三人吵醒，初妹想起晾在屋前的被單和衣服，衝出去收起來，才一進門，雨如豆地下了起來，也把阿根婆從夢中驚醒，厲聲地喊著死去多年女兒的名字。

「玉葉，走到去？毋好走彼遠，予阿母找嘸？」阿根婆淚如雨下，朝著初妹說。

「阿母，我嘸走啦。」初妹極力安撫著阿根婆。

「秋香呢？死查某嫺仔，逐工就想會耍。」阿根婆眼神渙散，彷如在一個陌生的地方，不停地找人，找的都是死去的人。

「秋香捧茶來囉，夫人飲茶。」初妹端著剛沏的熱茶，學著大戲裡的話語，自己都覺得好笑，因為阿根婆的日漸失智，反讓自己輕鬆起來。

「佮我騙，汝不是秋香，汝是阿葉啊。」阿根婆難得一笑，覺得是女兒逗她。

兩個女孩也覺得初妹的動作好玩，開心地笑鬧一番。

女孩們幫忙母親收疊衣服後，坐在榻榻米上的矮桌開始一筆一畫描寫作業。兩人互相取笑對方發音和寫得醜。素敏曾有姊姊安敏和阿姆教導過，很快五個片假名便熟記起來，字也描得比梅淑工整漂亮。兩人爭著拿去給初妹看。

「卡將，我寫得比阿淑好看！」素敏信心十足地向初妹炫耀。

「卡將，是我的佮媠，對否！」梅淑也不甘示弱。

「兩個攏寫得同款好看，很難分呢，都會讀了嗎？」初妹想要公平地對待兩個女兒，雖然兩個都不是她親生的，素敏究竟是她的外甥女，有著這一層血緣關係，反而讓她覺得後母難當。她也很清楚兩個女孩中，顯然素敏的字和讀音都較準確，但她卻說兩人都一樣好。

兩個女孩嘻嘻哈哈地把作業薄子收好，然後幫著初妹挑菜準備晚餐。

來得急去得也快的雷雨停了之後，山頭一彎彩虹，瀲瀲的拱橋如在眼前，地上浮動著水氣，空氣中瀰漫著嵐霧，遠方紅日一輪。初妹讓婆婆坐躺在廊前，雖然是秋天，雨後濕氣重，初妹在她膝上蓋上一件薄被，邊旁擱著一甌熱茶。望著四周的景致，初妹有如立於仙境，虛無縹緲的感覺，幸福感也是輕飄浮動的。

她喊著兩個女孩出來看彩虹。

看著兩個女孩喜樂地在屋前嬉玩，初妹有些恍惚，不知安平是否好些。兩個女孩讀書，手頭十分緊絀，她又偷偷賣了一條金鍊子順利繳了學費和用品，安平把月給交她便完全不管是否夠用。這個月來，初妹仔細盤算用度，一面還之前的舉債，一面維持基本生活所需，若不是偶爾販售屋前種的菜蔬，又有溪裡的河鮮的供應，勢必難以維持。

由於阿賢的驟然病逝，初妹對安平的身體特別留意。這些年來安平不懂得照顧自己，加上年輕時吃喝玩樂，安平的身子不算硬朗，高挑的身軀顯得清瘦，今日午後臉色慘白，讓初妹有些不安，她倒希望真的只是熱到，不是什麼病灶的出現。

這樣的天倫之樂，初妹是從不敢奢侈想望的。體己的丈夫，兩個貼心的女兒，一個活在自己的世界的婆婆，生活雖拮据，總還過得去。來花蓮港前她只想逃離那樣受詛咒似的環境，冀望和素敏能存活下來，其他都不敢去奢望。在魚工廠殺魚時，也只想到這個工作做一輩子，做到素敏婚嫁，做到自己不能再做為止。眼前的生活像是在夢境撿到一筆財富，命運乖舛慣了的初妹，總是有些不安，隱約中彷彿有人嫉妒她的幸福，準備再來狠狠的一擊，擔心從夢境醒來，回到失去阿賢的場景。

整個下午恍恍惚惚，連阿根婆在簷廊下睡著了都沒發現，阿根婆愈來愈嗜睡，有時如嬰兒般，可以酣睡一整天。

晚上安平並未再顯露出什麼不適，讓初妹放下心來。

幾日下來，兩個女孩上學得十分開心，少許的缺憾是波珂和拉娃不能一同上學，還有卡將和多桑不能像她們一樣喝牛奶。卡將說多桑的身體不好，老師說牛奶是很營養的東西，如果多桑喝了身體也許會健康。梅淑和素敏商量，將老師給的兩杯牛奶倒進水壺裡帶回去給卡將和多桑或是阿嬤喝。於是兩人趁老師不注意時，將兩杯牛奶倒入一只空的水壺。

初妹見了女兒偷帶回來的牛奶，感觸萬分，竟一時語塞。兩個女孩以為母親不高興，直辯稱是不愛喝怕浪費了，所以帶回來。初妹摸摸她們的頭，示意她沒有不高興，隨即把牛奶倒出放在大碗裡放到鍋裡蒸熱，分一小碗要給婆婆喝，阿根婆嫌腥，捏鼻子搖頭如波浪鼓。

由於安平愛喝牛奶又對健康有幫助，兩個女孩更是樂得偷帶牛奶回家。拿了幾天後，也有同學效法，終於被老師發現，問清楚是素敏和梅淑帶頭，綺子老師要大家不可再有這樣的情形，綺子老師說小孩子要發育比大人更需要營養。牛奶不能帶回去，兩個女孩每次喝牛奶時總覺得有些愧疚，彷彿喝走了父親的健康。

阿根婆愈來愈認不得人了，連安平和梅淑也不認得，健康狀況也不如前，言語舉止像是七、八歲小孩，但神情總是慌慌張張，嚷著找東西，卻又說不出找什麼。初妹在阿根婆的眼中同時具有母親和女兒雙重的角色，阿根婆完全倚賴著初妹。只是讓初妹不解的是，曾經那麼厭惡、侮辱她的人，如今是這麼信賴她甚於自己的兒子。六、七個月前初妹還害怕極了這個婆婆，她的眼神、話語如針刺在心上，讓她戰戰兢兢，還有些後悔再婚。

初妹無法了解阿根婆的內心世界，有時是八、九歲小孩的純真，有時是富家少婦的威嚴色厲，偶爾也會像失心瘋般撕扯著初妹的頭髮、衣服。初妹猜測小孩和少婦這兩個階段應該是阿根婆最快樂的時期，她耽溺在這裡，不肯回到困苦、還有個不喜歡的媳婦的現實世界。

平順的日子以及安平給初妹的家，讓她覺得自己在泥土中扎根，安分老實地待在這兒，她更企盼根扎得更深更篤實，從此不再漂流。

十個月後，阿根婆平靜地在睡夢中走了，像嬰兒熟睡般的安詳。初妹有著失落的感覺，就像失去摯愛的母親或女兒。這時她格外想念三叉的阿姆，辦完阿根婆的喪事，初妹盤算著等過完年回去三叉一趟，也讓三妹看看上學讀書的素敏，長高了許多，懂事了許多，還有安平和梅淑，她的丈夫，她的女兒，她的家人。

開枝散葉，娶新婦

雙人行到青春嶺，鳥隻唸歌送人行，溪水清清流未定，天然合奏音樂聲啊——青春嶺，青春嶺頂自由行。

——〈青春嶺〉

阿音又生了一個女兒秀玉，騰雲正要從公學校畢業。騰達跟著父親和叔父下田工作也快二年了。長高長壯一付青澀少年郎的樣子。三個人全心全力的工作仍無法供應十個人的生活，三張坑床疊滿了小孩。

騰達公學校畢業知道自己不愛讀書，下田耕作卻十分順手，他很清楚自己年少有的是時間和體力，只要賣力十年或二十年，有一天可以買牛、買地，結婚、拉拔弟妹長大，讓父母親擔子輕一點。騰達認為努力地耕作買地，比讀書要有趣多了。

騰雲卻有完全不同的想法，看著家裡的生活情形，騰雲也明白，要繼續讀書的希望非常渺茫，不死心的他仍抱著一絲絲的機會。

「卡將，我想要繼續讀高等科，要考試報名費，咁有？」騰雲以微小幾乎自言自語的聲調向母親詢問。

「騰雲仔，汝亦不是不知厝內這種情形，會當乎汝讀公學校都已經是偷笑啊，汝落來一大陣小弟小妹，吃飯都嘸，是要按怎乎汝繼續讀冊，恁阿兄嘛嘸讀啊，讀冊那是免錢，較高嘛乎汝讀。我無法度，金仔攏賣了啊，恁兄弟歸陣讀冊的錢，到今啊亦是欠人，是要去叨闖錢？汝去問恁多桑看嘛。」阿音十分無奈地對兒子說。

騰雲這一年多來和父親老是衝突，現在又是開口要錢讀書，如何開得了口？

「卡將，汝替我問啦。」

「好啦，暗時我再問。」

夜裡，阿音一面餵秀玉吃奶，一面問阿南關於騰雲讀高等科的事情。

阿南十分不悅，回她飯都沒得吃了，還讀什麼書。阿音突然想到騰雲是過繼朝貴的，長大是要替朝貴捧斗送山頭，好歹也算是他的兒子。這幾年朝貴多少存了一些錢，他又節省沒什麼花費，如果他願意資助，騰雲就可以繼續讀書了。阿音將這樣的想法對阿南提及，阿南覺得這也是個好方法。

隔日，在田裡澆肥時，阿南向朝貴提起此事。

「阿貴仔，騰雲算來嘛是過乎汝的後生，汝那老了嘛只有靠伊。伊真賢讀冊，學校个老師講叫伊繼續讀落去，今嘛汝亦知我無才調栽培伊，不知汝咁有願意栽培？替伊出報名費，以後那繳學費，我加減亦會鬥出一寡。」

「我考慮一下。」朝貴沉默了一會兒。

本來想把騰雲當成兒子看待的朝貴，這一年多來看著騰雲總是對阿南頂嘴，加上騰雲倔強、率直、凡事看不慣的個性，不若騰達個性開朗、好相處，說話和顏悅色；雖說騰雲過繼給朝貴，始終是阿音撫養長大，仍是阿南的兒子，也從未聽騰雲喊朝貴一聲父親。騰雲年紀還這麼小就喜歡忤逆父親，朝貴想若將積蓄栽培騰雲讀書，到時騰雲不孝順他時，他即無妻子亦無兒子，如何養老，他寧可自己身邊留著錢，至少也有個棺材本。這樣的念頭一轉入腦子裡，朝貴愈想愈不對，於是回拒了阿南的建議。

在知道求援無門，連朝貴叔這個以後要靠他的人都不願栽培他、幫忙他，騰雲既憤怒又傷心，曾經有一道門為他打開一點隙縫，讓他以為可以跨越出去，現在他又再度被關在暗黑的門內。

才過完農曆年沒多久，美軍戰鬥機開始轟炸花蓮港，車站和港口是首要的攻擊區，後來連街道和人口稠密的移民村也遭到轟炸。港廳都長廣播並要保正通知可能遭轟炸的地區疏開至偏遠的山下，有些學校也陸續停課。阿火用牛車將自己和阿南兩家人的簡單家當、米糧及小孩全放置在牛車上，疏開到林田山的附近躲空襲，這一躲就是幾個月，人口眾多，米飯很快就吃完了，又回到吃番薯、野菜的時日，同時也擔心吉野的房子和田地是否被炸毀了。

日本戰敗了，阿火阿南回到吉野，幸好家裡都安然無事，這是騰雲公學校畢業後一年。

由於吉野移民村的日本人陸續搬走，趁混亂許多人都去占領，也風聞所占領的房子仍是政府的，屆時須付租稅。阿火急著趕來同阿南商量也去占居。兩人各看上了清水村一帶的大房子，第二天卻害怕若付不出租稅，勢必被趕出來，以致兩人再去各自占一間小很多的房子，而且比鄰而住，阿火覺得這樣也好彼此可以照應。

房子雖然不大卻也比原來的房子好很多，有一大片的後院。原來的日本人栽種了許多花草樹栽，阿南嫌它中看不中用，全改種竹林，竹畦間種菜，還圍了竹籬養雞鴨。後院連著屋子的地方建了豬舍。屋前的日式庭院改為稻埕好曬穀子，埕前原是公共空間，日本人植花種樹還建涼亭，住進來的人紛紛在自己的埕前公共空間畫地改建牛欄和用來堆肥的垃圾堆。原本花木扶疏的移民區，不到一年完全改頭換面，成了一棟棟的農舍。唯一沒變的是日式帶有閣樓的房子。小孩子沒住過有樓房的屋子興奮得不得了，七個孩子分睡在閣樓上的三間通舖內，又有窗扇可俯視或遠眺。初始，較小的有福、秀玉一日總要爬幾回閣樓的木梯。

國民政府接收後，日幣不能再使用，改為台幣，時局不穩，錢卻一直貶值，到後來四萬元舊台幣換一元新台幣，阿火存了一些錢，好幾布袋的錢換不到一斗米，阿卻哭得傷心，阿音卻是幸災樂禍；一直苦於賒債，舊台幣的貶值反讓阿音以前的賒欠減少許多。

騰雲試著努力學中國語，否則公學校的學歷，不上不下也只能如兄長一樣下田。看著村裡新湧進的中國軍人，宛如一群群的乞丐，讓騰雲更驚奇的是，這些打敗日本的中國軍人，完全不知道「水道」、「電火」是什麼，在村裡四處惹事，家家戶戶都把女兒藏起來。後來又聽說台北發生二二八事件，一度讓騰雲厭惡得不想學中國話。

阿南也緊張騰雲看不慣世事的個性，他知道有人被抓被殺，那些人都是讀書人，有醫生，有校長和老師。這時阿南慶幸沒讓騰雲去讀高等科，日日盯著騰雲到田裡工作，免得惹禍上身。

動亂過後，村子裡又恢復到平靜的生活。十七歲的騰達，長得壯碩俊秀，阿音雖也想早些當婆婆，可以放下理家的擔子，但想到再一年騰達就要當兵了，等他當完兵回來再娶比較妥當。不過她也仍留意著村內的少女。阿音想挑個能做能生又乖巧的就可以了。騰達卻看上了新村的村長的大女兒理子。村長的家境遠比阿南家富裕，有一棟豪華日式大宅院，田地十幾甲，理子是村裡有名的美女，才十六歲，門檻快被媒婆踩平了。騰達比家境、比門風比不過，比人才，前來提親的人家也個個將才。理子比較吃虧的是只讀過一年半的公學校，幾乎等於是不識字，真正大戶人家不見得看得上，多半是中上人家來提親，而中上人家也都比騰達的家境好許多。騰達暗暗叫苦，若再不表示，等他當完三年兵回來，理子可能已是別人的妻子了。騰達知悉騰雲很會寫信，決定央求弟弟幫這個忙。

「騰雲，鬥相工一下，拜託替我寫批乎理子。」

「聽講理子未識字，你寫批乎伊是要乎鬼看？」

「伊第三小妹識字，總會唸乎伊聽。」

「你若毋愛直接找伊講。」

「你是要驚死人喔，伊歸工在伊厝的亦是田做事，全是小弟以及小妹做伙，我那有什麼機會佮伊講話。」

「你敢知人對咱咁有意思？」

「都是未知才得拜託寫批探看嘛。你是要寫亦是不要？」

「好啦，我寫好你才看有什麼要修改，等一下乎你。」

騰雲好不容易找出一張舊的本子空白紙，開始寫了起來。寫著寫著彷彿真對著某個女孩說話般。

寫好信放在信封上交給大哥，騰達很滿意，連改都不改，趁夜色尚未全黑，火速跑到新村，伺機交給理子。在屋外探頭探腦許久，終於看到理子讀小學的大弟在圍牆邊喊著貓。騰達喊他過來將信交給他，指名給理子後，急急跑走。

這封文情並茂的情書的命運是，理子的大弟當著家人面前給唸出來。理子羞得躲回房裡，村長添壽生氣地撕碎這封信。「不知輕重的猴死囝仔，閹雞亦想要趁鳳凰飛，四兩稱仔亦不知稍除一下。」

理子每日在田裡做事時，三不五時總會巧遇一位少年郎，含情脈脈地盯著她，後來終於知道是舊村的騰達。騰達雖長得不錯，對理子來說，提親的人選中還有更好的，所以從未在意過，也無好臉色表現。但是這封被取笑的情書，卻讓理子產生一份同情和好奇。

知道自己的情書是如此的命運後，騰達不再央求弟弟寫信，他每日提早半個小時收工，到理子家的田邊等候，理子並未理會他，為此還特地用花巾斗笠把自己包得只剩一雙眼睛，即使如此，騰達仍不管風雨日日等候在田邊。偶爾理子的眼光多停留在他身上幾秒鐘，就足夠讓他興奮得睡不著覺了，直對著騰雲說個半天。騰雲煩惱的不是愛情，是如何擺脫貧困的環境，甚至還想著如何才能繼續讀書。

在騰達即將當兵的前一個月，不知是理子有意或是天意，那日將收工前只有理子和大妹在田裡工作。騰達鼓足勇氣，再不說就沒機會了。彷彿自言自語般走到理子身旁，說了一串連自己都嚇一跳的話。

「我就要去做兵，真想要佮妳做朋友，以後是不是會當寫批乎妳？妳會當拜託妳小妹唸予妳聽。」說完騰達拔腿就跑，留下理子錯愕地站在那裡。

隔好些天，理子的大妹繡子在收工時刻意走到騰達旁，悄悄地說著：

「大姊講伊會等你，你放心去做兵。批甭寫去厝內，這是阮阿姊的朋友，伊會轉予阮阿姊。」繡子趁沒人注意塞給騰達一張寫著地址的紙條，然後跑去和理子並肩走回家。

騰達綿纏的動作的確打動了理子。有了理子的回應和允諾，騰達快樂地去當兵，每隔一段時間就寫一封信給理子，在難得從軍中回家探視時，兩人總是偷偷約會著，由繡子把風。理子也開始回絕所有媒人的提親，一心一意等著騰達回來。村長添壽原想理子還小，直到都十八歲了還回絕提親之事，才注意到理子必然有其他原因。在得知原委之後暴跳如雷。

「我就是打斷妳腳亦是將妳掐死，嘛未當乎妳嫁恁一家伙，散佮鬼要掐，擱有一大陣的小叔小姑，妳是嫌厝仔做無夠是否？」

對於父親的暴怒，理子採取不言不語，更認分地做事。而為了阻擋騰達和理子在一起，添壽開始積極回應媒人的提親，決定挑一個乘龍快婿，早日讓理子出嫁。

騰達還有三個月就要退伍了，理子盤算著等騰達退伍後，兩人就可以在一起，到時不管父親如何反對，她還是執意要嫁給騰達。

「理子，我已經看中一門的親晟，對方厝內是開布行住街仔路，吃穿真快活，彼個查甫囝亦真古意，對方對妳嘛真有意思，我想這門親晟就按呢訂了來。」添壽完全是已決定的口吻對理子說。

「多桑，你撿的我攏無恰意，我已經有對象，等伊做兵轉來，你予阮結婚好莫？」理子早已知父親的打算，心中也盤算好如何應付這場即將到來的風暴！

「幹恁老母，妳是聽嘸是否，婚姻的代誌會當予汝大主大意，我講誰都是誰，汝那擱假肖，恁爸就將妳踹死。」添壽撂下狠話，氣呼呼地出門。

騰達又從軍中回家探視，和理子密商如何度過這場逼婚的風暴。

再一個月騰達就要退伍了，理子心中放下一顆大石頭。

「喂，去佮恁查某囝講，後日是好日，對方要來相親，叫理子稍準備一下。」添壽採取強硬的姿態，非達目的不可，在房裡對著老妻罔惜下命令似的。

罔惜從理子房間回來，臉色沉重，嚅嚅不知該如何對丈夫提及。

「妳是有去講否？明仔日佮理子去街仔路買胭脂水粉，相親一日嘛要稍妝一下。」半躺在榻榻米上抽著粗菸的添壽並沒有注意到罔惜的神情。

「講就有講，不過……」

「不過啥？伊咁敢有意見？」

「啊都……」

「妳個查某人講話吞吞吐吐，是有什麼代誌緊講啊！」

「理子講伊有身啊，未當嫁別人……」罔惜如小偷似的急促說完背對著丈夫。

理子被父親狠狠毒打一頓，罔惜和幾個妹妹趴在她身上當肉牆。一場的家庭風暴，因為理子有孕，添壽不得不妥協，直到訂婚後添壽才知道理子懷有身孕是假的，是騰達想出來的救急辦法，這件事也只有理子一家人和騰達知道，並沒有減損理子的名聲，而添壽想要悔婚也來不及了。

其實阿音並不喜歡理子，門戶不相對等是主要原因，娶一個比自己家世要好的新婦，她這個做婆婆的如何使派頭和權威？再加上理子的父親激烈反對，阿音就曾氣呼呼地對雞屎嫂抱怨：「做一個不成村長是在囂擺啥？好額人又擱是按怎，多人幾甲地田就這稀罕，騙人不識啥是好額人。阮達仔咁有外歹，人漂魄擱骨力，點燈仔火嘛嘸底找。」

理子嫁過來之後，阿音將所有的家務全交給理子，只專心帶著病弱的有福和四歲最小的女兒秀玉，串門子就成了阿音當婆婆後享福的方式。

理子生性溫順，嫁過來後沒多久便懷孕了，忍著孕吐料理一家十幾口的家事，還得到田裡幫忙，有時阿音冷言冷語謾罵、刁難，理子忍氣吞聲，也不敢對丈夫提及，只有暗自垂淚。她以為兩人相愛就是幸福，萬萬沒想到婚姻生活是如此地折磨與無趣。她終於了解父親和母親極力反對的理由了。

來花蓮港後，開枝散葉，阿南家的第三代終於出生了。在結婚後隔年理子生了兒子，騰達取了家興這個名字，希望家族興旺。騰雲當兵也快退伍，騰雲在軍中努力學國語，希望退伍後能找到好工作，不必再種田。

阿火的養子阿登健檢不合格不必當兵，隨即和童養媳月嬌送做堆，三年後和理子同年生了兒子。隔一年騰雲當完兵回來，有田、有財也陸續當兵去，這些年一家人辛勞地耕作，阿南租的田地從幾分擴增到一甲多，買了牛，也有牛車和自轉車。阿南和騰達盤算著，等騰雲、有田、有財加人種田的行列，再過幾年就可以買土地，有自己的農田，不必看地主的臉色！

阿音十八歲來花蓮港，一轉眼二十多年過去，四十餘歲含飴弄孫，有田地有房子，生活雖不富裕，卻也不必再吃番薯簽。阿音回想著當初來花蓮港的情形，生活如牛拖磨，卻彷若一夜夢醒，兒女成群，也當了阿嬷，時間短促得有如昨日。雖然父母都過世了，這些年阿音回鶯歌娘家的次數反而多了，妹妹阿葉嫁人、生子，大哥五十歲做壽、侄兒娶新婦，阿音一趟趟地走臨海公路，旅途仍舊艱辛卻不再是生離死別。每次的往返，來來去去花蓮港、鶯歌，阿音不再說：來去花蓮港，不知不覺成了：返來去花蓮港！

有女初長成

還是讓我們一塊兒來吧！從這泥濘地往前走去……

——修・普萊瑟（Hugh Prather）

幾株山櫻抖落了最後幾蕊花穗，一朵早開的茉莉，在暮春清晨散發著淡淡香氣，蟋蟀的聲音在地裡訇訇地響著，日子在花開花落和不甚明顯的四季中移走。

素敏和梅淑就讀三年級了，素敏的成績總是名列前茅，梅淑則勉強及格。安平老是笑呵呵地對親友提及素敏會讀書，梅淑乖巧。兩姊妹也沒有因為彼此成績懸殊而心生嫌隙；梅淑的手工極巧，又勤勞，完全把初妹當成親生的母親，初妹也因自己後母的身分，反而刻意疼惜梅淑。

安平的身子不能太過勞累，一累便高燒沉睡不醒，讓初妹很是擔心，中醫說是肝臟不好，得好好休養，所以幾乎粗重的工作都是初妹和兩個女兒動手，然而上了一天班的安平也仍覺得累。

時局愈來愈不好，戰爭的傳言不斷，物資開始緊絀。

一日，安平下班回來，臉色極為沉重，初妹以為他太累以致生病了。

「你人無好是不是？要看醫生否？」

「身體無恙，有戰事，日本已參戰，聽說美軍會來打台灣，花蓮港是重要運輸港口，最近飛來不少軍機，不是好事，存糧相當重要。」安平以日語一字一字慎重地對初妹說。

安平才說不到二天，保正和報馬仔開始在庄裡發布躲空襲的種種事項和準備物品。田間已有不少的防空壕設置，築港來了幾艘大船，軍機場也聚集了一架架戰鬥機，也突然增多不滿二十歲的戰士，個個年輕英挺。安平每日下班回家都會向初妹說及街上所見的種種。說要準備物品，初妹卻苦惱沒有物品可儲存，物資一向缺乏，又沒有閒錢買黑市的物品。這裡還算郊區，卻也是飛機航行的路線，若是美軍轟炸，也該是明顯的地標。安平自我分析之後，決定遷往更山邊，就在山腳下，那兒有山勢濃密的林木阻擋，應該是比較安全。

安平要初妹備妥一些米糧和簡單衣物，只要有空襲就前往吉野的山腳下。為了慎重起見，安平還特別騎了兩個多小時的自轉車到吉野山腳察看，北邊只有幾戶漢人的土角厝，南邊不到十戶的番人茅屋，附近有廢棄的豬舍和破屋，安平認為這個地方最適合躲空襲，躲個幾天也許戰事就結束了，日本人同事一直說日本軍勇強，戰略極佳，很快就可以將米國打敗。在看守所工作了這麼多年，安平十分相信同僚的看法。

才過兩三年稍平順的日子，動盪的生活又來了，初妹不無感嘆自己的時運。

過完五月節，陸續有零星的美軍P38輕型戰鬥機飛來轟炸，首要是陸軍港、空軍機場和築港，以及黑金通最熱鬧的地區，以及稻住通人口稠密的地區。十六股尚未受影響。安平判斷再不久，整個花蓮港鄰近都會是美軍轟炸的地區。他和初妹帶著兩個女兒前往吉野庄的吉野山腳下的南邊，破屋無法遮擋整日淅淅瀝瀝的梅雨，初妹和素敏、梅淑清洗乾淨還完好的豬舍，加了兩面茅草牆避雨，簡單構築灶座，用布簾隔了兩間臥房，簡陋的住屋終也有些像樣。

以為待個十來天，戰爭就可以結束，沒想到一住就是兩個多月。眼看戰爭不知何時結束，初妹早早在米飯中加了番薯塊煮成粥，到後來連新鮮的番薯也缺貨，只能拿出年前曝曬的番薯簽，摻了極稀少的米粒的湯粥。鎮日躲空襲，許多農田被炸成焦土，連菜蔬也斷炊。初妹想起阿眉仔婦人的野菜，遍地的山茼蒿、黑鬼菜、刺莧、豬母乳草、雞腸仔菜。沒有豬油也沒有土豆油，只能燙熟拌鹽。有時和女兒到山腰的溪澗撈河魚河蝦，抓青蛙，能吃的全都當成食物。野菜味重又沒有油香，素敏和梅淑吃到翻胃，不吃又餓。兩個女孩想起波珂、哈娜烤草螟、蝸牛、筍龜、烤樹薯香噴噴的味道，於是滿山遍野尋找野味、野果解饞解飢。不用上課自由自在，兩個女孩倒也樂在其中。

美軍軍機轟炸的範圍愈來愈廣，有時成群的B29型遠程重轟炸機也炸到吉野村。吉野是日本政府有計畫的移民村，出產的稻米還運回日本給天皇吃，耕作的人都有一份驕傲。安平知道也曾路過移民村，每一戶房子都很大、很舒適的樣子。現在聽說也被炸了，不過是炸在正準備收割的稻田，還沒聽說有人傷亡，比起街仔和港區，這裡是要安全多了，更多街仔的人都紛紛搬到玉里庄或鳳林庄或往更接近台東的舞鶴山區以及鄉下躲避空襲。

天氣愈來愈熱，地面如焦灰，卻也是巴吉魯的季節，山邊一排都是。初妹知道巴吉魯是阿眉仔的最愛，她也學他們摘下黃熟的果子，削去硬皮，切塊丟入滾水煮熟加鹽即可，如果有小魚干更好。沒有魚干的巴吉魯一樣清甜，兩個女孩總算覺得有一樣野菜是可口的，於是更勤勞地幫母親摘取。

雖然生活艱苦又不便，初妹仍慶幸安平的工作和年齡，沒有被徵調到南洋的憂心。她想起以前在漁會做事的同伴玉花的丈夫半年前便徵調到新加坡，最近生死未明。疏開來這裡之前，初妹到南濱街看過她，見了初妹抱著哭了起來，五個小孩如樓梯般排開來，最小的還沒斷奶呢。雖然有軍部補給，也不過餓不死而已。南濱靠海邊，美軍軍機轟炸得最多的地方，初妹有些擔心玉花不知疏開到哪裡去了。

來到吉野山下之前，初妹曾和兩個女兒到看守所安平那兒，見到好幾個十七、八歲的日本神風特攻隊，個個年少俊秀，安平說這些人都是抱著必死的心，開著飛機連人投炸美國的戰船。初妹聽了不免心疼，終究也是人家的兒子，養這麼大卻是去送死。如果那個夭折的孩子活著，也是二十幾歲了，也可能是被徵調到南洋參戰的。

日前，松濤他們一家疏開到砂婆礑的山邊去了，那兒有朋友的家可暫居，安全和生活沒有問題，唯一讓人擔心的是大侄兒文忠很可能被徵召，文生輕微小兒痲痺，文良還未滿十八歲。貴妹每日燒香拜佛祈求兒子不要被徵召。

三、四個月彷彿是兩三年般的漫長。一日安平回來對初妹說，日本天皇投降了，戰爭結束了！不過現在局勢亂糟糟，日本人準備搬回去，聽說吉野庄移民村的房子可以去暫住再申請。安平說吉野的山水很好，移民村裡的房子都蓋得很舒適，比起十六股的木屋要大也要好，他打算先去看看。

安平和家人搬回十六股的屋裡，他要初妹整理家當，很可能會搬家。由於安平在看守所工作關係算好，託日本同事幫忙找找看吉野庄清水移民村的房子。不到三個星期，他的同事帶他到吉野清水移民村的一處住屋，屋主昨日已回日本，留下的房子可以讓給他。安平看了非常喜歡；房子和園地整理得很乾淨，大約有兩分大的地，屋子在中央，四周果樹花木茂盛，兩分地夠初妹種種菜或養雞鴨、養豬，不過同事說，可能以後的徵稅會高一些吧。安平還是決定先住下來，以後的租稅再籌籌看，總是有辦法的。

安平看到鄰近的日本人家沮喪地整理家當，準備搬回日本。每個人總是低首愁眉，完全是戰敗國民的樣子，和戰前的趾高氣昂相比實在懸殊。安平也注意到，即使要搬離，屋子清理得乾乾淨淨，並沒有破壞或髒亂的地方。這點日本人和中國人就有很大的差別；七年前，安平曾想到中國發展，心裡的祖國該是個泱泱文化大國，去到北京近郊探望從台灣到這裡的朋友，眼前所見的景象讓他僅存的一點幻想全破滅。貧窮、髒亂，教他最不能忍受的是，想要謀得一職就得塞許多紅包，打通好幾個關卡。另外他見到郊外營隊毫無紀律，當地的居民抱怨連天，還有讓安平看不慣的是，小兵替營長一家煮飯洗衣，包括女人的貼身衣物。他問朋友是否這裡的軍紀就是如此？朋友的答案竟是：這很正常，小兵什麼都得做，煮飯洗衣算什麼？安平不解的是，軍人的職責應該是作戰而不是做飯。他想這樣的軍隊如何打勝仗？死了心的安平回到台灣，認分地在看守所做事。只是他萬萬沒想到十年後，他在台灣再度遇上這些士兵。

看守所裡只有四個是台灣人，其餘的都是日本人。日本同事一個個準備回去，三、四個月內陸續走光了，遞補了幾個台灣人。安平也聽說中國那邊已派人來接收管理台灣，花蓮港這裡近日也已有人來接手。

終於來了幾個中國人，說是接管看守所的職務，幾個不會說中國話的台灣人遭到去職，安平和金土兩人會說中國話因而留職。

本來對國民政府接收台灣，安平還抱著一絲回歸祖國的心情，然而看到一隊隊衣衫襤褸的軍人，粗魯地占用民房，有時強行搶取食物用品，也有婦女被強暴，和離去的日本人截然不同，安平在北京痛惡的印象又回來了。

搬到吉野離安平上班的看守所較遠，安平比平時更早要出門。素敏和梅淑也轉到吉野這裡讀四年級，原本是日本小孩讀書的學校，現在什麼人都可以讀了。學校的老師也都換成中國人，以及幾個還勉強可以說點中國話的老師。素敏和梅淑也都改掉了日本名字，回到漢名。叫慣了日本名字，素敏有時會忘了老師喊她。不過在家安平和初妹仍是喊她的日本名字。開始學中國話，初始兩個女孩有些不適應，沒有多久也就朗朗上口了。從日語到中國語，素敏很快就學會，仍舊在班上排第一，梅淑也仍舊是及格邊緣。

沒多久，中國語改成國語，就像之前日語也被稱為國語，因此，每當提到「國語」這兩個字，初始素敏老以為是日語。其實語言對素敏並未造成太大的困擾；以前在三叉和阿姆說的是客家語、日語，和阿婆只說客家語，來到花蓮港學會了河洛話，梅淑有時聽素敏和初妹用客語談話，也多少會說些客家話，現在又多了國語。

日本人走後都將一年了，大正紀元改成民國仍有人不習慣。語言更是一大困擾，日語不通，河洛話、客語更不通。局勢還是亂，看守所裡的台灣人除了安平外，全被逼走了，理由是語言不通。安平曾去過中國，學歷較高，國語說得還可以，這便是他仍保有這份工作的原因。如果不是需要這份月給養家活口，安平大概早已走人。原本身體健康就不是很好，這一年來的鬱悶，安平更形削瘦，臉色始終蒼白。初妹十分了解安平的想法，多次勸他辭掉工作算了，有了兩分地種菜養雞養豬也許可以過日子，兩個女兒再一年就小學畢業了，可以做工賺錢。安平心裡卻有另外打算，他看到素敏會讀書，應該讓她繼續念下去，只是能不能供應她的學費還是很大的困擾，至於梅淑雖然乖巧也能幹，卻不是讀書的人，小學畢業識得字、國語也通應該就可以了。安平決定再忍耐做幾年，好讓素敏念書。

錢一直貶值，菜價、米價、肉價一路狂飆，安平月初領的月給到了月中便不值錢，存了也沒有用。有時一天的工資可買一隻雞，到月底是整個月薪水也買不起。所有原本日本人訂定的制度全不施行，卻也無一套完整的新制度，不只是看守所，所有政府機構都亂成一團，安平再度看到十年前他在北京所見的亂象。多少台灣人因而被迫離職，或者因為看不慣而自動去職。

安平深深感覺到為五斗米折腰的痛苦。

民國三十六年二月底，傳來台北暴動消息，一個賣私菸的婦人被軍人打死，引起周遭人的不滿，鬥毆軍人，積怨已久的台灣人開始反抗，事件愈擴愈大，沒多久串連全島，甚至有人占領廣播電台。

安平一直密切注意著，卻也謹言慎行。

那天假日安平值班，傍晚初妹帶著素敏和梅淑送便當到看守所給安平。一家四口在安平的辦公室吃飯閒談。窗口外不遠處是陸軍港，幾輛綠色的軍用卡車停在那兒，幾個軍人荷槍來回走著。

「卡將，車底咁那有死人呢？」藉著微薄的月色，素敏看到二個軍人合力抬著一個個像死人上卡車後方，蓋上墨綠色帆布，沒多久三輛的軍車在夜色中開走了。

「恬恬毋通講話。」初妹趕緊制止素敏。這一切，安平也看在眼底，只是從頭至尾一語不發。

「素敏、阿淑，今晚妳們看到的情形，千萬別說出去，知道嗎？」等軍車離去一段時間，安平臉色凝重，看著外面動靜，小聲地說著。月亮躲進雲層，夜黑如墨。

除了初妹知道情形外，素敏和梅淑一頭霧水，但礙於父親嚴肅的神情，兩個女孩其實完全不知剛才所見究竟是什麼，也不敢發問，茫然地點頭。

幾日後，街上傳著鳳林的中學校長和他醫生的兒子夜裡被捉，隔天父子三人的屍體在山坡上，開腸破肚死狀極慘。安平一直關心著台北的動亂，聽說一直延燒到南部，只是沒想到後山的花蓮也難逃劫數，安平知道鳳林張家開了醫院和中學，父子四人都學醫，在鳳林很有聲望，初始也歡迎國民政府來台，後來聽說對國民政府失望，提出一些建言，好像因此惹出殺身之禍。安平不敢想像那三輛軍車載的是什麼人。

幾個多月後，整個事件被稱為二二八事件，廣播和公文發布著陳儀的公告，說明這個事件是暴民暴亂，也已平定，以及種種新的政策措施。幾個大陸來的同事開始肆無忌憚地批評台灣人的種種劣行，也以占領者似的高人一等的姿態對待安平，年資深而嫻熟事務的安平反成了雜役似的供他們驅使。

「風這麼大，啊多桑你的帽子……」安平和初妹走在路上，突然颳起一陣大風，安平常戴的白色硬殼帽竟被吹落地翻滾至路邊。初妹趕緊追上想抓住帽子，帽子滾落草叢不見了。屋後的公雞扯開喉嚨嘶啼著，初妹從夢裡醒過來。

帽子掉了。小時候聽過父親談起解夢，他說男子的帽子是代表官運，夢裡戴帽子就是有官做或升官，那麼戴在頭上的帽子掉了是不是……初妹不敢往下想，一整日隱隱地不安。

下午，有人騎著腳踏車來說是犯人逃跑，安平暫時被拘留。

初妹沒有對兩個女兒說明，只說安平加班得留在看守所。一夜未闔眼，初妹腦裡盡是些不吉利的畫面。

隔日中午，安平回到家，一臉落寞。初妹終於知道，有個犯人藉著除草時躲在草垛中被人抬出去逃跑了。職責應是負責看守的役員，但這名役員是監獄長的外甥，安平卻以業務過失被革職，這名役員頂了他的職缺。

辭去工作的安平，因為委屈和憤憤不平，有幾次吐血，病得奄奄一息。初妹用心地照料，安平仍終日昏睡或胸口悶痛，更形消瘦。初妹變賣了全部首飾做為生活花用和醫藥費。

素敏和梅淑再兩個多月就要小學畢業了。

「卡將，老師說再一個多月就欲考師範學校，三叉的內桑前年也考上台北女子師範，伊寫信講伊一定要考，以後做老師。」素敏從學校回來接到安敏從台北女子師範學校寄來的信，加上老師認為班上有三個人有能力去考才成立一年的花蓮師範學校，於是興奮地對初妹提及。

「阿淑有要考否？」初妹的隱憂終於來了。

「冇聽講，班上只有伲以及張素麗、劉明富三人呢，老師說下禮拜要繳報名錢。」素敏不懂這和梅淑有什麼關係？

初妹沒說什麼，臉色沉沉地走開。素敏不清楚自己究竟說錯了什麼，錯愕地望著初妹回房。

初妹心思翻騰著。她多麼高興素敏有能力去考師範，這樣就不致愧對三妹將素敏交給她，但是梅淑似乎只能走畢業後去做工的路了，素敏若去讀師範的這幾年，養家的責任勢必全落在梅淑的肩上，雖然梅淑至今並未有不滿的表示，日後兩個女孩的命運發展必然懸殊。如果是親姊妹，也就算了，偏偏自己是後母，這樣的安排似乎對梅淑不公平，儘管梅淑乖巧，把一家以及病中的父親交給十三歲的梅淑一肩擔，讓初妹於心不忍。

「我決定不讓素敏報考師範，畢業後和梅淑一樣做工。」初妹一字一句不帶任何感情地對安平說。

「不行！讓素敏去考，她有才能就應該予伊去考。」安平口吻堅定，他很清楚這個時局只有多讀書才有機會。

「我不會答應！我有我的考慮。」一向柔順的初妹，這次一反常態的堅定，讓安平十分意外。

「妳有什麼考慮？加讀冊不是真好的代誌？素敏又擱是妳的查某囝呢？」安平實在不懂初妹的考慮是什麼？他都贊成了，還有什麼值得考慮的。

「就因為是我的查某囝，我才會考慮這濟。你咁知，後母歹做，素敏是對轎後，阿淑是前人囝，外濟人看我按怎做。咱今嘛足需要有人賺錢生活，未當放乎阿淑一個人拖。我想真久，素敏是我帶來，我有我的決定，這遍你要聽我的。」初妹難得一見的篤定和堅毅神情，讓安平的態度稍軟化下來，再想到他的身體狀況和生活馬上面臨的困境。安平從一個凡事發落的支柱跌落到被扶持的地位，讓他十分沮喪。他很清楚初妹的決定是對梅淑公平，但對素敏卻是不公平，然而素敏是她女兒，他這個繼父又能如何？舊台幣四萬元換新台幣一元，整個家裡一無所有，他又被迫離職，初妹這一年來得了哮喘，稍冷濕就又喘又咳，根本無法扛起整個生活擔子，還好再一個月兩個女兒畢業可以做工，簡陋生活不是問題。他當然明白初妹的考量，也體會到她對梅淑是真心疼愛。

「妳嘸要再考慮清楚？這款是會影響著素敏的發展，妳要安怎對伊說清楚？」安平的確說中了初妹的痛，她該如何對滿懷希望的素敏說她不能去報考，她必須和梅淑一樣小學畢業就去做工？

拖延幾日，素敏小心翼翼再度提及繳交報名費的事情，初妹平靜地對素敏說清楚她的決定，即使是這一筆不算太大的報名費對於現在的家都是負擔。

「可是，只要考上師範就不用花錢讀書。」彷彿渴望已久的禮物，就已來到眼前，卻被攔截抽走一樣，按捺著心中的懊惱和不快，素敏小聲地尋求最後的一絲希望。

「但是，佢讀書這幾年，咱樣仔生活？阿淑一個人做不到的，知冇？佢想想看？」初妹艱難地說出後，整個人幾乎虛脫，嚴重地哮喘著。

看著母親這樣為難，素敏強忍著眼淚，所有的光亮、花團錦簇剎那在眼前消失，她想放聲大哭，她想大喊，哭喊出心中的委屈。然而看著母親劇烈地咳喘著，梅淑一邊拍著母親的背，一邊不安地看著她。素敏吞下所有的怨恨不快，牙一咬決定遵從母親的決定。

自從告訴老師不參加師範的考試後，素敏連只剩最後一個月的書都無心念了。幾日來肅冷著臉色做為無言的抗議或屈就，素敏盡力地調適自己轉變的心態。然而在收到姊姊安敏從學校寄給她準備考師範要的用品時，素敏決堤似的大哭起來，哭得肝腸寸斷，哭得初妹心如刀割。素敏沒有想去求助於三叉的父母，她清楚記得去年跟著初妹回三叉，長年沒有相處在一起，母女之間顯得有些生疏，看著母親細心照顧兩個弟弟和妹妹，忙得無暇關心她，素敏心裡五味雜陳，湧現微微的怨懟。

來花蓮六、七年了，初妹努力地融入閩南家庭，用客家女性的吃苦耐勞和毅力，操持著艱困家計，面對素敏她很清楚這輩子都無法彌補。初妹轉念想著人生總是峰迴路轉，就像自己從三叉來花蓮港，人生轉了大彎，素敏以後的人生也許有柳暗花明的機會。

一直以為最壞的時日度過了，安平的失業和重病，又再次考驗她的人生。

安平的身體愈來愈不好，中醫說是肝臟不好，必得吃好的，還要全心療養，不能勞動，初妹的氣喘時好時壞。家裡的生活擔子幾乎全落在兩個女兒身上，從小學畢業就四處做小工賺取微薄的生活費用。從十三歲的小工做到十七歲才算是查某人工，素敏和梅淑才有較多一點的工錢。兩人經常走到木瓜溪擔沙石，或走到國防地挑地瓜。梅淑總是搶著較粗重的，替素敏分擔，感情比親姊妹還親。

梅淑皮膚雖較黑卻長得甜美、豐腴，是許多婆婆的最佳人選；素敏高挑、削瘦，皮膚白皙，性情孤傲。兩個女孩從裡做到外，加上初妹懂得理家，生活也逐漸好轉。安平經過幾年的休養身子略有起色，不過多半仍是臥床休息，偶爾戴帽子、支著木杖出外走走、曬曬太陽，遇見田裡工作的農人都喊他紳士伯仔。

從帶著五歲的素敏來花蓮港，十多年過去了，初妹逆轉了自己的命運，也改變了素敏的未來。她也深信，將來素敏也可以決定不一樣的人生。

素敏和梅淑十八歲了，長得亭亭玉立；素敏孤傲不喜出門，除了做工作，多半在家，兩人做工時包得密不透風，很少人看見兩個女孩美麗的面貌。一些日用品都是梅淑騎著自轉車到市區採買，這時才有人見到梅淑包巾下甜美的面龐。素敏愛美，陰雨天不做工時便在家習做衣服，還買了時裝雜誌做為學習的範本，眼尖手巧的她兩年下來也懂得裁剪自己的衣服，而且每一件衣服都是雜誌上最時髦的樣式，只是苦無機會穿出亮相。

那日，梅淑中暑頭暈躺在床上，素敏不得不出去到市街買父親和母親的藥物以及日用品。她穿上自己裁製的米色麻布上衣和咖啡色的七分馬褲，那是上個月在雜誌上看到的，花了她七個晚上才做好。趿上最新流行的白色「三搭鹿」（日語：涼鞋），騎著自轉車到市區。一路上引起路過的少年郎注視的眼光，同時也吸引其他婦女豔羨的目光。素敏騎過小路，過了橋，繞了溪岸，一直兩眼直視往前行，她知道有人注視著她，她也知道她這一身的打扮連在市區都是最流行的。她自信地出門，驕傲地回來。

在回途的路上，夏日難得的風微微地吹著，橙亮的夕陽灑在素敏的臉頰，增豔、豐潤了她白皙的膚色。剛從鐵路局做工回來的騰雲，從吉野驛改成吉安車站下車步行回家。素敏如風如雲從騰雲的眼前過去，彷如一朵橙亮色的雲彩，騰雲看呆了。騰雲望著逐漸遠去素敏的背影，心想這是誰家的女兒，怎麼從未見過？

二十二歲，眼睛長在頭頂上的騰雲，卻在那一閃而過的相遇，被素敏的丰采給攝住了。腦子裡閃過一個念頭：這個女孩就是我要的，無論如何要把這個女孩探聽出來。一向鬱鬱寡歡的騰雲輕快地吹著口哨走回家。

在路上

我們的前面還有很寬闊的未知的地平線無限延伸。等待開拓的肥沃大地就在那裡。

——村上春樹

妳在松山搭上往花蓮的火車，就像個夢遊者，沿著荒蕪來路。

因為蘇花高開發事件，當然也是因為母親緣故，行前妳讀了很多有關花蓮和蘇花公路的資料，宛如背包客的旅遊準備。

妳接受的教育，從小學到大學，鮮少詳細介紹台灣，妳熟背了青康藏高原、吐魯番窪地……對於台灣的地理，妳是用火車、用腳去認識。從小妳的教育就教妳無須在乎腳下所踩的土地，要牢牢記住妳不曾見過的國家城市。

「松山，古時叫錫口，日治時期改名松山。光緒十五年（一八八九）三月，怡和運到三十七輛客車，台灣火車自台北通自水返腳。光緒十九年（一八九三）至新竹通車。日治以後，日本以鋪設南北縱貫鐵路為要務。一九〇八年，基隆至高雄縱貫線暢通。」妳翻閱著整理的資料，從台北到汐止的鐵路也早在一八八九年就通了，而宜蘭線也在一九二四年開通。

所以，北迴鐵路尚未通車之前，不管是從北部、中部到後山花蓮都是坐著宜蘭線到蘇澳搭船或換臨海公路。一九七三年，娜拉颱風侵襲東部，造成交通嚴重受創，花蓮、台東宛如孤島，同年十二月二十五日，北迴線正式動工，並於一九八〇年二月一日全線通車。沿線築有大、小橋梁共九座，隧道十六座，全長達三一〇二九公尺，其中觀音隧道長七七五七公尺，在當時是全台灣最長的隧道。

妳推算母親是在一九七七年初從台北或松山搭上往蘇澳的火車，然後再搭走蘇花公路的金馬號前往花蓮。

妳特別記下日前純彗整理有關花蓮人歷代交通行程表；母親那時除了飛機，從北部到花蓮大都是坐火車到蘇澳換金馬號公路局到花蓮，這種一票兩種交通工具的方式叫「連運」，整段行程加上交會車時間，耗費八個多小時。

妳幾乎可以斷定母親一定是搭連運，純彗神通廣大，找來當時過年前在台北舊火車站徹夜排隊買往蘇澳火車票的照片，隊伍蜿蜒盤著車站大廳，有人鋪著報紙或坐或臥，有些看起像是大學生。

即使今天北中南部有兩條高速公路、數十條快速道路，航空、台鐵、客運公司十數家，還有高鐵；花蓮依舊只有航空、台鐵和一條要人命的蘇花公路。純彗在整理了這些資料後有感觸地說：花蓮人回家真是難啊。

妳不知道母親哪來的勇氣；那個年代離婚，對女人而言是艱辛的一條路，下定決心要走這樣的路途，母親勢必掙扎許久。

妳生長於一九七一年，台灣的女性主義剛萌芽的第二個時期。一九三〇年代，葉陶、謝雪紅、楊千鶴等幾位具有女性意識的秀異分子，以行動來推行新女性運動，影響當時許多女性讀書求知，進入以男性為主的職場。才萌芽的新女性運動卻在終戰後，因為白色恐怖經過一段空白脫落的時期。

一九七一年，也就是妳出生那一年，呂秀蓮以拓荒者姿態，揮起台灣新女性主義的第二階段大纛。幾年後妳的母親沒有口號、沒有奉行的主義，以行動走出自己的人生。

火車在瑞芳停靠，湧進一些乘客。這個早期以金礦、煤礦聞名的小鎮，如今顯得有些落寞荒涼。不管是淘金挖煤，妳總是同情這些礦工的女眷，有福未必能同享，有難之後撐起一家的永遠是女人。

也有女人不願成男人或家庭的附庸，就像妳的母親。

妳想起一位女性作家，她有個在政治界具高知名度的丈夫，那次的訪談主要是這位政治人物，她幫妳倒了茶正要轉身離去，妳突然希望她也能談談對丈夫的感覺，初始她拒絕，禁不住妳的要求，她答應了。

「對妳先生的成就和聲望，妳是否敬佩或崇拜？也請妳談談做為一個政治人物妻子的甘苦？」那時妳才剛出道，很制式地問了一個非常無趣的問題。

「我並不敬佩或崇拜我丈夫，我欣賞他的才能，我也明白他的缺點；妻子一旦崇拜丈夫，便是丈夫的附庸。在家我們是一般的夫妻，和所有的家庭一樣，面對瑣細的事和問題。」她冷冷地回答。

多年過去，不想淪為丈夫附庸的女作家離婚，因為這位政治人物在外頭有了外遇還生了孩子，這位政治人物大言不慚地對著麥克風說外面的女人：「溫柔體貼，她很崇拜我。」

不習慣早起，妳有些睏，看著資料竟然睡著了。

到了蘇澳，妳醒了過來。

蘇澳又分新站與舊站，火車停靠在新站，母親是在舊站換往花蓮的金馬號。不知當時母親在此是否曾心生動搖想往回走？據說在北迴鐵路尚未通車時，這裡十分熱鬧，是東部往北部的要站，若直接從台北搭公路局走北宜公路，仍然會在蘇澳站休息讓旅客午膳，再出發走蘇花公路到花蓮，總計費時近八個小時。北迴鐵路通車後，鮮有人搭車走蘇花公路，金馬號逐漸減班終至絕跡，後來公路局也改為台灣客運公司，只跑花蓮到和平間的短線行程。

蘇澳也是蘇花公路的起點，妳母親另一段人生的起始。

這條公路目前只有遊覽車、貨車和小客車行駛，並無直達到花蓮的客運車。全段路程幾乎都是雙向，也有幾處捨棄古道，鑿山興建隧道。坐自強號火車從台北到花蓮大約近三個小時，太魯閣號只要兩小時，開車則約五個半小時。

蘇花公路，清代或日治初期稱北路，後來也稱蘇花臨海公路，國民政府來台後稱為蘇花公路。

對蘇花公路，日人伊能嘉矩的踏查也記載著：「由蘇澳通往花蓮的清國北路，後來由於對台灣經營方針的退縮，結果復為山番所占有，如今只在七星嶺下荊棘茂處尚可見到昔日表彰羅大春遺功的紀念石罷了。」

另外，當時負責蘇澳、奇萊（花蓮）間鐵道路線勘察的技手細谷十太郎在復命書中提到：「沿著蘇澳河岸，往西南方向走，可望見永春城址，經過五百里亭，徒步涉過蘇澳河上流，眼看著即將進入山路了，由於土人們害怕生番來襲，於是每個人保持肅靜，鴉雀無聲。沿著清國舊政開鑿的蘇澳奇萊間的舊路前進……我們選擇小南澳的路下，而到小南澳之間的路已都荒廢，完全沒有路形，只能割木砍芒地慢慢前進……」

清代末或日治初期都有想過要築蘇花鐵路或開鑿公路，以便開發東部，礙於山脈陡峭的因素，最後日本政府只開鑿了臨海蘇花公路，終也引發了一批又一批西部人的迢迢移民潮。

妳想，母親也算是移民嗎？妳翻閱著純彗整理的資料。

蘇花公路也就是日治時代的臨海道路，大正三年（一九一六）開始築建，大正十四年（一九二五）全線通車。當時道路寬僅有三點六公尺，單線行駛。

不知第一次走蘇花公路的母親，在一路危危崖崖的山路上，二十六歲就必須切斷家庭、丈夫、女兒的關係，踏上未知的人生，就如夾在左側懸崖下的太平洋的敻闊渺茫和右側陡峭的山壁的蘇花公路之間。

其實，在臨海公路通車之前，曾有輪船從基隆航行至花蓮港；台灣開港通運貿易在明清已開始，日治時期最為寖盛，昭和十六年（一九四一年），台灣沿岸東線自基隆經蘇澳、花蓮港、新港、台東、火燒島、紅頭嶼、大坂埒迄高雄。大正二年（一九一三）日本郵船株式會社無定期輪船，航駛基隆花蓮港間，每月往返八次。

一九七五年台灣的豪華公司向日本所購之原用於神戶—宮崎間航路之二手渡輪Lupinus，來台後命名為「花蓮輪」，使用於基隆—花蓮間航路。晚上十一時由花蓮開航，凌晨五、六點到基隆；白天再由基隆開到花蓮。自從北迴鐵路通車後，生意日益慘淡。一九八三年四月停止運航。

也許母親是搭花蓮輪？

車過和平站，妳卻翻到七腳川的介紹，這也是母親現在居住的地方。七腳川譯自阿美族的「知卡宣」，其義為薪材甚多之地，也有譯成竹腳宣、竹腳川、直腳川等。七腳川在一九〇九年改為吉野村，先後移來二百四十戶日人，吉野庄分有北園、宮前、中園、清水、南園、草分，及吉野驛站附近之地。戰後，吉野改名為吉安。

除了原住民，花蓮是北部、中部、西部人的移民地，生活過不下去、有野心想開墾，想另起爐灶有一番作為，甚至作奸犯科想改頭換面重新生活的人都來這裡。多數人攜家帶眷，女人當男人用，夫妻一起打拚開創新家園。

母親的家園就在清水村，離中央山脈很近的地方。阿美族，花蓮人慣稱「阿眉仔」，是原住民族群中的最大族群。數百年的漢化結果，原住民人口愈來愈少，即使最大族群的阿美族也不過是十多萬人口。妳曾懷疑妳有平埔族的血統，妳的外公長得濃眉大眼，他的朋友戲稱他土番仔，外公卻堅稱他的祖先可是過黑水溝來的，純正的漢人。母親皮膚白皙，五官完全遺傳自外公，妳和母親長得十分相像。

「妳是闞小姐嗎？」走出車站，妳看到一個高舉著飯店名稱的人，妳走向他。九人座的車子只有妳一個乘客，車子在街道行駛，陌生得讓妳找不到妳來過的印象。

住進房間裡，已是黃昏。初冬，才四點多，太陽懸在山頭。這個面對太平洋的飯店新建沒多久，橙紅色的霞光灑在海面，海離飯店太近了，宛如伸手可汲取到海水。陽台上栽著粉色的大麗菊花，有些花瓣已萎凋枯乾，妳從窗台望向海上，畫面虛幻得如一幅油畫。妳彷彿定格在畫裡，一直到天荒地老。

幾顆星星在天際微微顫動，靜謐的夜晚，偶爾呼嘯而過的車聲，就只有海浪規律襲擊著沙岸的涮涮涮涮。不眠的夜，妳看了好幾次灰黑的海，浪拋打在妳心上，去了又回。夜很深如暗黑的海深不見底，妳終於睏了。

妳被清理房間的服務生吵醒，十點多沒有早餐，妳要了一杯咖啡臨窗看著海，陰天，海是青灰色。餐廳裡只有妳一個房客，服務生忙著拆下桌布和自助早餐的食盤，準備午餐的器皿。

吃過午飯，妳翻開一本談孤獨的書，卻一個字也看不下去。捱到三點半，妳盤算著等妳到達那裡，她大概午睡醒了。櫃台幫妳叫了計程車，二十多分鐘果然到了門口。一排三樓半的透天厝，最裡面邊間，車庫旁一塊地上種了茉莉，紫藤順著圍牆攀長。非常安靜，一點聲音都沒有。妳在四處遊蕩，在附近一個小小公園的漂流木椅上坐下來。

「請問林春淑在嗎？」這一刻終究要到來，因為緊張，妳的聲音顯得拘謹、生硬。

「喔，請問哪裡找她？」一個年輕女生的聲音。

「麼煩妳告訴她我姓闕，這樣她就知道了。」妳猜測接電話的人可能是妳的妹妹。

「啊？且？喔！妳是……那個……妳等一下，媽！」她揚著聲音喊著，妳可以感覺得到她慌亂粗魯地擱著電話。

「喂，妳是阿盈？」一段靜默的時間，電話再度被拿起來。

「是。」

「妳在哪裡？什麼時間到的……」

「我在你們家附近。」

「啊，妳在我家附近？」

「我現在可以過去嗎？」

「可以可以……」

掛上電話，妳的生命似乎在這瞬間才開始。

這段路不到一百公尺，一分鐘的步行妳猶如高空走鋼絲，心緊縮至喉頭，危危顫顫。

妳站在母親家門口。

「我穿按呢咁好？頭毛亦無整理，厝裡亦嘸拼掃……」

「緊開門啦，伊一定站置門口啦……」

妳清楚聽到門內母親和妳的妹妹像無頭蒼蠅的走來走去和對話的聲音。

終於門打開了。

眼前這位六十歲的婦人，走在路上妳一定不會認得，豐腴的身材穿著長袖線衫、黑長褲，像卡通裡花媽的鬈鬈髮型，白皙的臉上有一些黑斑，唯一可辨識的是那雙大眼，眼角布滿細紋。

「緊入內……」母親望著妳，靜默了幾秒鐘。

彷彿答案揭曉，妳整個心放下來。

客廳很寬敞，黑色皮沙發，米色的牆壁，顯得乾淨俐落。

「妳好！」長得像年輕時的母親的微胖女孩朝妳招呼，妳可以確定她是妳妹。

「妳好，不好意思打擾了。」妳拘謹得像遠方親戚前來叨擾。

「坐，坐，飲茶否？阿瑜去倒茶。」母親看起來還是緊張，但聲調微帶著興奮。

妳不知道該說什麼，相隔三十四年，妳不知怎麼切入母女關係，即使這一兩個月來妳心裡演練過無數次妳們見面的情形，妳還是找不到可以進入的切口。

「妳過了好否？妳義信叔仔講妳置雜誌社做記者是否？」母親的眼光始終沒離開妳，就像觀看喜歡的物品，眼眸盡是笑意。

「是。」妳覺得自己像是被公婆端詳的準媳婦那樣不自在。

「喝茶。」叫阿瑜的年輕女孩端了一杯茶給妳，然後在妳的對面坐下來。

「謝謝。」妳很難想像她是妳的妹妹，這三十多年來妳從未想過會有妹妹和弟弟。母親詳細地問了自她離開後妳的生活，妳也一一回答，唯獨避開感情生活，母親邊聽邊不停地拭淚，忍不住握住妳的手。也許事過境遷，妳倒不覺得悲慘。

「汝義信叔佮汝見過面了後有擱佮我聯絡，講汝亦未結婚，汝咁是四十一歲啊，嘸想欲結婚是嘸是？」

「嗯，虛歲四十一，嘸遇到想欲結婚的對象。」妳無法回答她是因為她和父親的婚姻關係讓妳不想結婚。

「對啦，伊叫安瑜，是我的上細漢的查某囝，今麼怗厝做月內，擱一禮拜就滿月。我擱有兩個孝生，一個置台北上班，一個置台中中科，兩個攏結婚啊，亦未有囝仔。恁算起來攏是汝的小妹小弟。」果然妳的人生拼圖一片一片地貼上去，妳還當了阿姨。妳朝安瑜點頭微笑，小妳十一歲的小妹。

「對啦，毋知汝欲來，阮先生參加農會的三天遊覽，去台北佮高雄，明載才返來。日頭暗啊，我趕緊來煮晚頓，毋知汝欲來，嘸啥物件汝請裁呷。」

「我佮汝鬥相共。」妳也起身隨著母親進入廚房。這時房間傳來嬰兒的哭啼聲。安瑜立即奔回房內。

在餐桌上妳挑著菠菜和A仔菜。母親鍋裡已炒香油薑片倒入雞塊爆炒，麻油和酒香瀰漫整個廚房。妳洗好青菜，環視著四周，廚房很新，設備也是歐式廚房，這棟房子應該買沒多久。

「大姊，妳要不要看看嬰兒？」安瑜從房間探出頭問妳。

「喔，好！稍等一下。」妳突然想起應該包紅包。妳小聲地跟母親要了紅包袋，塞了六張大鈔，然後走進房間。

「這個給小貝比的，請收下。阿姨給的一定要收喔。是男的還是女的？」妳把紅包放在嬰兒床旁。小嬰兒剛吃完奶，紅紅的臉，很滿足地睡著了。

「是女的。我是在讀國中時知道媽媽是再婚，還有個女兒。妳來媽媽很高興，雖然她很少提及以前的事，但她的衣櫥裡一只很舊的行李箱藏著妳小時候照片和衣服帽子，還有臍帶喔。聽我爸說她常常拿出來看。」

「我知道她再婚，但不知道她有幾個小孩，也不知她住在哪裡？」

「媽媽在三年前大哥結婚在台北請客時，我陪她去找妳，聽說妳早已搬家了。」

「台北嗎？我十五歲搬離T鎮到台北，二十三歲阿公過世後半年我搬家。」

「難怪。我一直忘了可以google妳，是上次義信阿伯告訴媽媽，我上網google，果然可以知道妳在雜誌社，早想到就好了。」安瑜很開朗也很健談，她告訴妳有關她兩個哥哥的事情，她父親的個性，還有自己的工作、丈夫。

一下子塞了太多溫暖的事件，妳覺得全身熱烘烘的。妳真的感覺到有妹妹的感覺竟是這樣地好，和好同學好朋友完全不一樣。

「我回來了！」一個男人的聲音才響起，立即出現在門口。

「這是我先生，陳諺柏。她是我台北那個姊姊。」

「大姊好，果然是姊妹很像耶。」

「呷飯喔！」母親在廚房喊著。

桌上布滿著菜餚，各種食物的混雜味，這是妳自從上次在富士山下宿之後許久沒有見過。這就是家！

「阿盈，毋知汝亦會記否，汝上愛呷炊蛋攪飯。」妳才坐下，母親把一碗公的蒸蛋推到妳面前。妳是很喜歡將蒸蛋澆在白飯上，即使是日式的定食，妳也一定把一小碗的茶碗蒸倒在飯裡拌著吃。

「汝亦擱會記喔。」妳還是沒開口叫媽，還不習慣這個名詞。

「汝小漢時足歹飼，只有炊蛋攪飯才欲呷。」

桌上除了麻油雞還有麻油腰花、煎魚、花枝炒芹菜，非常台式的料理，跟阿公做的菜一樣。

一頓飯說說笑笑，把所有的拘謹全卸除。

吃完飯妳幫忙收拾碗筷，安瑜和她先生幫小孩洗澡。收拾好，母親切了一盤甜柿，放在餐桌上，妳並沒有動那盤甜柿，拿了旁邊一籃綠色的橘子，剝了皮津津有味地吃起來。

「汝愛呷青柑啊？」母親用很奇特的眼神看著妳。

「嗯。媽，這是予汝的紅包，義信叔講這是禮數。」妳很自然地喊了媽，低頭在皮包找紅包，沒注意到母親的問話。

「汝隨我來。」母親有點驚訝，紅著眼眶，收了紅包，帶著妳轉進她的房間。

「這盒攏是欲予汝，跟汝爸爸訂婚時的。本來是欲等汝結婚時予汝的。」母親拿著一個舊舊的木盒。

「媽，汝離開時，阿公知也原因否？」

「知，汝阿嬤毋知，阿公莫想欲予伊知，驚伊未堪之。是我佮阿公講耶，恁爸爸亦有講，阿公予我一筆錢，這箱金仔我本來欲還汝阿公，伊叫我一定要帶著，萬一哪有急用會當賣。」

「媽，汝按怎想欲來花蓮？這咁有汝親晟？」

「有啊，我的阿姨，日本時代伊十八歲位鶯歌來這佮伊未婚夫結婚。」

「汝袂驚喔？」

「可能彼陣亦少年毋知驚，彼陣那毋走，我佮恁爸爸感情會愈來愈歹，對汝亦毋好，我嘛想過我亦少年，亦有能力過我應該過的人生，恁阿公佮恁爸爸嘛是按呢想。但是恁阿公求我將汝留落來，伊說闕家就只有汝這个囝啊，說我帶一個囝仔會真艱苦，我若擱嫁亦會生。」

後來的事妳都知道了，母親投靠她的阿姨，半年後阿姨的媳婦素敏幫她介紹附近一個三十歲老實的農夫。母親特地告訴妳有關她阿姨阿音，日本時代十八歲隻身在蘇澳搭船來花蓮結婚生子，開枝散葉。阿音的媳婦素敏則是五歲隨著守寡的姨母初妹從苗栗來後山重新生活。這樣的移民故事，在妳心裡起了漣漪。

妳想起十年前見過的那個老婆婆，竟然是母親的阿姨阿音。這個十年前妳就聽過的故事，那時年輕，妳無動於衷。現在妳深刻體悟到，原來女性的移民過程，在以男性為主的開拓歷史中是空白的，不管前山後山，每個地方每個階段的移民、開墾，都像吳沙到宜蘭，都是以男人建構的歷史。

「汝暗時欲留落來否？」母親一臉期盼地問妳。

「我的行李攏放置旅館。明早我再來。」

「較晚時叫諺柏送汝去旅館，汝當時欲轉台北？。」

「後日，轉去上班。」

「過年時汝來這過年好否？」

「好啊！汝先生……」

「莫要緊，伊人真好，伊攏知。以後這嘛是汝个厝知否？汝个小弟攏知有汝，莫要緊。」

妳當然會再來，或是像母親說的回來。有很多事妳想了解，關於母親和父親，他們像一本正打開的書，才翻開第一頁。妳更想書寫阿音和初妹的故事，她們以毅力、行動證實移民、開墾不只是男性專有的歷史。妳要讓這段血汗的歷史，也留下女性的身影。

「我想報導日本時代女性移民的故事，後遍來我採訪汝的阿姨好否？」

「伊過身啊，兩三年前，採訪伊媳婦素敏啦。」

妳母親說，妳的外婆阿葉八歲時受到姊姊阿音的鼓勵，一定要讀書識字，公學校畢業後妳的外婆到大稻埕當雜貨店的店員，後來嫁給店家的兒子，可惜生了妳大舅和妳母親之後一直病魔纏身，在妳母親初中剛畢業時過世了，母親只好輟學顧店照料家人。

妳看著母親，她不再是閣樓裡哭泣的女人，循著她的阿姨阿音的路線，她找到最踏實、最安穩的住所。

妳要結束動盪，走在回家的路上。

回台北妳也還有很多事要處理，首先是和他的感情問題，只是妳還沒想好什麼方式最好，妳要去找義信叔了解父親，妳想報導有關老一輩同志的生活，還有妳要回T鎮到堂叔公的宗祠請回公媽，然後在神主牌後的紅紙上填上阿公和阿嬤、父親的名字，不管往後是否結婚，妳都要祭祀闕家的公媽。

兩個月後就過農曆年了，孑然一身的妳突然豐澤起來，有家、有母親、有弟、妹，還有一個以後會喊妳阿姨的嬰兒。

妳的母親在花蓮，花蓮是妳的家，爾後妳年年都要來花蓮；不，是回花蓮。

聯合文叢 530

來去花蓮港

作　　者／方　梓
發 行 人／張寶琴

總 編 輯／李進文
責任編輯／黃榮慶
資深美編／戴榮芝
校　　對／張晶惠　羅珊珊　方梓
業務部總經理／李文吉
財 務 部／趙玉瑩　韋秀英
人事行政組／李懷瑩
版權管理／黃榮慶

法律顧問／理律法律事務所
陳長文律師、蔣大中律師

出 版 者／聯合文學出版社股份有限公司
地　　址／(110)臺北市基隆路一段178號10樓
電　　話／(02)27666759轉5107
傳　　真／(02)27567914
郵撥帳號／17623526 聯合文學出版社股份有限公司
登 記 證／行政院新聞局局版臺業字第6109號
網　　址／http://unitas.udngroup.com.tw
E-mail:unitas@udngroup.com.tw

印 刷 廠／瑞豐實業股份有限公司
總 經 銷／聯合發行股份有限公司
地　　址／(231)新北市新店區寶橋路235巷6弄6號2樓
電　　話／(02)29178022

出版日期／2012年4月　初版
2017年1月4日　初版三刷第一次
定　　價／300元

財團法人｜國家文化藝術｜基金會 長篇小說創作發表專案補助

ISBN 978-957-522-982-5（平裝）

國家圖書館出版品預行編目資料

來去花蓮港 / 方梓作. -- 初版. --
臺北市 : 聯合文學, 2012.04
304面 ; 14.8×21公分. -- (聯合文叢 ; 530)

ISBN 978-957-522-982-5(平裝)

857.7 101004376